天涯杂俎

单正平 著

上海三联书店

作者简介

单正平，南开大学博士，海南师范大学教授，主要著作有《晚清民族主义与文学转型》、《知识分子与现代中国》（译著）、《行走在边缘》、《膝盖下的思想》、《左右非东西》等十余种。

目　录

鲤鱼打挺
——虚构之什

鲤鱼打挺/ 003

一丈青扈三娘故事陈编/ 012

尸杀/ 027

袁建说，不去歌舞厅/ 046

一坛老酒
——珠崖人文

"张之洞陷阱"及相关问题/ 057

地方史研究的新创获
　　——《海南通史》读后/ 064

拂拭尘积见海南
　　——读辛世彪译注两种/ 067

泉根其人/ 077

李一鸣博士论文序/ 084

涓滋华夏净人心
　　——在史铁生先生追思会上的发言/ 087

平凡、超迈、谦逊、豪壮

　　——读刘运良先生三画册/ 090

一坛老酒

　　——怀念运良/ 094

南洋的价值/ 097

秦风浩荡旧时画，心事浑茫今日书

　　——《绝秦书》散论/ 100

文学莫谓无宗旨，半属英雄半美人

　　——晓剑新作读后/ 110

理论已死

　　——我对中国文艺学的一点看法/ 113

失败者笔下的辛亥革命/ 120

蔡元培美育论再认识/ 132

困败人生新旧诗

　　——白屋诗人吴芳吉简论/ 146

反生态

　　——旅游开发中的暴力美学/ 166

总体沦落的人群/ 174

少拿文化底蕴说事/ 177

"柒牌西服"广告语之文本分析/ 180

工艺决定的经典图式

　　——海南黎族织锦艺术形式的生成/ 188

看上去不怎么美
　　——关于海南国际旅游岛 / 197

天洗兵
——南非世界杯评论小辑

纯粹狂欢的背后 / 207

回归本然的开幕式 / 209

我为波狂的另一面 / 211

足球与美女 / 213

美人难过英雄关 / 215

世界杯上中国的事 / 217

有绿茵无球场的悲哀 / 219

瓦瓦祖拉，额滴神！/ 221

因为偶然，所以神奇 / 224

全球化与足球前景 / 226

星光暗淡说欧洲 / 228

足球与地气 / 230

勿让足球太沉重 / 232

足球看罢说判官 / 234

配角唱大戏 / 236

职业足球与国家足球 / 238

天洗兵 / 240

技术手段有助公正／242

假战争与准艺术／244

无趣的功利足球／246

"球人"马大帅／248

球而优之后／250

激将法与深蓝色／252

大戏已演完／254

国际足联牛过了头／256

给中国足协的建议／258

气氛与气候／260

乌鸦与章鱼／262

兴奋剂消失了？／264

布拉特闭幕词（中国山寨版）／266

世界杯英雄赞弹联／268

足球，干脆别玩了！／274

雾失楼台
——心情速写

海岸轻逸／281

六月看云／283

涉水万泉／285

羊山骑行／287

看台风/ 289

雾失楼台/ 291

摆渡/ 293

帆船/ 295

追风破浪/ 297

懒散的后海/ 299

海南的鸟/ 301

文昌鸡/ 303

水果的吃相/ 305

月饼与月亮/ 307

海南的热/ 309

海南岛的小与大/ 313

候鸟与艺术/ 315

南渡江源记/ 317

海口两种人/ 322

人在路上/ 327

后记/ 330

鲤鱼打挺

虚构之什

鲤鱼打挺

人家平躺在球门线上，一动不动。对方起脚射门，他一下子蹦起来，像鲤鱼打挺，把球稳稳抱在怀里。表兄咽口唾沫说，人家根本不看球飞向哪里，他蹦起来就知道球在啥地方。

建设听傻了。世界上有这样厉害的守门员？表兄歪在炕上正说得眉飞色舞，建设爸爸进来了。他腾一下站起来，叫声舅舅，红了脸不敢吭声。建设赶紧从方桌抽屉里拿出烟和洋火。爸爸点上烟问，比赛回来了？表兄说回来了。爸爸厉声说回来不在家做功课，乱跑啥？表兄说没有作业。爸爸说没有作业去背语录，总比闲逛谝传强。不务正业的东西！表兄一溜烟跑了。建设的姑父是个佛教徒，对孩子从来不管不问，姑姑只好让舅舅管外甥。建设爸爸教育外甥的办法，就是检查完作业后一顿暴打。表兄见了舅舅，永远只能站着，到中年以后，见舅舅也不敢坐。

表兄平素不善言辞，甚有些木讷，但一提到足球，就有说不完的话。他是县中学足球队的队员，踢后卫，刚代表地区参加了省里的中学生足球比赛。他没说得了第几名。建设觉得，能参加省里的比赛，已经很了不起了。表兄在建设心中是英雄。建设深信不疑：世界上有那样的守门员，可以躺在球门线上，等球飞来时一跃而起。那个姿势该有多攒劲！一跃而起，像燕子叼小虫，把足球拿住，太轻松了。建设对县城以外的世界完全无知，他能见到的，就是中学足球队的队员，他们当中的守门员能有个侧扑动作就很不错了。因没有比较，他想，世界上最了不起的守门员，一定是能鲤鱼打挺的。

建设跑到足球场，躺下，想试试能不能鲤鱼打挺蹦起来。他发现身体不听使唤，屁股抬起来了，头离不了地，头先抬起来，脚还在地上，使劲往上一窜，后脑勺磕在地上，起了包，头嗡嗡响，半天缓不过劲。他试着侧身，用右手撑地，身体还是弹不起来。

他拍打满身满头的土，想怕是场地太硬了。小学里没有运动垫子让学生们折腾。他想回家在炕上试试。炕上有枕头，不担心头受伤。炕板还有点弹性，有助身体腾空。放学回家，他乘奶奶在伙房，赶紧上炕，躺平了，屁股一使劲，身体躬起来了，头和脚起不来，头脚抬起来，腰又抬不起来。炕板哐哐响，奶奶在伙房听到了，大喊，建设你在炕上胡趔摊啥呢？炕板要折了！

建设从此多了一个梦。他夜里常梦见自己一个鲤鱼打挺，从球门线上弹起来，抓住了飞来的足球。他弹起来时觉得身子很轻，根本不费劲，闭着眼睛都能知道球在啥位置，双手一伸，球就抱住了。抱住球甚至还能在空中飘一阵子，才轻轻飘落站在球门线上，一点都不差。他有时能做出更惊险的动作，腾空起来抓住球，双脚勾在球门横梁上，头朝下，把足球砸向地面，反弹起来又一把抓住，这时场边肯定是掌声雷动。有时候他右手抓住门梁，身体横在空中，像篮球运动员那样，左手把球转起来，顶在食指上一转就好几分钟。有一次他梦见自己抓住球后，不等身体落地，直接把球抛出去，对方守门员根本没想到球会直接飞向球门，眼睁睁看着球飞进网窝，没有任何反应。建设飘在空中那么远，却看得清对方守门员沮丧麻木的表情，心里乐开了花。

从那以后，奶奶的炕板在半夜里时不时要响几声。每次炕板一响，建设屁股上少不了要挨几巴掌。奶奶一边打一边骂：碎先人！半夜都睡不安生，炕板折了你跌到火坑里，沟子烧烂了事小，没炕板睡不成觉咋办?!

建设从没有想到炕板还会断。两年以后，他真把炕板弄折了。那天他正式入选了学校足球队。他个子不高，跑步速度快，教练张老师要他踢前锋，他要当守门员。张老师很奇怪，说前锋是最风光的，你不愿意? 建设说我就是想当守门员。张老师说你条件不适合守门。建设说我就是想当守门员。张老师说你试试看。建设站上球门线，张老师轻轻一脚，建设没有任何反应，球从他身边滚进球门。建设说再来。张老师又一脚，球从另一边进去了。张老师说你算了，当前锋就算你技术不好，速度快也是个优势啊，好好练跑步，就是将来当贼，逃起来也快啊! 同学都笑了。建设说那我就不踢了。当天晚上，他又梦见自己鲤鱼打挺，抓住了飞来的足球。这回炕板真断了，建设跌到了炕洞里，砸起的灰尘从席缝里弥漫而出，满房全成了灰。奶奶一边咳嗽一边骂，你这个碎先人，你把人害死呷么! 这个炕板我睡了五十年了，叫你给闪断了么!

建设迷迷瞪瞪从炕洞里爬出来，抖抖身上的灰，帮奶奶收拾炕板，脑子里还是腾空抓住足球的快乐情景。奶奶的诅咒责骂他根本听不见。炕板只有一寸厚，火烤了几十年，又干又脆，早没了弹性。建设小时，兄弟几个在炕上折腾也没事，上中学后体重增加，炕板再也承受不了他的美梦。

很多次，建设想听表兄冉说说那个神奇守门员是谁，哪里人，哪个国家的，他鲤鱼打挺是咋练的。但话到嘴边总开不了口，他担心表兄笑他幼稚。表兄的足球生涯，初中毕业后就结束了。他进水泥厂当了工人。学校的足球队换了新人。建设也看他们比赛，球队的守门员实在太差，不要说鲤鱼打挺，连个起码的侧扑也做不好。建设很蔑视他。他更愿意在梦中体验鲤鱼打挺的快乐。

后来，建设中学毕业，下乡插队，当工人。70年代末的中国，足球从小地方百姓的生活中消失了。县里原先唯一的足球场，成了堆砖头水泥的建材场地。建设在艰苦的劳动后倒头大睡，梦中的鲤鱼打挺也没有了。

建设后来上大学。上大学后他觉得自己名字太土气，请教一个中文系高才，那个高才说，50年代初干部流行换老婆，80年代初大学生流行改名字。潮流当然要跟上，改！小强可以改成筱强，建军改成剑钧，爱国变成艾国，你一改，命运就跟着变了。但叫小平的不能改。"文革"期间把小平改掉的，现在你看多后悔！小康而且平安，多好的名字啊。高才做主，把建设改成了见舍。

见舍毕业后到一家航天企业做工程师。他赶上了好时光。足球在80年代，也成了推动中国人精神升空的一支火箭。但见舍——他现在被称为王工了——由于工作的关系，一次也没有到球场看过足球比赛。他不觉有啥遗憾。他从电视上和同事们嘴里知道了雅辛、佐夫、伊基塔、奇拉维特、花蝴蝶坎波斯这些著名的守门员，对他们的表演也都留意看了，当中没有一个人能做鲤鱼打挺。这让见舍很失望。有一次，和同事们聊天，见舍说，其实我们县原先的足球很不错。同事小王笑了，说就你们县？说中国足球都丢人，还你们县！世界足球只有一个标准，那就是巴西！其他人跟着起哄，说见舍太农民了。小李说，篮球只有一个标准，那就是NBA！

小张说，电影只有一个标准，那就是好莱坞！小黄说，我们只看最高标准的东西。中国的网球能看吗？大家齐声说，不能！小王说，中国的田径能看吗？大家大声说，不能！接着就哄堂大笑。见舍很生气，反驳道，我以前看我们县里人打篮球也挺好，我很佩服那时的球员。他们完全是业余玩的。小李不屑道，业余又怎么样？中国的最高水准都不入流，省里县里的东西还能看？那不寒碜人么！小黄说，那些小地方的东西，不但污染我们的视觉，也污染我们的精神啊！小张怪声怪气打官腔说，简直就是精神污染嘛！精神污染是要坚决清除的嘛！众人哈哈大笑，再不理见舍。

见舍心里憋气：巴西有人能玩鲤鱼打挺么?!但嘴上说不出来。他知道，在同事们眼里，他的鲤鱼打挺是彻头彻尾的昏话。有一天，大家又看足球聊天，见舍实在憋不住了，问小王，你听说过鲤鱼打挺吗？小王说啥意思？见舍说，就是，就是有这样的守门员，他平躺在球门线上，一动不动。对方起脚射门，他一下子蹦起来，像鲤鱼打挺，把球稳稳抱在怀里。见舍长出一口气说，人家根本不看球飞向哪里，他蹦起来就知道球在啥地方。这就是鲤鱼打挺。小王说，你再说一遍？你说有这样的技术？见舍软了口气说，我的意思是这有没有可能。小王说，太荒诞了！你不是有病吧？来来来，你看看这个。小王点开电脑里的足球游戏，说，不要说现实中，就是游戏，都不会有什么鲤鱼打挺的动作！你仔细看看，看两边守门员，扑救防守动作是不是按常规设计的？见舍看了半天，果然没有发现什么特殊的。小王说，神经，还学物理的呢！

见舍自己也明白，这个动作不符合运动力学的基本原则，平躺着的身体根本无法腾空而起！气功大师也不行啊。武侠电影兴盛后，他看电影里武林高手有一招，就是躺在地上，先双脚用力蹬地，然后使用腰腹力量，上身一闪而起，但仅此而已。他们功夫再好，也不可能整个身体腾飞起来到空中抓足球。这时候他明白，鲤鱼打挺恐怕不可能。但他宁愿相信，梦中无数次出现过的鲤鱼打挺，总会有高人能做出来。这个令他兴奋、酣醉的动作啊，记忆中没有比这更美妙的时刻了。

见舍说，游戏中为啥不能有鲤鱼打挺？

小王一愣，想想冷笑说，你玩幽默也得有个度啊。

见舍不开心。他想自己开发一个足球游戏，一定要让守门员做出一个个漂亮的鲤鱼打挺。他花了足足半年的业余时间，学习电脑动漫游戏设计。结果令他失望。光是一个身体动作，就让他头痛。设计出的守门员，动作起来像根木头，直楞楞平飞起来，机械地伸出双臂，硬生生夹住球，又斜着戳到地上，既不协调，更不优美。他无论怎样调整，屏幕上那个小人就是不像个人。他彻底灰心了，从此不再和人说什么鲤鱼打挺。他明白，那是只能一个人默默享用的东西。

有一年回家探亲，王工见舍——中学同学见了他就这么叫——去看表兄，表兄已经是两个孩子的父亲了，他因为违反计划生育政策，差点被开除，见舍父亲多方求情奔走，总算保住了公职，但被贬到矿山去挖石头了。英气勃勃的表兄变成了满头灰白头发的中年人。见舍心里想，你当年说的鲤鱼打挺我还记得呢，但话到嘴边，他说不出来。他无法跟表兄谈论正红火的足球。他常常看一场重要的足球转播后，梦见自己一个鲤鱼打挺，封住了马拉多纳、普拉蒂尼、巴斯滕、古力特们精妙绝伦的射门。

见舍再一次回家探亲时，同学们已经不再叫他名字。他变成了老王。老王和同学在公园聚会，意外看见了表兄。表兄已经退休，在公园鱼池边摆了一个烧烤摊，钓鱼的有了收获，拿来就地烤了，边吃边钓。表兄光着肥白累赘的上身，肩上搭条毛巾，两手拿穿在签子上的四片鱼，在木炭火上翻来翻去，还要不断撒调料，忙得顾不上和他说话，只是用手背抹一把额头的汗，说有啤酒，随便拿了喝。见舍回忆起，表兄当年踢球，做作业，或者挨爸爸的打，只要一紧张，就会用手背抹额头的汗。这个动作让他感到很亲切。

见舍问表兄，这个地方不是原来的篮球场吗，啥时候改成鱼池了？表兄说，现在不开群众大会，也不开运动会，体育场常年闲着，还不如改造成公园鱼池。见舍说，咱们这里能养鱼？表兄说，死不了，也长不大。小鱼苗长到一斤怕得个十年八年。这些人钓的鱼都是从外地运来的。上个月刚放了几条大的，还没人钓上来。他把架在火上的鱼翻一遍，抽空擦把汗说，南方人喜欢说咸鱼翻身，我现在整天就给鲤鱼翻身了，又咸又辣，还有孜然，你要吗？来一条，多放点孜然，能把你麻得啥都忘了，哈哈。表兄双手上下翻飞，动作非常熟练。

两亩见方的鱼池边坐满了钓者。池水混浊。半天没有一条鱼上钩。见舍看了一阵，觉得无趣。正想回家，突然有人大喊上钩了，这回来了条大家伙。钓鱼的都叫起来。见舍看见有鱼在水里挣扎，那个持杆的比表兄还要胖上一圈，他哈哈哇哇地大叫大笑，路过的都凑到水边看热闹。胖子一边放线一边骂道，看你狗日的能逃脱！有人说，你个坏淞，手气还好得很。胖子骂道，日你先人，运气？老子打窝子打了一个星期，光鱼饵都下去几十块钱了！他继续发挥，教训众人说，这跟做生意是一个理，你得下功夫，光看见别人发财，不知道人家打窝子打了多长时间，花了多少心血。是不是啊？快帮忙往上拽啊。众人一阵忙乱，两尺多长的大鲤鱼被弄上岸，带着鱼线活蹦乱跳。胖子大喊，老李快来帮忙啊。表兄跑过来说，最大的家伙叫你钓上了，运气太好了啊。胖子呵斥道，你快给我弄住鱼，拍马屁也不分个时间地点。表兄弯腰去按鱼，大鱼一蹦，尾巴正好扇在表兄脸上。表兄没有防备，一屁股坐在地上。众人大笑，说烤鱼的叫鱼扇了一耳光，再加一个沟子墩。现世报！现世报！叫你烤，叫你烤！哈哈哈！

表兄涨红了脸，笑一笑，站起来又去按鱼，鱼很滑，表兄抓了几下都按不住，手已经让鱼鳞鱼鳍划出血来。表兄愤怒了，他发出一声低吼，整个身子就扑了上去。坚硬滑溜的鱼，压在了他柔软的大肚皮下。大家喝彩，说老李厉害啊，不减当年勇啊。

表兄双手按稳了鱼，缓慢起身，再把鱼抱在怀里使劲勒，但鱼是勒不死的。鱼的尾巴还在扇动。表兄突然把鱼举过头顶，狠狠地砸向地面，大声说，叫你狗日的嚣张，叫你狗日的嚣张。接着又用脚狠踩鱼头，一边踩，一边骂，叫你蹦达，叫你蹦达，叫你蹦达！鱼已经不动了，表兄还在踩，还在骂。胖子喊起来，老李你把鱼踩日塌了！我们还要烤了吃呢！

表兄用手背擦额头，头上就抹了一片血。见舍说，表兄你头上的血。表兄用毛巾擦一把，说没事，没事。他一脸笑容回头说，刘老板，这鱼是囫囵烤，还是切成鱼片？胖子大声说，囫囵烤不透，鱼片！

表兄一边切鱼片，一边低声跟见舍嘟囔，烤鱼片还怕我踩，日他先人！不就多挣几个钱么！你知道吗，我和他是初中同班同学呢。当年我进地区足球队，他没嫉妒死！现在，哼……你回去吧，我晚上去看舅舅舅母。

见舍回家，听母亲说，表兄的儿子中学毕业没有工作，找个媳妇不学好，两口子进了好几趟公安局。现在有个小孩交给你表兄，小两口不知跑哪里去了。你表兄那点退休工资都养不活自己，不做点事情哪有钱养孙子。

父亲感叹现在日子不好过。见舍说，表兄说晚上来看你们，他常来吗？父亲说好几年不来了。母亲说，你跟外甥多少年前就结仇了，人家会来看你？父亲说，我还稀罕他看不成！他能把自己日子过好就谢天谢地了。

晚饭后，表兄打来电话，说孙子发高烧，要去医院打吊针，来不了了。说见舍下次回来一定要吃他烤的鱼。见舍连声答应。末了表兄突然问，你知道死鱼活鱼眼睛有啥不一样？见舍愣了半天，回答不上来。表兄大笑说，告诉你，根本没区别，都是睁得圆圆的，一动不动。这可是个脑筋急转弯的好题目。表兄笑着挂了电话。

第二天要走了，见舍一夜酣睡，没有梦。

原载《人民文学》2009 年第 11 期

一丈青扈三娘故事陈编

上篇

英国著名历史学家霍布斯鲍姆写了很多好看的历史著作，诸如《极端的年代》《资本的年代》《革命的年代》《帝国的年代》等等，几乎把近代以来的欧洲历史包罗无遗。他还有本小书，估计知道的人不太多，书名就叫《匪徒》(*bandits*)。这本小书主题另类，但作者没有提供足够多而详细的案例，读起来比较无趣。无非说现代城市化以前的世界，包括中国在内，到处都有匪徒出没，现代化以后特别是城市化以后，匪徒基本就绝迹了，因为这种生活方式和社会结构方式建立了严格的秩序，这个秩序里没有了土匪的容身之所。现代城市的冤屈罪恶远远超过了林冲杨志的时代，但我们没有发现哪里居然有梁山泊！如今的世界，大凡有武装割据叛乱的，都是没有实现城市化、现代化，或城市化、现代化程度很低的地区。现代化都市里也有罪犯，他们也可以被看成是传统匪徒的现代版——黑社会或黑手党。这些西装革履出入上流社会的犯罪分子，其生存方式和犯罪形式，已经远远不同于传统的匪徒了。这是另一话题，按下不表。

言归正传。虽然这书意思不大，却附了一篇不到两千字的文章——《女人与匪徒》。这是个好题目，可惜作者没有充分展开。我就顺着作者的思路，发挥点自己的感想。

女人与匪徒的关系，无非有三种。一种是，她们本身就是匪徒成员，比如《林海雪原》里许大马棒有个情人蝴蝶迷，小说把此人丑化得不成样子，"她的脸像一穗带毛的干包米，又长又瘦又黄，镶着满口的大金牙，屁股扭了两扭，这是谁都知道的蝴蝶迷"。这种夸张显然极不真实。土匪头子怎么会喜欢这样的丑女呢？电视剧《乌龙山剿匪记》显然更真实一些，那里面的女匪徒四丫头就比较漂亮了。欧洲文学史上最著名的女匪徒形象，是梅里美塑造的嘉尔曼和高龙巴。文学史家们最喜欢强调这两个女人对自由的狂热追求，决不放弃。但从社会学的角度看，换一个不那么高调的说法可能更贴切，她们就是要反叛到处都是制度、规训的社会，追求自由自在的生活。而这与现代政治学意义上的自由其实不是一回事。

第二种是，她们虽然与土匪有关系，但并不直接参与犯罪，往往做一些辅助的工作，比如当交通员，给土匪提供藏身之所甚至成为他们的情人。这方面最著名的例子，莫过于前些年已经被枪毙的绑匪张君，此人流窜四方，凡到一地，均有情人接待，食宿不用说，还要两情相悦，缠绵床第一番。案发后张君的仅被判刑的情妇就有五人之多，其余无罪行的则无法计数。最可哀的是，张君在生命最后关头，竟然要求他的情妇之一陈乐，出狱后和自己的儿子结婚，以延续张家香火！

第三种是，她们仅仅是被胁迫或被控制的匪徒附属，比如做饭洗衣，当匪徒的泄欲工具。旧传统里占山为工的土匪们所谓压寨夫人，大体就是这类角色。但需要指出的是，这些压寨夫人，一般情况下，绝非可以共享的"公妻"，原因很简单，一帮性饥渴的男人，若为一个女人争风吃醋，大打出手，则这个队伍必将迅速瓦解。所以，在匪帮中，必要的禁忌与约束，是大家生存的前提保证。梁山泊里也养了不少压寨夫人，但《水浒》里绝对没有众英雄争夺美女的事发生。

以上所说，都是常识。我想要发挥的是，女人与匪徒发生联系，并非全属被迫，她们当中有些浪漫分子，是被匪徒迷住而心甘情愿与他们混在一起的。

浪漫的女人为何喜欢匪徒？道理很简单，匪徒是"秩序化生活的异类"，而浪漫女人最喜欢叛逆的男人。俗语说，男人不坏，女人不爱。坏有多种含义，其中就有反叛、对抗秩序这一条。人性中这种反叛冲动，从少年时代就开始了。现在初中女生最喜欢的男生，正是那些敢于跟老师对着干，敢于抽烟喝酒跳墙头泡网吧打架滋事的家伙。喜欢叛逆少年的部分少女，长大了喜欢蔑视政府、对抗法律、滋事犯罪的匪徒，就没有什么奇怪的。侠盗与美女的爱情故事，是欧洲近代以降浪漫文学中一个基本的题材。罗宾汉、佐罗的故事版本繁多，被无数次拍成电影电视，原因也在此也。张君的众多情妇，并非不知道他是个大罪犯，却死心塌地追随他、保护他直至与他一起进监狱。按常理，我们可以说这些女人真是没头脑，糊涂。但女人对男人的感情，往往就是没有头脑，她拒绝头脑，只用心去爱那个极端危险的家伙，你有什么办法？！

女人与匪徒最奇妙的一种特殊关系是，被劫持、遭侮辱的女人，最终完全认同匪徒的逻辑和价值标准，反过来成为匪徒的辩护者和其中一员，甚至成为他们当中最极端的分子。这奇特现象，被社会学家命名为"斯德哥尔摩综合征"。这个名词的由来是：

　　1973 年 8 月 23 日，两名罪犯在企图抢劫斯德哥尔摩一家银行失败后，挟持了四位银行职员，后因歹徒放弃而结束了这个惊险事件。事后几个月，遭挟持者仍然对绑匪显露出怜悯之情，他们拒绝在法院指控这些绑匪，甚至还为他们筹措法律辩护的资金，他们都表明并不痛恨歹徒，说歹徒非但没有伤害他们反而照顾有加，因此他们对歹徒只有感激，对解救了他们的警察反倒采取敌对态度。更甚者，人质中一名女职员 Christian 竟然还爱上劫匪 Olofsson，并与他在服刑期间订婚。后来的研究显示，类似事件其实极为普遍，集中营的囚犯、战俘、受虐妇女与乱伦的受害者，都可能发生类似症候，于是社会学家将此命名为"斯德哥尔摩综合征"。

　　四年后美国发生了更严重的同类案件。1977 年，27 岁的卡罗探访朋友，路上搭了个便车，车上是一家三口，男主人卡门龙，妻子叫珍尼斯。半途中，她被卡门龙绑架回家。以后每天，卡罗先被毒打一顿，然后吊在门槛上。卡门龙是一个虐待狂，他崇拜古代的奴隶社会，长期沉迷于带有暴力倾向的色情文学，他把卡罗当成自己的俘虏，而自己就是奴隶主。从卡罗的身上，他得到了征服感和占有感的满足。卡罗被囚禁了 7 年，直到卡门龙的妻子珍尼斯突然良心发现，加上嫉妒卡罗的"得宠"，帮助她逃离了这个地狱。难以置信的是，卡罗在回到自己的家以后，还一直打电话给卡门龙，他哭着企求她回来，而卡罗向他保证决不起诉他。直到卡门龙的妻子珍尼斯离开了卡门龙，找到了一个心理医生，珍尼斯把故事全部说了出来，心理医生报了警。经医生诊断，卡罗被卡门龙完全洗了脑，丧失了个人意志。此外，压在卡罗身上的是一种无形的恐惧和枷锁，因为害怕报复，所以她一直不敢逃走。

与此类似的影视作品还有《007》系列电影的第 19 集《纵横天下》(*The World Is Not Enough*)，日剧《最后的朋友》 (*last friends*)，表现的都是这个精神征候。

我们中国历史上其实早有此事，最为大家熟知的应该是《水浒传》。矮脚虎王英娶了一丈青扈三娘，或者反过来，扈三娘被迫嫁给了有杀亲之仇的梁山好汉矮脚虎王英。当年读《水浒》，最大的一个疑问，就是为什么扈三娘能忍受丑陋的矮脚虎？直到一百二十回《水浒》结束，我们也没有看见王英和扈三娘发生什么矛盾，他们一起战死在了征讨方腊的战场上。近来发现对此结局有疑问乃至不满者大有人在。网名"桃李有言"的作者不满意王英娶了扈三娘，他写了篇小说，让扈三娘爱上了林冲。另有网友"小飞象"很气愤罗贯中把扈三娘许配给了色狼王英，最后还当了皇帝的炮灰，不得个好死，令他"很不爽"！他把《水浒》的情节改为成亲的当晚，扈三娘杀了王英，还劫持宋太公为人质，杀出梁山泊，不知所终！更有电视剧，将扈三娘与王英的故事理想化，说那王英相貌丑陋但有情有义且有趣，最终赢得三娘芳心。也有学者从创作角度说扈三娘和王英一节非常失败，人物形象不鲜明，而且表现出作者男权思想云云。其实在我看来，那扈三娘也许就是一个斯德哥尔摩综合征患者。我不妨依据以上逻辑，试重写扈三娘嫁王英到战死这一情节。

下篇

各位看官，且说那施耐庵作《水浒》，说到第四十七回，宋公明二打祝家庄，一丈青追杀宋江，却为林冲所阻。书中写道："一丈青飞刀纵马，直奔林冲。林冲挺丈八蛇矛迎敌。两个斗不到十合，林冲卖个破绽，放一丈青两口刀砍入来，林冲把蛇矛逼供住，两口刀逼斜了，赶拢去，轻舒猿臂，款扭狼腰，把一丈青只一拽，活夹过马来。宋江看见，喝声彩，不知高低。"以下写宋江交代喽啰把一丈青拴了双手，送上梁山交与宋太公收管云云。

各位，这"不知高低"四个字大有讲究。宋江自打杀了阎婆惜，流落江湖直到梁山落草以来，整日价不与兄弟吃酒说话，就在聚义厅料理山寨大事，端的不曾在女色上动过心思。今见那一丈青，年龄不过二十，正是风情初开，武艺高强，平日里在扈家是颐指气使惯了的，且又已许配给祝家庄老三祝彪，即将成婚，那祝彪隔三差五也常送点绫罗绸缎金钗玉佩的小礼物与扈三娘讨她欢心，这女子就越发心高气傲，不把天下人放在眼里。如今被那林冲活活夹在肋下，又掷于马下绑了起来，但见遍身泥污，衣甲不整，秀发凌乱，粉汗阑干。扈三娘何曾受过这等羞辱。却又被一帮梁山喽啰你拉我拽，你掐我捏，若不是林冲在旁，这些喽啰发声喊，将扈三娘剥个精光也未可知。扈三娘羞愤难耐，却又动不得身，说不得话，一时间低头不知如何是好。正是，柳眉倒竖怒不得，杏眼圆睁气难顺。那宋江，平素阅人无数，却不外家中妻小，乡间村妇，青楼娼妓，哪里见过扈三娘这等大庄园的英武女子，竟是惊呆了。宋公明到底是梁山头领，他定定神，暗自叫一声：惭愧！扈家庄恁厉害，竟有这等女子，且将她送上山去，慢慢消受则个！

话说一干喽啰，将扈三娘双手缚了，却也不太紧。推进轿子，晓行夜不宿，不须数日，抬上梁山，直送到宋太公处。这宋太公住处，却在梁山一山凹，靠山面水，一处小院，原本是山下大户人家休闲避暑的别业，房前屋后，少不得有几株苍松，数丛翠竹，倒也清雅可人。自打王伦占山为王，这处地方成了王伦收藏押寨夫人的所在。林冲火拼王伦后，此地为晁盖所居。宋太公上山来，晁盖自然要让与太公住。

宋太公见三郎送回一英武女子，自然不敢怠慢，使宋清过蓼儿洼，去那旱地忽律朱贵店里，好歹要些酒菜，为三娘压惊洗尘。那三娘只是低头不语，漠然相对。太公道：娘子休嫌腌臜，且将就安顿。这梁山原本不是我等大户人家安身地方。三郎不孝，强送我上山，如今有家回不得，我宋家几代人辛苦攒下偌大一份家业，眼睁睁要坏在这黑厮手里。你说我如何吃得下，睡得着。太公说话间老泪纵横，失声痛哭。三娘自然也禁不住为自己伤心落泪。太公道：娘子有所不知，我家三郎却不曾有一儿半女。为他娶的浑家，他却只当丫环使唤，一向不甚搭理。老夫吃三郎哄骗上山，却也不曾带得他浑家来，只怕今生再不得见这儿媳了！娘子若能将就，老夫自不敢怠慢。即命宋清取来一包袱，说是离家上梁山时匆忙带出的金银珠宝，要送与三娘几样首饰。三娘心中正悲苦，哪会在意太公心思，只是悲泣不已。太公又道：想我宋家，在郓城县，也是广有田产的大户，父慈子孝，非止一代，耕读传家，多有功名。唯到三郎，败坏家风，甘心落草为寇，家门不幸，莫此为甚。我宋某教子无方，愧对列祖列宗！说罢又大哭，竟要以头撞墙，寻死明志。慌得宋清赶紧上前抱扶太公，父子二人哭作一团。三娘见状，更是伤心人别有怀抱，亦失声痛哭不已。太公又垂泪道：娘子，我宋家一门，本是大宋忠顺良民，三郎做押司，原本也有个好前程，可恨那晁保正本是富户，却贪心太重，偏要劫那生辰纲，又有吴用、阮家兄弟一干人从旁攒腾，自己做盗贼，还要牵累我家，陷三郎于不忠不孝。甚么江湖义气，全是害人昏话！如今我家皆成贼寇，罪孽深重，却是如何是好！娘子呀！你既进我家门，万望能劝我儿回心转意，早早下山归顺朝廷，我等还回郓城县做良民。三娘见此，也只是垂泪点头。暗想既已至此，倒不如先答应做宋江押寨夫人。那黑厮虽非一表人才，毕竟是梁山头领，往后有此靠山，却也不吃亏。一宿无话。自此后，三娘倒也安心，等宋江回山，再作计较。闲来无事，那宋婆婆倒常来闲话，无非抱怨山寨里果蔬甚少，饭食无味。宋婆婆指着蓼儿洼说，三娘你看，这偌大的湖水，竟不见一只鸭子，也不见荷花，想吃菱角都没有。在家时，鸡鸭鱼虾，时令瓜菜，吃甚有甚，哪像这强盗窝子，炊饼都有血腥气。那太公也感叹道，老夫在家时，隔三岔五，骑驴进城，去酒楼小酌几杯，又去那瓦子里听一段书，或者到茶肆里与人闲话半日，何等自在舒坦，如今到这步田地，唉，只怕是前世造了孽，生这逆子……三娘见二老悲伤，偶尔也劝导几句。

且说宋江打下祝家庄，回到山寨，思忖如何安顿这一丈青。私心原本要自己受用，又一想，别人不说，李逵那厮先不答应：哥哥你好没出息，江山没打下，自己却要搂婆娘睡觉去，铁牛先砍了那臭婆娘！其他兄弟嘴上不说，心里定然不快。如此，却不如送与他人，也是收买人心好手段。要说人才相貌，一丈青和林冲最般配。那林冲是个重情义的，虽说对妻子还念念不忘，见了三娘这妙龄女子，能不动心？这林冲又知书达理，温文尔雅，是个梁山少有的儒将，他要娶了扈三娘，两人相亲相爱，哪有心思再和官军厮杀，只怕要散乱了山寨军心。配给吴用？也不便当，吴用为人精明，然性格懦弱，看起来就是个怕婆娘的，若一丈青做了吴用的主，那军师的谋划大事要受影响。阮氏三雄？随便赏给谁，都能闹出一女杀三阮的惨剧来。送给铁牛？怕是要不了一夜功夫，那黑厮便叫一朵花似的三娘，一佛升天，二佛出世，香消玉殒送了卿卿性命！真正愁煞我宋江了。不妨向军师讨个主意。

吴用听了宋江苦衷，笑道，哥哥莫急，小可自有安人妙策。哥哥不是先前答应许王英一头亲事么？宋江道，我在清风寨时是许过王英，然王英兄弟实在难配扈三娘。鲜花插牛粪，军师端的忍心！吴用微笑道：哥哥若为山寨长久计，岂能在意一妇人。莫非哥哥自己要收了她？宋江红了脸，急忙道，宋江若有此心，天诛地灭！如今你我就去见晁天王，宋江当晁大哥面发个毒誓！吴用道，哥哥莫恼，就当小弟未讲。宋江道，军师快将妙策说与宋江听。吴用道，论相貌，王英兄弟最丑陋，然哥哥若将三娘许与王英，众兄弟定然折服。宋江道，军师此话怎讲？吴用道：哥哥将美女许丑男，论理自然不能服众，但众兄弟上梁山，大半是投奔哥哥你来，哥哥今日做此无理之事，正好考验众兄弟对哥哥是否真拥戴，仅此一点，哥哥也该将三娘许与王英。哥哥奖赏了武功平平的王英兄弟，他从此对哥哥死心塌地，对山寨情深意重，众兄弟看在眼里，自然会想，王英相貌才干最无讲究，公明哥哥尚且如此待他，我等高出王英许多，若略有功劳，不怕公明哥哥不有重赏也。梁山大业初举，来日方长，天下美女如云，岂能看重一小小扈家庄女子。将来杀进东京去，李师师之流且不说，那高太尉杨太尉蔡太师童太师家的如花美眷还不得任由兄弟们挑。哥哥将这意思说与众兄弟，没有不信服的。众兄弟有盼望，冲锋陷阵斩将掣旗自然勇力无穷也。宋江闻言大喜道，军师高见。说罢又沉吟道，只怕三娘不答应也。

吴用道：哥哥放心，小可先将那利害说与王英兄弟明白了，那三娘自然不在话下。此事还有深一层用意。梁山兄弟日渐众多，带了家眷上山的却甚少，总不能让众兄弟一直打光棍。随便弄个妇人消受又不成体统。长远看，少不了婚娶之事。此事却又关系重大，弄不好坏了兄弟义气，误我大事。宋江急问道，那又如何是好？吴用道，为长远计，兄弟们的婚娶，定须哥哥做主，美丑好赖，都须哥哥你定夺，不能由兄弟们任情使性，想娶谁便娶谁。宋江道，这怕使不得，男女之事，总要两情相悦，岂能指令搭配？吴用急忙道，哥哥此言差矣，婚姻之事，历来须听父母之命。如今这梁山泊，哥哥你就是众兄弟之父，自然要为他们婚姻做主，否则如何号令大家？不能号令众兄弟，将来又如何号令天下？！因此将这扈三娘许配王英，非为他两人计，实为我山寨大业所不得不为也！宋江如醍醐灌顶，连声赞叹道，军师高见，就请军师费心此事。

却说吴用唤了王英来，说公明哥哥做主，要将扈三娘许与你。王英听了连忙道，使不得使不得。吴用道，为何使不得？王英道，我王英何人，山寨里人物英俊，武功高强的兄弟却有许多，如何能轮上我王英消受美色！吴用道，兄弟此言差矣。公明哥哥在清风寨既已许你亲事，如今有好妇人，你却如何要推托？王英道，实不相瞒军师，王英并不喜欢这等女人。吴用笑道，三娘在祝家庄将你捉了去，你便不敢与她上床快活了么？王英道，军师莫耍笑，小弟实不喜这等烈马般女子。

各位看官，你道那王英说的是假话么？非也。这矮脚虎生性好色不假，却偏不喜扈三娘。原来那王英在家时，其父曾在本乡说得一门亲事与他，不料那女子见王英相貌猥琐丑陋，拼死不从。王英羞愤难当，竟手刃了那女子，抛下耕田牧牛的生计，流落江湖，做了车家，却也恨死了良家贞烈美色女子。这王英多年南来北往，并不曾娶妻。饥渴难耐要猎艳渔色时，无非鸡毛野店中粗蠢丫头，勾栏瓦舍里下等妓女，哪里见过大官宦家知书达理的女子。自打在清风山落草，与那燕顺、郑天寿过拦路打劫的快活日子，不时掠得良家妇女上山消受，却又养成一种怪癖。若那女子惊恐万状，哭天抢地，求爷告奶，王英便淫兴大发，非与她做成好事不罢休；若强颜欢笑，曲意奉承，或故作风骚，矮脚虎偏偏索然无味，恨不得一脚踢将山洞里去，要么赏与喽啰们消受。若劫到的是节妇烈妇一类人物，死不相从，那王英便使出浑身手段，拳脚招呼，鞭板伺候，不弄得她浑身青紫不罢休，待到这妇人无力挣扎，无语骂人，气若游丝，王英方能色欲如炽，压上去颠鸾倒凤快活一番。因此之故，那燕顺、郑天寿在山寨打熬不住，时常要约了王英偷偷去清风寨乃至青州城里勾栏快活，王英却索然无味，不愿奉陪。如今这扈三娘，即便公明哥哥交与我，我王英却不能打她骂她。她又不会哭天抹泪寻死觅活，我如何能尽兴快活！

各位看官，那吴用军师是何等人物，王英来历品性，他早洞悉无遗。因此他胸有成竹，对王英道：我自有锦囊妙计，教那扈三娘服服帖帖跟了你。王英道，我却是不喜欢这妇人。吴用道，你且听计议如何？如此这般说与王英听，王英半信半疑道，谢军师成全。

那吴用端的有计谋。宋公明当众将扈三娘许与王英，却当日里并未入洞房。军师以新房未拾掇停当为由，仍教扈三娘住在宋太公处，却每日里只教王英从母夜叉孙二娘处取一盘人肉包子与一丈青吃。那扈三娘并不知就里，胡乱吃几只，倒也无事。如此过了些日子，那扈三娘纳罕，私下里想，宋江将我嫁与王英那天杀蠢贼，岂能相从，原本想在洞房里与他较量一番，若能杀了那厮，倒也出口鸟气，大不了同归于尽罢了。却不料他倒乖巧，不曾死缠，却看他如何施展，再作计较。

一日王英来告宋太公，说新房拾掇停当，要娘子搬将过去。宋太公黯然无语，只是摇头叹息一番，却也奈何不得。三娘无可如何，携了随身衣物，随他走将过去。这梁山顶上地盘原本不大，聚义厅旁，却已新筑起几排厢房，其中一间，将就做了三娘的洞房。入到房内，王英道，娘子近来吃那包子可香甜？三娘淡淡道，却不曾有甚味道。王英笑道，三娘可知是人肉包子？三娘听了一怔，大口呕吐起来，直吐得翻江倒海，天旋地转，直把个三春桃花，吐成了败柳残絮。王英大笑道，娘子如此模样，端的好看！说话间，却见门外空地上，喽啰于木桩上吊起两个汉子，说是抓获的奸细。旁边支起丈二大铁锅，架上干柴，烧起火来。不多时，那燕顺等一干吃惯了人心肝的好汉，走将来，大叫道，王英兄弟，莫教浑家绊住脚，却不来吃这天下第一美味！几位好汉手执利刃，边割边骂，说做奸细合该如此下场。众好汉只管开胸破肚，取了心肝，喽啰在铁锅里涮熟了，端上来下酒吃。一时间惨叫刺天，血腥扑鼻，烟火缭绕，酒气弥漫，直把扈三娘看得心惊肉跳香汗淋漓，虽说三娘也经过阵仗，却何曾见过这等惨烈场面，说话间便晕死过去。那王英却不管她，径自和兄弟们吃人肉饮酒耍子去也。

　　待到三娘醒来，已然入夜，发现自己竟被剥得赤条条，身上青一道紫一道，用绳子缚了手脚，仰在床上，动弹不得。那王英赤裸身子，一手端了酒盏，一手持牛耳尖刀，乜斜了眼，嘴角涎水长流，见三娘醒来，嘟囔道：你却是我的浑家不是？若是，且割你股上肉来下酒。三娘顿时魂飞魄散，大叫使不得。却听得间壁有人嚷道，王英兄弟，莫要冷落了娘子，却叫她来与兄弟斟酒。众人哄笑，分明是阮氏三雄刘唐李逵燕顺等人。那王英听得众人喊叫，径自去了。可怜三娘，赤身裸体熬了一宿，浑身疼痛直如千刀万剐，眼见天已大光，房门敞开，让人瞧见，如何是好。真个是叫天天不应，呼地地不灵。正莫奈何，王英却从间壁过来，解了绳子，教三娘穿了衣裳。自己却去聚义厅议事。门口自有喽啰看守，三娘不得出门。

到了后响，门外好汉又做故事，这回上演的是凌迟割肉。那王英吃酒醉了，又来拿绳子缚三娘，三娘却不敢出声，任凭他摆布。第三日，众好汉却请花荣来演示箭法，将奸细绑在柱子上，三十步开外，一人一箭，直射得那汉子嚎哭连天，渐渐没了声息。又割将来下酒。

三娘暗自垂泪，哭泣道，这贼杀才恁狠毒，奴家命苦，落到这步田地，那宋太公、宋公明、吴用，却如何不见来搭救！三娘哪里晓得，那王英举动，门外场面，都是吴用调教摆弄她的计谋。每日里门外空地上，众好汉将那历朝历代十八般杀人动刑手段，甚么断腿敲膝盖的剕刑，割鼻子的劓刑，由嘴里插棍子穿破肠子的棍刑，锯断脖项的锯刑，大锅也煮人，大刀也肢解人，乃至剥皮车裂，但凡能想到的，都一一耍来教三娘看。见那不顺眼的官军贼囚暗探细作，还脸上刺字，说是为武松兄弟报仇。

说到这节，有人未免生疑。想那梁山好汉，也是天下豪杰，岂能暴虐如此？看官！你道那梁山好汉尽是仁义之人！看官莫忘了，那李逵杀起人来，从来都是排头砍去，不分青红皂白；那武松杀得兴起，也无论主人奴仆，不留一个。那替天行道的宋公明，不也安然享用花荣奉献的清风知寨刘高的心肝？！再说，那梁山泊上百英雄，数千喽啰，除非混进城里，尚可去那勾栏瓦舍厮混半日。平日里总在山寨，除了吃饭睡觉使枪弄棒，除了做那男女之事，拿杀人吃肉来练胆取乐，却也是题中应有之义。

各位看官，你道这梁山上真有许多细作暗探潜伏？非也。吴用酷刑杀人，原本不只要吓唬胁三娘。他说与宋江听：山寨里好汉日多，各人心思不一，虽说众兄弟都仰慕公明哥哥义气，投奔你而来，天长日久，难免要人心涣散。为长远计，一要等级森严，虽然大家皆兄弟，毕竟还得有等级贵贱之别，否则何以发号施令。因此吴用一上山，便效仿那汉初叔孙通，为山寨制定许多礼法规矩。晁盖宋江住独院，有数人专司服侍，且独自开伙吃饭。其余人则一同住宿用饭，只是视本事大小及与晁盖宋江亲疏远近不同，待遇略有差别。那李逵也曾表示不满，却为吴用一通呵斥，又说道理与他听，方才折服不言。二要杀人立威。防奸细乃山寨第一要务。投奔梁山的，并非人人皆真豪杰、大英雄，有些就为混饭凑热闹来，此辈且多为无赖地痞，杀掉不足惜。尤其要紧的是，杀人能立威。有不服管教号令者，即以奸细罪名斩除，如此则哥哥不怒自威，谁敢不听哥哥的话！宋江恍然，遂用吴用计谋，每日里在聚义厅前变法子杀人。山寨从此肃然。

如此折磨了一个月，三娘再见王英拿来人肉包子，便连说好吃，感激官人的好话竟滔滔不绝。到了晚间，求王英将自己缚了，才好入睡。那王英见此，连忙去告吴用如此这般。军师道，王英兄弟，你如今且与她圆房，随你摆布，三娘绝无怨言。

那王英回到房中，果然将三娘缚起，将皮鞭来抽打，三娘却一边尖叫一边说，奴家快活，官人快来与奴家耍子！王英大喜过望，三两把除去衣裤，使出黑鹰啄鸡、饿虎扑食的本事，两人地动山摇，风狂雨骤，直听得间壁众好汉涎水长流……

看官！如今正当大宋太平盛世，天下和谐，王英那厮弄出这等声响，岂不令上古圣人、当今明君蒙羞。在下竟不能再将这书说下去。

闲话不表。且说自圆房后，扈三娘与王英真个是相亲相爱，白日里倒无甚言语，相安无事，到夜晚则绳捆鞭抽，鬼哭狼嚎，如漆似胶。三娘脾性似也大变，平素见了诸头领低眉顺目，恭敬有礼。宋江吴用赞叹道，我梁山真予人新生之福地也！众兄弟将来若都有三娘这般浑家，梁山何愁不能大展宏图！

日月如梭，光阴似箭。一日二人拥卧未起，聚义厅已然擂响大鼓。夫妻二人连忙披挂了，去到厅上，却听宋公明发号施令，要去攻打那高唐州。二人对语道，咱家报答梁山的时候到了，当奋勇杀敌去也。到了高唐州，那一丈青寸步不离矮脚虎，将丈夫护在自己身后，唯恐有一丝闪失。自己则奋勇向前，斩杀官军无数。得胜回梁山论功行赏，扈三娘位列前茅。王英喜不自胜，对众头领道：我家三娘，真英雌也！王英有此浑家，便今日死了，也无恨无憾！

自那以后，夫妻二人直到战死江南，竟再未红过脸。说来可怜，当年扈三娘若不是为了救矮脚虎，也不致被方腊手下那魔君一金砖打死。唯一缺憾，夫妻多年，征战四方，竟未能生出一儿半女，王英香火断绝，令后人惋惜。诗曰：

> 谁有三娘心气高，
> 梁山好汉灭妖骄。
> 日剖心肺佐餐菜，
> 夜挞肌肤酷虐操。
> 塌地死心矮虎嫁，
> 杀伐征战忠贞昭。
> 驭人妙策范千古，
> 爱自惧来难退消。

2010 年 8 月 30 日，海口

原载《文学界》2012 年第 4 期

尸杀

阳篇

一进腊月，就下起了大雪。沟沟壑壑白得没眉没眼，窝在南塬脚下的村庄，从远处快看不见了。鸡在架上，猪在圈里，饥饿的叫声被巴掌大的雪片压住，传不远就闷在了雪地中。腊月二十三这天，雪总算停了。社员在自家窑里热炕头上过小年。养了猪的几家人，大锅里烧上水，要请人杀猪了。狗从霍霍磨刀声中已闻出了血腥味，尾巴摇出一股风。

生产队长刘忠厚，老婆死了，女儿出嫁，一个人过。早上起来熬了一口罐罐茶，细细咂完了，起身披上光板子烂羊皮袄，卷了个喇叭筒叼上，袖手弓腰，扑腾扑腾朝榆树沟去。

榆树沟在庄子最东头，是双眉和东面白莲村的分界，沟深坡陡，常年刮阴风，因此不住人家。大炼钢铁时在沟西阳洼里挖了一排窑洞，早都废弃了。忠厚如今却是要到那里去看一个上山客。上山客是泾河川里人对六盘山以西贫困地区人的蔑称。那里今年又遭了大旱，入冬后牲口没草吃，省上安排到泾河川来就食．泾河川里人就不愿接承。吆一群牲口到双眉的碰巧是忠厚当年抗美援朝的战友安俊。要不是安俊自己说，忠厚根本认不出来。当年高大英俊的神枪手，如今成了驼背老汉，穿的也是当年志愿军穿过的土黄色棉衣，却是这两年政府发的救济，上山客每人一身。泾河川人一看这一身黄皮，就知道是上山客。安俊说上面安排的生产队人家根本不接承，他实在没奈何了，才求到老战友门上。忠厚让他把牲口吆到榆树沟住下，偷偷送了些玉米秸秆。安俊和牲口窝在榆树沟，庄里人知道的不多。安俊来时背了一口袋红薯粉作口粮，忠厚告诉他沟口地里还能寻着没挖完的洋芋，如今雪这么下，怕是挖不着了。他估摸那红薯粉早吃完了。

前面几声枪响，又勾起忠厚的回忆。他想起当年安俊趴在雪窝里瞄准鬼子，一枪一个，从不放空的神气，那真是叫人嫉妒的好枪法啊。现在的人还叫打枪！你看，你看！忠厚走到了打麦场，见三个知识青年端了枪打麻雀。忠厚见他们几枪都放空，脱口而出说，会打枪的在榆树沟里呢。

知识青年援胜没听清，说榆树沟有啥？忠厚唾了烟屁股说，会打枪的往榆树沟走，沟里阳洼坡上风刮得雪薄，有野兔出来刨食呢。三个人就嚷着要去。忠厚正要和他们一齐走，几个社员寻了来，请队长去他们家喝杀猪酒。忠厚嘴上说谁家也不去，脚底下却挪不动了。几个人嘻嘻哈哈扯住忠厚的烂皮袄不松手。忠厚说日你先人，要五马分尸呀，老子只有一张嘴！援胜说这还不简单，排个队，挨家往过喝罢。几个社员一愣，然后齐声说，好！三个知识青年在榆树沟的阳洼里转了一个多钟头，没看见一只兔子，倒见崖畔上飞来一群野鹁鸽。三支枪乱放一气，打伤了一只。那鹁鸽扑棱棱挣扎着飞了一段，一头栽了下来。三个人追过来，见鹁鸽落在窑门口雪堆旁，大肥过去拣，一脚踢在雪堆上，疼得龇牙咧嘴，低头看，雪底下露出旧黄棉袄，却是个死人，吓得大叫。跃进说，我说怎么打不到兔子，原来是这死人坏了运气。援胜说，刨开看看。三个人用脚乱踢一气，露出来的死人弓腰缩成一团，满头冰雪，看不清五官。是个上山客，跃进说着又在死人头上猛踢一脚，掉下的冰块上粘着几丝头发。

大肥说走走走，眼看过年了，碰个死人，晦气。

援胜点上烟，看着死人不说话。

跃进拣起鸽子，一脚踢去，说让你再飞。鸽子就飞向空中，划个弧线，摔入雪中。他过去拣起来，又踢一脚，当足球玩上了。

援胜望望沟底，远处有一个截过椽子的柳树，光秃秃的树干顶着半尺长七八个枝桠，黑乎乎的树桩子在雪地里分外醒目。

跃进往窑里看看说，这窑里牲口像是没人管了，咱们干脆一枪一个，打死了送给社员过年。

大肥就端起枪瞄来瞄去，问援胜敢不敢打。

援胜说牛是农民的宝，杀牛犯法，你不知道？跃进说宝个屁，都瘦成龙了，我看耐活不到过年都得饿死，与其饿死受罪，不如打死，还能多得几斤瘦肉。再说这可是没主人的牲口。

援胜说，牲口不能打，闹不好成了破坏生产，罪名就大了。

跃进说，那咱们就这么回去？我总得开开杀戒罢！大肥说，就是嘛，跑了一上午，才打了一只鸽子，真他妈不过瘾。

援胜把烟屁股往上一摔，说你们想不想杀人？跃进不假思索就说，想。武斗时我看人家打得那个热闹！可惜年龄太小，让我妈关在家里，只能在窗口看。

大肥说，打仗杀人？我可不敢。

跃进嘲笑说，料你也不敢，杀鸡都手发抖。全大队几十个知青，恐怕就你胆子小了。

大肥有点不好意思，说我是不敢打仗杀人，要是让我枪毙人，肯定敢。我在城里时，每次枪毙人，我都去看的。当兵的端起枪，瞄准了，一声令下，砰地一声，犯人就倒在地上了，干脆得很。

援胜说，我有个好主意，看见那棵树了吗，咱们把驼背吊上去。

跃进一愣，马上就反应过来了，说太好了，咱们当了这么长时间基干民兵，老打纸靶没意思，这回打打真人。

援胜纠正说是真正的死人。

大肥一听要打这个尸体，又不敢了。

援胜嘲笑着说，你就想他是仇敌，是你最恨的人，他杀了你爸，强奸了你妈……大肥说我爸没死……跃进哈哈大笑说你就当是真的嘛。突然又脸一板，恶狠狠地说，看你那个窝囊样，还说敢枪毙活人，你不玩算了！我们两个打起来更过瘾，一人还能多打几十发子弹！大肥憋红了脸说，我打，我敢打！咱们比比看谁狠。

他们从窑里牲口脖子上解了两根绳子，拴住驼背脖子和脚腕，拉到崖畔，推了下去。驼背滚到了沟底河滩边。他们下来，把驼背再拖到柳树下。

援胜端详一番说，不行啊，这家伙团在一起，吊起来是一疙瘩。先得把他弄直了。

他们让驼背坐起来，用枪托砸他的膝部。只几下，破旧的棉裤就被捣烂，膝盖露出来，再来几下，膝盖碎了，腿就直了。

他们用同样的办法弄直了胳膊，让驼背翻身趴下，头顶着地，腰还弓得老高。援胜说枪托这下不顶事了，站上去跳。他们轮流站在驼背的弓背上，跳得老高，又狠狠踩下去。跃进一跳没站稳，摔了个狗吃屎，爬起来又上去跳，嘴里骂道，死了还不老实，看你再把老子摔下去。他们到底踩断了驼背的脊梁骨。大肥最后上去踩断了驼背的脖子。驼背现在平展展爬在地上，成一个十字架的形状。三个人出了一身大汗。援胜说这老骨头他妈的还挺结实。

他们坐在雪地上休息，抽烟。时间已近中午，雪光刺眼，他们只能看东山无雪的陡坡。沟里不时卷过一阵寒风，从崖头吹来的雪粒像枪里射出的钢针，扎得脸生疼。

跃进说他妈的，折腾得又冷又饿。

大肥说，我可不饿，你是不是不想打了？跃进说，操，我不敢还是你不敢，等会儿看。

援胜说，赶紧吊，活动活动就热了。

他们在驼背的断脖子上绑好绳子，吊在了树上。

大肥跃跃欲试，问援胜怎么打。

援胜说，后退一百米，先打胸部，打穿了前进三十米打头，最后在五十米处打脖子，什么时候打断了，人掉下来就算结束。

跃进说，打脖子前还要打打鸡巴。

援胜说，别太流氓了，死人那玩艺儿又不能勃起，冻成一疙瘩，有什么意思！跃进说我就想打。

他们后退到预定位置，站着端起了枪。雪地里的目标非常清楚。援胜说能见度很好。大肥瞄了一下说没把握，得趴下打。跃进说你趴，我们不趴。援胜说，只要敢打就成，枪法不准没关系，关键是态度要端正。

援胜瞄了一下，看看手中的枪，笑着说，操，志愿军的枪，志愿军的衣服，邪门了！大肥开了第一枪。驼背胸部绽开一朵肮脏的小花，炸飞的棉花絮飘向空中，远远望去，像是死人哈出的热气。

乒乒乓乓一阵枪响，驼背胸前开满了花。跃进眯着眼说，他妈的怎么没血？援胜说，你们家冻猪肉有没有血啊？他们停下来歇歇眼睛。援胜眯着眼睛说，跃进你把老张家的翠翠到底怎么弄的，给我们说。跃进说还能怎么弄，你怎么弄我就怎么弄，你先说我再说，援胜说我怎么会弄她，也就摸摸揣揣，就这我都嫌脏，十八九的大姑娘了没洗过澡。你他妈小心别把人家肚子弄大了，到时你怎么走得了，她会赖着跟你结婚。跃进说我当然没那么傻，也就跟她玩玩。不过你别说，翠翠那小奶头真他妈有味儿，我揉得她浑身直打颤。我他妈要不是怕惹出麻烦，早把她干了。大肥说，你们都得留点神，翠翠那三个哥可是真正的二球，他们知道可不得了。援胜说，翠翠是挺有味道，可咱们不能老盯住一个呀。我看翠翠她二嫂子就不错。她男人一年都回来不了一次，她的眼睛老在火辣辣勾引人。你们不要以为结过婚的就一定不如处女。跃进说，我怎么没看出来，不过她起码很干净。援胜说，大肥你去试试怎么样？肯定很过瘾的，她会把你侍候得很舒服。大肥说我不行，还得你先上。援胜不动声色说，我早都上过了。跃进跳起来说你他妈什么时候把她也干了？援胜笑笑说我干女人还得提前通知你吗？大肥说你到底什么时候下的手？援胜说收玉米时在地里。跃进说那都好几个月了，你怎么现在才说？援胜说反正你有翠翠玩着，告诉你你也没兴趣呀！咱们还是继续打罢。

他们前进三十米，打头。援胜说这回我先打。他一枪过去，驼背的脸面就一片模糊。大肥连放几枪，有一枪打飞了驼背的头皮，乱柴一样的头发满天飘舞，他高兴得跳起来。跃进干脆不打了，说你们打，我要一人打鸡巴。援胜哈哈大笑，好，我们让给你。

　　两人停止了射击。跃进走过去用刺刀挑断驼背的裤带，扒下裤子，露出裆里的东西。退到三十米处，瞄准了，喊一声我操你妈，打一枪。喊了五声，打了五枪，他突然嚎叫了一声，扔了枪，对着死人，解开裤子，低头挺腹，捏着他的家伙哼哼起来。

　　大肥见状，浑身哆嗦，两手颤抖着上好刺刀，哇地大叫一声，冲了过去，摆出标准的刺杀姿势，嘴里喊着杀声，对准驼背已被打烂的裆里乱捅。

　　援胜不动声色看着他们，坐在雪地上抽烟。

　　跃进满脸赤红，系好裤子不好意思地走来。大肥捅了一气子，跑到不远处蹲下呕吐起来。

　　援胜笑着对跃进说，你他妈怎么这德行？下一回要碰上个女尸，你怕能把人家操活了。

　　飞来一大群乌鸦，在柳树上空盘旋，聒噪。援胜对天放了一枪，乌鸦飞上崖畔，仍然叫个不停。援胜说大肥你过来罢，我们还没打完呢。

　　大肥走回来，脸色蜡黄。援胜说很勇敢嘛。大肥说我他妈今后什么都敢干了。

　　援胜坐在地上，端起枪，打驼背的双手，说要把两个手都打断。

　　跃进躺在雪地上，疲疲地说我不想玩了。援胜说把剩的子弹给我。大肥也把自己的子弹拿了过来。

　　援胜打得很有耐心，瞄准了，一枪一枪地打。他打掉了驼背的双手，打飞了残存的一只耳朵。最后他打驼背的脖子。

　　榆树沟里的火药味和腐臭味浓起来，崖畔的乌鸦越聚越多。援胜说，我最后一发子弹了，驼背这一下要掉下来了。跃进从地上爬起来，点上一支烟说，打不下来怎么办？援胜说，打不下来我给驼背磕头。大肥说给他磕什么头啊！打不下来要买烟。

援胜屏住呼吸，瞄准连着驼背头颅和身躯的最后一点皮肉。沟里这时一片寂静，乌鸦也不叫了。援胜开枪了，驼背的身体晃了晃，没有从树上掉下来。两人看着援胜不出声。援胜脸有点红了。乌鸦群飞了过来。几个乌鸦落在驼背肩上。驼背扑通一声，摔下来，雪地上溅起一片雪花。乌鸦惊飞了，又盘旋而来。援胜笑了，笑得很灿烂。

援胜说，完了，走罢。

大肥说，死人怎么办？跃进说管球他怎么办。援胜说没关系。乌鸦先吃，后面还有狼，两天后连骨头都没了。

乌鸦们开始疯狂啄食。人肉和棉花粘在一起，缠住了它们的尖嘴，气得呱呱直叫，叫声更尖锐了，像刀划破天空，带出一阵刺骨冷风。

他们打了个冷颤。援胜说，真饿啊。咱们唱个歌罢。他先唱了一句，跃进和大肥就跟着唱起来：日落西山红霞飞，战士打靶把营归……天空渐渐变暗，雪地更白亮。三个黑灰的身形在雪地上极其醒目。援胜看看天说，快点走，又要下雪了。

他们在村口碰上了老忠厚。喝得醉熏熏的老忠厚说要往榆树沟去看望老战友，还从怀里掏出一个小小的扁酒瓶，摇摇晃晃卖派说要和老战友去喝一口。

跃进笑嘻嘻一把抢了过来说，哪里有什么鸟战友，让我喝了算了。他刚一仰脖，老忠厚和大肥就同时来抢，援胜一把就把老忠厚推倒了，却做出拉他没拉住的样子，说队长你醉了，我们扶你回家。忠厚躺在雪地上满嘴胡话。他们三个抢光了酒。援胜说，咱们还是把老忠厚弄回去好。他们连拉带拽没走几步，就弄不动了，援胜说，让他先睡这，叫他儿来背。

他们扔下老忠厚，向村里走去。这时，天已黑了。

阴篇

我从远处游荡回来，就看见三个人在踢我的尸体。他们踢开了我脸上的雪，仔细观察，骂骂咧咧说把脚都踢疼了。这老家伙怎么死这儿了，真他妈晦气。

要按任何一种鬼怪故事里的描写，我可以随便对这三个人施以惩罚。比如让他们互相扇耳光，叫他们头痛欲裂，给他们使绊子，一步一个筋斗摔得鼻青脸肿，赶着他们就地跳舞跳个没完，口吐白沫发神经说鬼话，把他们家里人吓个半死，等等等等，办法多得很。

但我没有。我甚至都没有怎么生气。

我不生气有一个原因。我发现这三个人都很年轻，比我儿子还小得多。哪个年轻人不做点错事，我怎么会怪罪他们呢。我管着自己不去看他们以前的事，我怕知道他们干过什么坏事。一个人的坏事你要是不知道，你能说他不是个好人？我现在要把这三个东西从小到大的坏事看清楚了，恐怕非得抽他们每人十个耳光。再说我现在什么事也没有，闲着也是闲着，倒不如看看他们想干什么。想到我以后常年都得闲着什么事也没有，那多难受。活人闲着没事是享福，我这孤魂野鬼说闲着是真闲，什么事也摊不上，活着忙了一辈子，死了没事干倒成了最大的折磨。

　　我死在一溜塌窑外边，三天了没有人动我的尸体。他们要拖到另外一个地方去埋我吗？他们在我尸体的脚脖子上系了一根粗糙的麻绳，拖着走。我的尸体是蜷着，拖起来很费劲。不是屁股就是头，总往雪里扎，不能像拉雪橇那样形成一个平面，结果拖过去的雪地上就一片狼藉。幸亏是冻僵的，不然我那脚脖子就惨了。我在他们身前身后晃悠，看着我的尸体在雪地上连滚带爬。在我尸体前面，平整洁白的雪地已经被他们三人的大脚片子踩得乱七八糟。我很想自己去拽，让他们跟在我的后边，这样一定是很好看的一个场景。我这三天来最大的收获是，真正懂得了什么才叫好看，什么东西才叫干净。我明白了这个道理以后，才发现自己死在冰天雪地里实在是莫大的幸运。我的尸体没有腐烂。我唯一的遗憾是没有死在一个荒无人烟的地方。当时我实在走不动了，要是再能坚持半个钟头，我就会离开这塌窑，下到沟底，到沟脑里找一个背风阴凉的地方，躺下去永远不再起来。

　　这三个小伙子像是打猎的，每人有一杆七九步枪，这种枪我可是太熟悉了。他们背着枪，扛着丁字镐、铁锹，吭哧吭哧地在雪地里跋涉。他们骂别人，骂天气，骂他们的领导，最后就骂到了我的头上，说我的尸体给他们添麻烦。我听得有点烦，就往他们脸上吹气。他们大叫说，风不大，怎么雪糁子打得脸这么疼？我又有点不忍。心想算了算了，干嘛跟人家过不去，都挺不容易的，是不是？他们把我的尸体拖下沟，离沟脑还远，他们停下来。一个长相英俊的说，就地挖坑吧，再往里走太费劲。我透过他的大皮帽子，发现他一根头发都没有，他天生是个秃子？像他这么年轻的秃瓢还没真见过。另一个说，地冻得这么硬，挖坑太费劲，干脆找个现成的低洼处用雪埋了算了。这小子更懒。他又瘦又高，有两颗奇长的虎牙，闭着嘴还有一大截尖尖地露在外边，他的上唇又特别短，一笑就露出一大截鲜红的牙龈。第三个肥肥胖胖，脸盘很大，眼睛很小，眉毛淡得几乎看不见，两个黑乎乎的大鼻孔就显得非常突出，很像猪鼻子。他附和说，拖远一点，等开春解冻了再来埋不迟。

我心里说这帮家伙也太懒了。"雪地里埋死人"本来就是本地人口前头的俗话，现在他们真要这么干？遭年馑，跑土匪，打仗时死人多得埋不过来，先用雪掩盖，也是常有的事。我这几天四处漫游，从西面张家川的秦亭到东边临潼的秦陵，从北面的盐池西海固到南面的渭河一线，方圆八九百里上千里，凡是人能走到的地方，我都能看得见地底下密密麻麻的死人骨头。不是饿死的，就是打仗打死的。老死病死规规矩矩有坟地的，倒不多。想不到今天轮上我了。他们用雪掩埋，明年开春尸体恐怕已经又烂又臭，不成体统了。虽说我对自己的尸体不在意，但腐败的肉总不是什么好看的东西，你说对不对？秃子说，开春恐怕烂得不成样子了。长牙想了想说，不要紧。等不到开春，过一两天就让狼吃光了。

乖乖，我的尸体要喂狼?！但想想也不是什么大不了的事。再说有没有狼还是个问题，我就没看见过。就算有狼，它吃不吃死人肉也难说，很多通灵性的野物是不吃死物的。怕什么？看看吧。

他们休息了一会儿，继续往沟里拖我的尸体。这会儿起风了，山沟里的风特厉害，我飘飘荡荡立不住脚，我想要是附在他们谁身上就好了。但鬼附活人弄不好会出事。我只好贴在我的尸体上。说来也怪，我一挨近自己的身体，就非常非常不舒服，肮脏，冰冷，我怕自己给冻在尸体上剥不下来，那可就麻烦了。我得躲开点。最后我只好紧紧抓住拴尸体的绳子，把自己吊在绳子上，晃晃悠悠让他们拖着走，我觉得自己屁股以下的身体好像要被风刮掉了，赶紧用两腿夹紧了，正手忙脚乱，风突然没了，我才算松口气。

他们的话题转到了打猎上。秃子说，他妈的，转了一上午，没打着一根兔毛，倒领了这么个差使。今天恐怕又是空手回家了。

我替他们看了看，周围确实没有啥野物。唯一有活气的是前面三棵柳树。柳树的树枝被砍得光秃秃的，只剩下树桩，在一片洁白的世界里，这黑乎乎的树桩子特别醒目。这种树叫橡柳，是专门长橡子的，树干上直接顶着十几根同样粗细的树枝，长到能用来做橡子了，就全部砍光，再长新的。让我惊奇的是，我发现中间那棵树上以前至少吊死过三个人。一个是被别人吊死的，另外两个是上吊自杀的。仔细看，这三人的尸体都没有埋在树下，附近也没有。树上的死人气我远远都能闻得到。

秃子停下来问道，你们杀过人没有？长牙看秃子不拖了，扔了手里的绳子说，谁有机会干那个？猪鼻子说，有机会也没胆量啊。这树他妈的长成什么样了，黑乎乎还挺吓人的。

秃子说，日子过得真他妈没劲透了。要吃没吃的，要玩的没玩的。

猪鼻子说，还玩呢，连看的东西都没有。什么都没有，想打个猎吧，连个兔子都没有。真他妈能把人急疯了。

秃子掏出烟，三人点上。我有点呛——鬼也怕烟？我躲远一点，听他们闲扯。

秃子说，我有个好主意，咱们打打死人怎么样？我一下就跳到了空中，这个主意可太好了！长牙和猪鼻子好像也没有反应过来。秃子又重复一遍。

长牙一拍手，打死人？好啊！猪鼻子说，也是，以前光练打胸靶，纸的，今天对着真人，干他一气子，好好过过瘾。

　　秃子叫他们把我的尸体往中间一棵柳树上吊。我想现在他们要拿我当靶子了。当靶子就当靶子吧。我自己的态度到底对不对？这尸体现在还属于我吗？我真跟它有关系吗？我再被杀一次，又有什么损失呢？我想不明白。那就去他妈的！干吗不让他们玩玩呢？我干吗不跟着开开心呢？事到如今，我倒想看看他们能玩出什么招儿。一转念我又想也许这是对我的另一次惩罚？我先前干什么坏事了？要是回忆我这一辈子，那事情可太多了。我干的好事差不多人们都知道，可我干的坏事谁都不知道。我既然已经死了，后悔也起不了作用，我到底干过什么坏事？不想去追忆了，当然更不想在这里向各位作个交代。一句话，我觉得让他们再杀我一次，恐怕就是神的安排。我认了罢，反正又不疼。灵魂是没有感觉的？他们把绳子解开，拴在我的脖子上，拖到树下把绳头搭过树杈，一拽，我的尸体就吊起来了。秃子看了看说不行，快团成一个圆疙瘩了，头窝在怀里，怎么打？放下来。长牙和猪鼻子说放下来咋办？我马上借秃子的嘴说，得把我身体弄直了，才像个标准的靶子，他们按我的指点，让我的尸体趴在地上，秃子踩着我后脑勺，长牙用铁锹叉住双腿，让猪鼻子站在我后背上跳。猪鼻子颤颤悠悠站上去，只一跳，我的脊梁骨喀嚓一声就断了。

　　他们又把我翻过身来，仰面朝天。秃子使劲踢我的下巴颏，踢了十几下，我的脸就面对蓝天了。又猛踹我的膝盖，把腿弄直了。我在空中看我自己这模样，真是难看。我对自己更没有同情心了。让他们闹吧。

　　他们把我再次吊起来。这一回我的身体基本垂直了。但是跟一个标准的人靶还是有差距。两条胳膊还蜷在胸前，加上那一身破棉裤棉袄在雪地泥污中拖来滚去，已经弄得不成样子了，要是不知道情况的人，还不一定能看出来这是个人的尸体。秃子站在远处端详半天，走过来拿起铁锹，又铲又砍，先让我的两只胳膊耷拉下来，再削去我胸前的破棉衣。经过一番修理，我的尸体就敞开了胸怀，对着这三个枪手。秃子觉得还不理想。他叫另外两人把多余的绳子砍成几截，把我的双手双脚抻开，拴在旁边两棵树上。这样，我的尸体就成了一个大字形。我已经很瘦了，胸脯上没有一点肉，而且是个鸡胸。腹腔瘪瘪的，两条麻杆腿从膝盖处被踩断了，在空中晃来晃去，远远望去，就像挂在架子上准备让人拿着表演的皮影。

他们退到了二十米开外。我站在他们旁边，看他们的枪法到底怎样。猪鼻子先打，没打中，反倒叫枪的后座力撞得龇牙咧嘴。太臭了！白浪费一颗子弹。我听到我这话从秃子嘴里说出来了，原来他成了我的传声筒，真他妈好玩！第二个该长牙先开枪。他瞄准的是我的胸部，我说这可不成。他扣动枪机一刹那，我飘过去推了一下枪管，烫得我差点叫起来。你知道我们鬼是怕热不怕冷的。他自然没有命中，我的胸膛完好如初。但紧接着猪鼻子一枪，差不多打掉了我整个脚丫子，这家伙也太黑了，他真敢打啊！我飘到前面，想看看他们射击时的表情。我观察半天，他们除了有点正常的兴奋外，没有任何让我感到新鲜的神态。我原先每天看到的人们懒懒呆呆，一会儿团结紧张，一会儿严肃活泼的表情，照样很无聊地挂在他们脸上。倒是平时常有的恐惧，现在没有了。他们根本不怕死人。我站在这儿他们也不怕。这让我多少有点失望。我知道一个人在战场上要是一点都不害怕，这人自己就很可怕，这是我的亲身经验。

我想体验体验子弹穿过我身体的滋味。他们已经开始打我尸体的腹部了。这回我倒想进到尸体里去，但连贴近都很困难。我只好站在尸体前不远的地方，我对他们说，开枪吧，小的们，我不怕死。猪鼻子就跟着我学了一遍。秃子就说，猪鼻子你在替死人说话吗？猪鼻子说没有啊，我说我自己的话啊？我刚才说什么啦？这让我很不舒服，我一说话，他们就要学，我可不愿意有这么三个跟屁虫，那不烦死了。我本想面对枪口，可是我无法控制自己，只要枪一响，子弹飞过来划动的气流，一下子就把我震向空中。鬼魂的质量还真是太小了。我原以为，我站在那里，让子弹把我撕成碎片，然后我再复原。这种破碎而后再生的经过大概跟成仙也差不多。但看来不行。我这个鬼魂无法再体验一回死亡的美妙感受。子弹不能穿越鬼魂的身体？他们三个也走到跟前来看他们的战果。我的胸脯上流着黑褐色的粘稠的液体，像是血，又没有一点红色。被炸开的肉是一种很难看的暗灰紫色，胸腔里棉花絮、骨头渣、肺泡、肉丝、血块，混在一起，一片模糊，根本看不清心肺是什么样子了。我注意观察秃子的表情，看出了他的心思："我想，原先的人动不动要吃人的心肝，其实新鲜的人心肝和畜生差不多的。肯定不难吃。要是这个尸体没有冻，还新鲜，我们会不会尝一尝呢？"我又看长牙的脸，我发现他的想法居然和秃子差不多："人肉到底是个什么味？真他妈想吃一口，只可惜不能从活人身上割一块来。"猪鼻子呢？他似乎胆小一点，把事情的消极面看得多一些："尝一口人肉是应该的，但会不会恶心得吐出来？"我刚才看他们三个的心思，才明白几个活人在一起，就是没有鬼捣乱，也会经常同时想到同一件事，虽然没一个人说出来。比如现在这三人就心心相印地想尝口人肉。我越想越不对劲，这三个东西太狠毒，竟然同时都想吃我的肉。他们平时不也人模狗样，穿得整整齐齐，洗得干干净净，说一嘴人话吗？我惹着谁了？我忍着怒气看他们还能说出些啥干八蛋话。

秃子说，他妈的真难闻，幸亏是冬天，夏天肯定熏死人了。

长牙说，夏天也不错，死人是软的，可以练练开膛破肚，割肉什么的。

秃子说，要是慢慢割一个人，肯定很过瘾。

猪鼻子说，那就叫凌迟，一个活人割几千刀才能割死。

长牙说，可惜我们没有刀，不然可以试试。我只割过猪肉。

秃子说，这死人肉跟死猪肉也差不了多少。

我又好气又好笑。我怎么跟猪一样了呢？长牙说，拿刺刀割一块大腿来烧烧，看什么味道。

我觉得长牙割我的大腿肉有点过分。但也许他们就是饿久了老吃不上肉才胡思乱想。人饿极了可是什么事情都能干得出来。

刺刀是三棱的，没有刃。长牙在我大腿上乱刺了半天，没割下一块肉。我正想帮他想想办法，他却跑过去对秃子和猪鼻子说，下一把我不打头了，让给你们。秃子问为什么。长牙说我想打鸡巴。

这下可把我惹火了，我就手给他狠狠一耳光，打得他一个趔趄，我自己的胳膊好像都打掉了。还没等他站稳，我照着他裤裆又是一脚，长牙哎哟一声就捂着肚子窝倒了。秃子说你怎么回事，自己打自己耳光？还没打人家的鸡巴你的鸡巴就有问题了？猪鼻子哈哈大笑说你这个流氓。我看到猪鼻子宽大的鼻孔深处，红色的鼻毛在笑声中颤抖。我又有点可怜长牙了。他其实更像条狗，吃不饱饭的狗。现在他窝在那里，一动不动，我这一脚怕是太重了，别把他小命给要了。

但长牙没有放弃他的想法，他窝了半天，慢慢站起来，走过去扯掉了我尸体上的棉裤。我那话儿就露出来了。真是难看，而且冻在一起。我一开口，秃子和猪鼻子跟着我说，你他妈的真干啊，小心你下辈子没鸡巴！长牙走回来说，没有就没有，谁他妈知道下辈子是怎么回事，能管那么多！他端起枪，瞄准尸体的裆部。

这一枪打得特别准，我的生殖器全给炸没了，连毛都没剩一根。我暗暗诅咒说，这家伙该断子绝孙，该永远阳痿。

我还没想好治他的办法，秃子就笑着大声说，你以为这一枪打得准，你那鸡巴就硬起来了？还是不行，伙计！猪鼻子跟着哈哈大笑。我也让他们惹笑了。长牙狠狠看了他们一眼。突然，他转过身，对着我的尸体，掏出生殖器揉搓起来。

我本想再扇他几个耳光，可一想到我现在叫他一枪把命根子弄没了，就没了脾气。我这不成了太监了？我不由摸摸自己，裤裆里什么也没有，本来也没有啊。我对他们太宽大了，我怎么也想不到他们能干出这种事来。

长牙还在揉，我实在不忍看他的恶心样，凑近他耳朵大声说，没听说谁给死人卖弄自己的老二！谁说话？长牙回头一看，秃子和猪鼻子还在远处火边。他楞了，提起裤子就跑，尖叫说遇上鬼了，遇上鬼了。

秃子说，鬼在哪？别发神经。

猪鼻子说，死人吓的吧？我怎么没听见？长牙说，我明明听见有人趴在我耳朵边说话呢。

看他那个可怜样，我觉得很开心。我很想说，正是在下。但还是忍住了。我不想他们半途而废。我的头还完好无损呢，他们还应该继续打。但秃子也看见了长牙在掏裤裆。

秃子说，你刚才解开裤子干嘛？长牙说，撒尿啊。

秃子邪邪一笑说，撒尿啊？怎么雪地上没尿窝？猪鼻子说怕是球痒得不行了，弄出一点就舒服了，说着哈哈大笑。

长牙红了脸说，操你妈，胡说个啥！秃子笑笑说，没啥不好意思的。赶紧找老婆啊，临时的也行啊。长牙还想说什么，秃子说算了算了，赶快，还有两颗子弹，打完算了。

等我们抬头一看，乖乖，一眨眼的工夫，不知从哪里飞来了成千上万的黑老鸦，几棵柳树顿时长满了黑羽毛，我的尸体也变成了羽人。我活了一辈子从来没见过这么多的鸟。他们三个也惊得说不出话来。我大叫说开枪啊，开枪啊。秃子就开了一枪，乒——轰，枪声清脆，老鸦群起飞的声音像一声长长的闷雷。天一下就黑了。但它们没飞多远，一看再没有枪响，就又飞回来了。我大叫开枪。秃子也叫了一声，可长牙和猪鼻子说没子弹了。这下我们都没脾气了。老鸦互相厮咬，翅膀蓬蓬蓬打得黑毛乱飞，拼命挤进头去，啄食我的烂肉。我疯狂地踢他们三个的屁股，大喊大叫说给老子撵老鸦。我不知为啥，对老鸦又恨又怕。秃子他们果然就冲上去扑打，可老鸦根本不动，它们是太饿了。他们三个抢起枪托乱砸，有几个老鸦给砸死了。老鸦好像也有领头的，只听见一声凄厉的尖叫，老鸦群舍了尸体狂叫着朝他们三个扑上来，他们一下就叫老鸦淹没得看不见了。我远远望去，雪地上一大片黑色的凄惨叫声上下翻飞，我只听见其中有猪鼻子的一声嚎叫，又尖又细。我赶紧逃到了沟畔藏进枸杞丛中，这玩意儿浑身干刺，老鸦一点办法都没有。可秃子他们就麻烦了，他们抱头逃跑，老鸦追到沟口，又回去抢肉，他们才喘口气停下来

我往沟底看，就刚才那一点工夫，我的尸体已经变成了白骨架子掉在雪地上，头发都没有剩一根。老鸦还在雪地里找枪打飞的肉渣。我没想到叫老鸦吃了，这太不吉利了。我拿老鸦一点办法也没

有。我的好心情像我身上的烂肉一样，叫老鸦啄得一点不剩。

　　他们三个扛了枪逃走了。我有点不舒服，我倒不是嫌他们没有埋我的尸骨，我是觉得让老鸦乱啄一气太残忍了。但不管怎么说，这是我死后最愉快的一天，他们杀我，我陪着看得很开心。当鬼跟做人是一回事，有很多时间无聊得紧，而且肯定比人要无聊得多，鬼起码不必找吃的，做饭，吃饭麻烦，因此他更要找点什么消遣消遣。我和他们虽然生死相隔，阴阳有别，但心是相通的。他们要是知道鬼也很无聊，就会为他们今天的游戏大大得意一番。

原载《天涯》1999 年第 2 期

袁建说，不去歌舞厅

袁建打电话来时大平正在看八运会的实况转播。他每天都守在电视机前，从早到晚。他不大关心运动成绩。他爱看的是发奖仪式。发奖仪式上他注意的不是冠军和金牌。他爱看那个带领运动员入场的礼仪小姐。运动员中他喜欢看上海的女运动员，她们的运动衣设计得就是漂亮。漂亮的运动衣露出她们漂亮的后背。他吃不准这算不算性感。电话铃响时正是女子跳高决赛进入最后阶段，场上选手就剩下了上海的金玲和一个山东姑娘。他本想在半分钟内结束这个电话，回到电视机前看金玲的最后一跳，拿起话筒，却是袁建的声音。

大平说，你这个鸟蛋，这时候打什么电话啊？那边袁建就笑了，说鸟人怎么变成鸟蛋了？原来他们以前通话时大平喜欢说你这个鸟人。好久不联系，语言就进步了，人变成了蛋。袁建说他过几天要来海口开会，到时要好好聊一聊。大平说你在家啊？袁建说在办公室。大平也忘了金玲的跳高，说那就好，那就好。两人就煲上了电话粥。

袁建在电话里说，他近来觉得特没劲。大平知道他没劲的原因。袁建不到四十岁，已经是正厅级，在同学中算是混得好的，最近房子换大了，还评了正高，但就是没劲。袁建说他近来喜欢看书，看了几本正流行的。大平说，报上说写吴宓的那本书作伪，专家指出了很多毛病。袁建说管他真实不真实，我们又不是专家。看着好就行。袁建说写陈寅恪的那本你看了吗？大平说两年前就看了。袁建说我他妈太落伍了。大平说你还落伍啊，你是不是要再升两级才不落伍啊？袁建说不谈这个，不谈这个。

他们是大学同学。毕业以后袁建一直在一家政府机构没挪窝。大平倒天南地北转了好几个地方，最后为了发财落在了海口。他们在学校时就无话不谈，那时的话题一是恋爱，一是诗。这两样袁建都是实践者，大平只是评论。袁建是朦胧诗人，很招女孩子喜欢，罗曼故事不断。大平则不断给他出主意。袁建过一段时间就要拉大平好好谈一谈，这时准是又失恋了，而且准又有新诗写了出来。袁建进了机关，诗不怎么写了，但恋爱故事不断。大学刚毕业，他就在江西老家被介绍了一个非常漂亮的律师，从见面到结婚就一个月，这速度让大平以为他出了毛病。结果什么毛病也没有。袁建婚后妻子一时调不进北京，他自然要发生新的感情故事。有一年他被派到贵州搞讲师团工作，爱上了当地一个团县委书记，当然是偷偷的，最后也是不了了之。袁建给大平说，大学时恋爱质量不高，这一次才是真正惊心动魄。后来他写了一首将近一千行的诗纪念这段爱情，原稿如今还在大平手里。老婆进了北京后，他发誓说从今以后要收心过日子，上进。但没过一年，又迷上了本单位新分配来的一个学英语的大学生。这一回更不得了，他下决心要和那女子出国，结果人家走了，他没走成。通信保持了一年多，最后也断了。不久老婆生了个儿子，袁建特别喜欢，给大平写信说现在我家有了一个袁二毑，这下了要好好当爹，好好工作了。以后几年，他果然迅速爬升。

但大平不相信他能彻底收心。大凡袁建说日子过得没劲，那必是又一次恋爱的前奏，或者已经有点苗头了。这回袁建说他最近看书，大平就想他是不是又爱上了一个女博士或女硕士之类。他先前早就说过，不再看什么鸟书了。

更让大平吃惊的是袁建说他近来学写律诗了，问大平写过没有。大平说试过，但很臭。袁建说格律太复杂，规定的韵脚根本记不住。两人就感叹再过二十年中国大概就没人会写旧体诗了。电话里沉默了片刻，袁建说咱们怎么讨论起这么专业的问题了，真是好，真他妈过瘾，等见了面一定得好好聊聊，就聊诗，谈读书。

大平放下电话有些激动。他翻箱倒柜找几年前写的诗。老婆问他找什么，他说找情书。老婆说你还会写情诗啊，没看出来。大平说，没给你写不等于没给别人写，更不等于我不会写。老婆就帮着他翻，最后找出一卷揉得皱巴巴的纸，大平说就是这。老婆抢过去说我要先睹为快。一看说这就是情书啊？怎么尽是真理啊正义啊民主啊自由啊这些字眼，这还叫律诗吗？大平说是不是律诗不重要，重要的是激情。

大平就把这诗重抄一遍，等着袁建来了切磋。

袁建到海口当天晚上就打来电话，说他先要忙开会，后天会开完了，代表都去三亚，他不去，专门留下来聊天。

第三天晚上大平早早就赶到泰华酒店。袁建房间里有个客人。袁建介绍说是同事，哥们，去年刚从北京调来担任海南一家新闻单位的头，叫李方正。大平就说好像见过。李方正说，面熟面熟，肯定见过。

大家寒暄了几句，李方正说怎么办。袁建说什么怎么办。李方正说今晚啊。袁建说千万别去歌舞厅什么的，烦透了。李方正说，你是走遍全国的歌舞厅了，这我知道。袁建说不对，台湾和澳门还没去过，怎么就敢说走遍全国？李方正说，要不就去桑拿？袁建说你看我这一身排骨，再蒸骨髓要流光了。大平说我一蒸头就晕。李方正说那保龄球怎么样。袁建说太累。李方正说有个蓝岛俱乐部，那里有室内高尔夫。袁建说没劲，那是假资产阶级去的地方，要去就玩真的。李方正说那得等明天啊。袁建说就聊聊天罢。大平就附和说聊天好，袁建来过海口好几回了，这里的娱乐场所他都去过，确实也没什么劲。李方正说那也不能坐在这儿干聊啊，这多没劲。大平说，那就去喝茶。袁建说，就去喝茶，找个地方安安静静说说话最好。

他们从房间出来，到了名叫炮台吧的茶座。袁建说，咋叫这么个名字？李方正说，你别往歪里想。这里不行，人来人往不安静，要找个好地方。大平建议到黄金大酒店顶层的旋转餐厅，那里人少，方便说话，离这儿很近，不用再跑很远的路。大家坐车五分钟到了黄金大酒店，上楼一看，李方正说，不行不行，没情调，还一股子饭菜味，熏得我都恶心了。

离开黄金，他们走了好几个地方，李方正都不满意，说还是去中国城好。但袁建坚决反对。大平知道怎么回事。原来袁建第一次来海口时，在中国城遇见一个小姐，印象极佳，回北京还给那小姐写信，小姐没有回音。袁建就给大平打电话让他去找找看那个女孩还在不在。大平当然没找到。第二次来海口，袁建当天晚上就让大平陪了去中国城，在那里徘徊伤感了老半天。说以后再也不来这个地方了。大平把这故事给李方正讲了，他说，你小子真让我要笑掉老牙，人家能在这等你？早不知跟哪个老板跑了。告诉你，中国城的小姐三个月就换一茬。

李方正说，那咱们就去离中国城最远的地方吧。三人又兜到了海甸岛的金海岸大酒店。大家在大堂的酒吧坐定，要了啤酒咖啡。袁建说，这个大堂挺气派的嘛。李方正说，怎么听着像是总理的官话。袁建说是挺气派嘛。李方正说我们是来看大堂的吗？袁建就笑了，说也是，大堂有什么气派的，不就是个大堂嘛。李方正说我们连人民大会堂都不稀罕，还会在乎这个大堂吗？大家就笑。

大堂里有个小姐在弹钢琴。大平说，钢琴弹得不错嘛。李方正说，不就是弹钢琴嘛。袁建附和说，是啊，不就是弹钢琴嘛。大平说，袁建，北京有什么新闻？袁建说，我的北京新闻都是在外地出差时听来的，再说，大家现在好像不爱听什么新闻了。大平说也是，你能告诉我比新闻联播更多的新闻吗？你不能。李方正说，我能告诉你海南新闻吗，我不能。袁建说，我们搞新闻的能有新闻吗，没有。咱们说点别的罢。李方正说我看这个弹钢琴的小姐不错。他招来服务员，让她给弹钢琴的小姐送去一百元的小费。钢琴小姐见到钱，一边弹，一边很优雅地转身向他们点头一笑。袁建说，气质还可以，形象是差了点。大平说，袁建，前些日子雅尼在北京的音乐会你去听了吗？袁建说我家离北京音乐厅那么近，自打建成到现在，我都没去过，雅尼是谁，不知道。大平说，可见你也是都市里的农民。大平见袁建望着远处几个小姐，说那几个小姐不错。袁建就起身过去，在小姐们身边转了一圈，回来说形象还可以，气质差了点。李方正说，条子是不错，化妆浓了点。

袁建点了支烟说，大平你最近在干啥。大平说，没事干，在家呆着。袁建说真他妈羡慕你，我整天在外边跑，都不知道自己在干什么。李方正说，真好，就在家呆着好。大平说，在家呆着没钱挣啊。袁建说你要挣多少啊，差不多就行了。大平说，我不是差不多，是差得多。李方正说，不谈这个，不谈这个。差得多也好，差不多也好，都跟今晚没关系。今天我做东，明天大平招待，再穷也要让你玩开心啊。袁建没好气，说他妈喝杯啤酒就算招待了？

李方正说你他妈毛病多，这不干，那不成，装得像个淑女，是怕我买不起单吗？袁建说不是那个意思，酒没喝到点，这话就说得不来情绪。你要出血我什么时候拦过？大平说，这儿是有点闷。李方正说，好好好，有你这话就好，今晚咱们非花点钱，非要让你觉得来劲不可。

李方正买了单。袁建说现在去哪里？李方正说你就上车吧，这回我不征求你们意见了。袁建笑说，随你便，拉我去火葬场最好。李方正说有这话就成。他把车开得飞快，过了和平桥往府城走。大平心想这小子不知要去哪里，琼山府城这边可没有什么好去处。不料李方正从海府路拐到红城湖路，直接开到了中国城。袁建吃惊说怎么到这来了？李方正说怎么就不能到这儿？袁建对大平苦笑说，这小子你真拿他没办法。大平说也好，中国城里春波绿，曾是惊鸿照影来。李方正说，别酸了，小心人家听了笑话。袁建有点来情绪，说我可没那么伤感，前度袁郎今又来，桃花败了梨花开。

李方正把他们直接带到三楼歌舞厅。外场的客人稀稀拉拉，他们要了一个包厢。刚坐定，妈咪就带了七八个小姐一拥而进。妈咪说，李总好几天不见，又爱上哪儿的小姐了，把我忘了！说着就歪在李方正身边，搂住他的腰。李方正说，阿芳啊，这是从北京来的老板，我哥们，你可不能拿劣等货对付。阿芳说当然，我这些姐妹可都是模特出身。李方正说，袁老板，大平，挑吧。袁建有点不好意思，望着小姐们不说话，大平也不挑。妈咪就起身拉过一个小姐对袁建说，丽珠小姐可是我们这里的一枝花。袁建懒洋洋地说，都快十一点了还有好小姐等我们？妈咪说今天生意不好嘛，再说那些客人层次低，我们丽珠小姐还不愿意陪他们呢。袁建不吱声。妈咪说，要是大哥不满意，就叫一个丰满一点的，我知道苗条的先生多喜欢丰满的女孩。袁建望了一眼丽珠说，就是她罢，丰满的我可消受不起。穿一件米色连衣裙的丽珠就大大方方坐在袁建身边。李方正说大平，你是老海口了，还客气什么，挑啊。大平说，随便罢，我看都不错。话音未落，就有一个穿黑皮短裙的小姐窜出来，挤坐在大平身边。大平有点反感她太直接，也不言语，任由她贴紧自己，看都不看一眼。李方正指着一个穿白色短裤，绿背心，露着肚脐的小姐说，我就要你了。那女孩走过去，李方正就势一抱，让她坐在怀里。大平发现这个女孩年龄很小。

妈咪见安顿好了，就弯腰在李方正脸上亲了一口，说哥，我一会儿再来陪你喝几杯，然后很夸张地扭着屁股，带几位小姐走了。

李方正摸着女孩的脸说，两位小姐热情点啊，再靠近一点嘛，这二位可是大老板，伺候好了，说不定就娶了你们呢。黑裙小姐就往大平身上靠，丰满的身体散发出浓郁的香味，她伸手从果盘里扎了一块西瓜就往大平嘴里喂。大平有点反胃，赶紧说我不吃水果，就抽烟。小姐立马拿烟点火，说大哥有什么不开心的事啊。大平狠吸一口烟说，我很开心。那边连衣裙小姐倒没靠在袁建身上，她的手在袁建大腿上轻轻抚摸。袁建和她低声说着什么。大平觉得无聊，和这些小姐说话是个苦事，那几句老套路交谈他早都腻味死了，根本不想开口。袁建居然还有兴趣。

李方正搂着他的小姐说，二位别晾着，点歌，我嗓子哑了，不能唱，给大家伴舞助兴。

黑裙小姐说大哥你怎么不说话啊？大平说，说话没什么意思。小姐说怎么没意思？大平说我问你名字，你告诉我叫小红或者小玲，我问你是哪里人，你说是四川。问你多大了，你说二十。来海口几年了，你说三个月。你问我，我就告诉你一个假名字，一个假单位，一个假电话号码。你说这有啥意思？黑裙小姐说，那大家坐在一起总得找点话说罢。他们刚问完各自的几句话，李方正就嚷着要他们起来跳舞。袁建唱着邓丽君的歌，三位小姐都鼓掌说唱得真好，有专业水平。

闹到两点的时候，他们已经喝了二十多罐啤酒。袁建说，再拿酒来，喝不到位不来情绪。这会儿李方正已倒在小姐怀里闭上了眼，大平搂着他的小姐在包厢里缓慢走步。大平说，袁老板，你今天的邓丽君唱得不错啊，这几年嗓子真是练出来了。再唱一个《何日君再来》罢。袁建说已经唱过三遍了，我得走走肾。

袁建从洗手间回来，端起一杯啤酒说，大平，今天要是喝不够，真是一点意思都没有。大平说，我开始也觉得挺没劲的，现在好多了，说着就在小姐脸上亲了一口。袁建说，你不知道，李方正这小子太能造了。你不听他的还真不行。两人看李方正，他躺在沙发上，头枕着小姐的大腿，手伸进小姐的胸前，嘴里嘟嘟囔囔说要让小姐开心啊袁老板。

大平放开黑裙小姐去洗手间，从屁股后边的口袋里掏出皱巴巴的诗稿，侍役以为他要给小费，连声说谢谢大哥，谢谢大哥。大平把稿纸扔进纸篓，掏出十块钱拍在洗手台上。刚才黑裙小姐跳舞时手摸到他的屁股，说大哥你带的什么呀这么厚，不嫌难受啊？大平说是支票本。

大平回到包厢，袁建的头正凑在小姐的肚子皮上。李方正已经睡着了。黑裙小姐扑过来搂住他说大哥你现在高兴了。大平的酒意尿去了不少，说是很高兴。他说袁老板，明天怎么安排？袁建坐起来喝口酒说，明天再说罢，反正不来歌舞厅。

大平颓然倒在沙发上，自言自语道，不来歌舞厅，又去哪里呢？

原载《椰城》1998年第2期

一坛老酒

珠崖人文

"张之洞陷阱"及相关问题

　　唐代遭贬海南的著名官员有四十八位，宰相则多达十五位，其中李德裕地位最高，名声最大。他于唐宣宗大中二年（公元848年）被贬崖州，不到一年即病逝于崖州司户任上。海口五公祠祭祀的五公，即以他为首。

　　千百年来，海南本地士人和来琼为官者，对谪琼贬官一直抱有相当高的尊崇敬意。大陆未能亲履此地的官员士大夫，则鲜有人对他们在海南的境遇及其后代的存亡续绝表示过关切。当然，苏轼在海南的三年，学术界已经有相当充分的研究。苏轼之外的历代贬官在海南的遭际行迹，基本上被大陆人遗忘了。

　　但近代有个例外。张之洞在两广总督任上时，听说李德裕后裔在崖州多冈村，且"已变为黎俗"，即于光绪十三年（1887）十二月十八日致电崖州守唐镜沅，要他"务速访求两三人……善为劝导，资送来省，当优给衣粮，令谋出路。其家如有李相故物，婉为购置一两种，重价不惜"。二十七日唐回电，称"其裔李亚法为黎首，计二十余家，询知前存玉带玉盅，被匪抢失，无他遗物"。三个月后，唐镜沅又报告说，李德裕的后裔李亚法"率子弟十余人来，选年二十以外者，粗俗难化，且惧赴省，幼者皆在十一二岁以上，尚有韶秀者数人，其父母怯于远离，容再开导"。一年多后，张之洞调任湖北总督，他对李德裕后裔"性质愚蒙，不敢远来"仍"于心耿耿"，希望海南官员"务须劝导晓谕，携两人同来，许以终身衣食不缺，吾将带往鄂省，将来携之北归中原，为古今忠臣劝"。但是地方官员报告说，费尽周折选出的两个孩子，十八岁的亚六和十六岁的亚洪，"均不愿意远出"。张之洞的一片苦心和良好愿望，最终也落空了。（《张文襄公全集》卷一百三十至一百三十三）

那么顺理成章，我们很想知道，李德裕后代今天怎样了？是保持黎族身份，还是重新汉化如张之洞期望的那样？据陈寅恪先生考证，李德裕并无后裔留在海南。但自称李氏后裔的李亚法一族，又是怎么回事呢？据学界研究，大体有两种可能。一是，李德裕直系后裔虽无人留滞海南，但不排除其远亲旁支乃至家人仆役，落籍海南且以李氏后人自居。二是，某些精明的人，拉大旗作虎皮，以李德裕后裔之名自高身价，以求自保或谋利。于是才有上述传说，使得张之洞和海南地方官员信以为真。但长期研究海南历史的周伟民教授，经过详细的文献研究和田野调查，认为根据迄今为止的所有证据，都不能确定，李德裕是否有后裔留在海南并且黎化（详见周泉根《隋唐五代海南人物志》）。冷静的历史研究，常使神奇的杜撰祛魅。既然研究仍不能定案，则张文襄公的这个寻人故事，就仍有其特殊的意味与价值，值得略加申说。

在张之洞看来，身处"荒服"以远的李德裕后裔，显然已经"夷狄"化了，按老说法，即所谓"华夏入夷狄则夷狄之"。他希望已经夷狄化的李德裕后裔再"入华夏而华夏之"。因为他们真正的故乡是北方，最终应该脱离蛮荒，叶落归根回中原。

但问题是，"李德裕后裔"不愿远离崖州。虽然历史文献没有记载李亚法及其族人的片言只语，但他们的拒绝足以表明，那个一千年前的北方"故乡"，那个文明先进之地，是令人畏惧的陌生"蛮荒"之所。张之洞本人可能理所当然地认为，他是在做有文化意义与价值的事（为古今忠臣劝）。他大概不会考虑李亚法及其子孙到底是怎么想的。身居高位的两广总督、大学者，对蛮荒之地的草民百姓，难有真正"同情的了解"。

张之洞式的良好愿望，后来颇有继承而发扬光大者。上世纪中叶以后，海南地方政府为了改善黎族的生活和生产条件，曾经在 50 年代、70 年代两次把深山老林的黎族移民到靠近海边的平原地区。但没多久，这些人不能习惯滨海地区的生产生活方式，又自发回到了山里老家。

类似情形，全国乃至全球，所在多有。如今流行各种陷阱说。从张之洞"拯救"李德裕后裔的举动开始，各种精英先进，为了让民众摆脱贫穷，过上好日子，喜欢采取移民的方式来达成现代化。但效果常常不如人意，尤其不为被移民者所接受。这种事与愿违的尴尬处境，不妨称之为"张之洞陷阱"。其要害在于，人们先入为主地认为，"蛮荒"之地民众的渔猎、采集、牧耕是落后的，不幸的，亟需改变。"原始人"或落后愚昧族群就应该尽可能快地"被现代化"，进城上楼，享受现代文明的幸福生活。然而，被移民者的后续生活和工作，不如意者甚多。从文明的美好愿望出发而导致粗暴乃至野蛮的悲剧结果，此之谓"张之洞陷阱"也。

进言之，即便我们认定李德裕无后裔在海南，李亚法们纯属冒名"傍大款"，此事也仍然值得议论几句。

李亚法攀附李德裕的名门高第，除了现实利害的考量，还有一个极为深厚普遍的文化心理——重视郡望，重视家族的历史源流。众所周知，一千多年前，中原汉族开始经由闽粤移民海南，逐渐形成了独具特色的海南文化。但如今走遍全岛，观看宗祠的匾额，过年的门联，浏览形形色色的族谱，绝大多数汉族人家都会强烈表示，他们的根在大陆，在北方，在中原，甚至就在河南某府某县。但仅此而已。那个古老、遥远、陌生的原乡，与他们的现实生活毫无关系。无论语言、饮食、服饰乃至某些生活习俗，两地的差异都不可以道里计。

尤其是族谱所呈现的家族迁徙和开枝散叶的历程，让我对所谓中国人安土重迁的古老说法产生了怀疑。也许可以这么说，安土重迁是个美好愿望，几千年来人们出于种种原因——躲避战乱、逃荒、谋生……或主动或被动地迁徙到了很远的地方，则是一个严峻的事实。中华文明的蔓延扩散，主要是家族迁徙和开枝散叶的结果。官方移民，小如官员罪犯的流放，大如朱元璋洪武年间的洪洞大槐树移民和清朝的"湖广填四川"，并不是中华文明扩散的常规现象。《诗经》里公刘由豳迁岐的记载，显示的是整个部落国家的迁徙，这种壮举，在南北朝以后就极少发生了。几千年历史上，更为常见的是家族乃至小家庭的自发、自由的迁徙。

但是这种普遍的迁徙，在官方的正史中很少记载，其中的人物传记或有对迁徙的简单叙述，其着眼点在人物而非迁徙本身。近世以来，社会史研究日渐兴盛。宗族文化研究也颇有可观，尤其是伴随民间编修族谱而产生的宗族历史叙事，充斥于各种宗亲会的网站，已然蔚为大观。但这种叙事，甚少进入正史撰写者的视野。至少在现今通行的中学大学历史教科书中，对宗族文化特别是移民迁徙还缺乏具体的记载叙述。尤其近世以来，华人散布到地球每一个角落，这一惊人现象，对中国和世界究竟意味着什么，似乎尚未见有深入的研究与评价。

戊戌变法后梁启超鼓吹民族主义，在日本撰写了著名的《中国殖民八大伟人传》，歌颂历史上移民南洋而且成就显著的人物。他使用了"殖民"这个很时髦的词。但从中国历史本身看，东南沿海华人向海外移民已有上千年的历史，近代中国南方人的移民海外，不过是魏晋以还中国移民历史的新阶段而已。在移民心目中，他们从厦门到广州，到新加坡，再到更远的地方，只有距离的远近，并无边界、海关限制形成的差异。中国人到新加坡需要护照和签证，大概是20世纪以后才有的事。中国人的移民南洋，其性质和欧洲人征服美洲似有不同。华人在东南亚经济发展中居功至伟。但从国家体制层面，华人并没有成为占据支配乃至统治地位的族群。这也是梁启超当年深以为憾的事情。他把这个憾事归咎于宋元明清历代朝廷未能如西班牙、葡萄牙、荷兰王室那样对"殖民"英雄们在政治、经济、军事上给予足够的支持。

但显然这也是所谓后见之明。在古老中国的天下观里，南洋是四夷之外更为遥远蛮荒的地方，根本不值得重视；占领、经营、统治就更谈不上了。前现代社会，人类对自然资源依赖程度不深，耗费有限，加之偏僻辽远地区运输不便，许多广袤地区的丰富资源，其价值并不为当时人所知，故领土争端远非现代民族国家兴起后那么激烈，寸土必争，动辄开战。以海南为例。汉武帝于元封元年（公元前110年）在海南建制珠崖、儋耳郡。但仅仅六十三年后，汉元帝初元二年（公元前47年），就罢弃珠崖郡。原因很简单，管理成本太大，而收益甚小，不值得将其纳入中央政府管辖范围。直到东汉末年，孙权用兵海南，才又开始对海南行使统治管理。明清时代的中央政府对于南洋，大概有同样的理由和态度。

让我们再回到张之洞。张文襄公希望李德裕后裔回归故里，这一良好愿望，是中国人祖先崇拜和依恋故土民族心理的确证。但如前所说，那些上千年不曾迁徙的内地封闭地区的汉族人群，其宗族文化反倒并不发达，许多地方也没有浙闽粤地区那样重视宗族祠堂建设和族谱的存续修订。这是为什么？

我以为从迁徙本身来考察也许可以别有解释。

不断地迁徙，意味着要不断面对陌生的环境，面临各种难以预料的风险，人精神心理上的紧张、惶恐、孤独可以想见。应对这种种不安的办法，除了对自然神灵的敬畏崇拜，大概就是对故乡祖宗的怀想。如今流行的所谓一出国便爱国，其心理根源与此相同。由此产生了通常所说的中国人以祖先崇拜为基本特征的"宗教"信仰。或许可以从此导出一个假说：

祖先崇拜不是产生于安土重迁的生产、生活习惯，而是形成于永无止息的迁徙历程。

支持这一假说的有力证据是：宗族文化最为发达、祖先崇拜最为兴盛的地区，也正是迁徙意识和能力最强的浙闽粤琼诸省。闽南粤东地区辉煌的宗族祠堂，大多是移民海外的人士回乡建设。与之相反，最为保守、甚少迁徙的中原某些地区，宗族文化与祖先崇拜的力度，都远逊于东南沿海地区。另一相关现象是，走遍世界的浙闽粤沿海地区民众，信仰基督教者也相对较多。对此现象的通常解释是：西洋传教士最先进入东南沿海地区，这里人们得风气之先，所以信教者众。但我以为，更合理的解释可能是，走向世界每个角落的浙闽粤人士，所面对的风险和困难更大更多，因而需要更为强大多样的精神支撑力量。传统的祖先崇拜不足以满足他们心灵的"欲壑"时，基督教作为补充力量自然会乘虚而入。

2018 年 8 月 6 日

原载《读书》2018 年第 11 期

地方史研究的新创获

——《海南通史》读后

　　海南大学教授周伟民、唐玲玲夫妇，穷三十年之力，码三百万汉字，撰《海南通史》，成学林佳话。这部六卷本巨著的前五卷已由人民出版社出版。笔者有幸拜读，获益匪浅，略说一点感想。

　　周、唐两先生，1988年辞别华中师范大学南迁海口不久，即从文学转向海南历史，三十年来，他们走遍海南山水村寨，探访了所有的古代遗迹，更北上粤桂黔，南下新马泰，直至北美欧洲，凡与海南和海南人有关的事情，都在他们的探访调查范围之内。当然，披阅与海南有关的所有文献更是题中应有之义。本书既是传统意义上的案头之作，更是走访调查的实践成果。两先生在耄耋之年而成此巨著，让人不由想起潘耒为《日知录》所作序，称赞顾亭林"综贯百家，上下千载，详考其得失之故，而断之于心，笔之于书"，"足迹半天下，所至交其贤豪长者，考其山川风俗，疾苦利病，如指诸掌。精力绝人，无他嗜好，自少至老，未尝一日废书"。放眼学界，如今能以三十年时间跋山涉水，披沙拣金，没有团队协助，不假学生之手，独撰一书者，真不知可有几人也！

　　本书收纳了有关海南历史最为详尽的资料，从传统的文献典籍到丰富多彩的田野调查成果，从学者官员的著述到众多宗族的谱牒，从士大夫自己刻印的诗文集到渔民手绘的航海图"更路簿"，几乎无所不包。我们若要想了解海南历史的任何问题，都可以从这本书找到有关线索和信息。就此而言，本书称得上海南历史的百科全书。

与众多既有海南史、海南方志著作相比，本书最引人注目的是研究视野的拓展。传统的海南研究实际上只是海南岛本土研究，且多限于已有典籍的搜求整理、注释解说，不能满足近日读者了解更多更深内容的需求。在周、唐两先生看来，广义的海南文化还包括侨居海外的数百万琼籍侨胞的文化。海南人下南洋，既向外传播了海南本土文化，也把海外文化输入到了海南岛。因此，海南文化不是一个封闭的地理概念，而是一个开放互动的文化共同体，它不受国界的限制而具有全球化的意义。正是从这个视野出发，在进入历史考察时，两先生便注意到了海盗、更路簿、宗族谱牒等诸多素来被人忽略的问题，并逐一作了深入细致的梳理、考证和分析，给人耳目一新之感。

从汉代设置珠崖、儋耳两郡开始到宋代，其间将近千年，海南的行政建制和沿革变迁甚为复杂，诸多似是而非的历史细节，有待澄清。本书不惜笔墨，充分借鉴前人研究成果，逐一作了考证分析，颇有说服力。比如汉代马援、路博德两伏波将军，对开发海南有大功，在海南人民心目中地位尊崇，有庙宇祭祀。但本书经过严格考证，明确指出，伏波将军本人并未登上海南岛。又比如，孙吴政权曾经用兵海南，但并未在岛上设置行政管理机构。唐以前，中央政府对海南的管理，大多是"遥领"，即行政机关设在湛江和雷州半岛一带，海南并无常驻官员。这和一般人的印象确有不同。类似实事求是的叙述，澄清了不少传说，对于准确理解海南的历史文化有大帮助。

在进入本书写作之前数十年间，周、唐两先生已经做了众多专题研究，诸如海南早期文明、海南金石碑刻、海南海盗史、海南渔民自己创造的航海指南——更路簿、宋氏家族、琼籍海外侨胞，等等，可谓琳琅满目，蔚为大观。尽管有如此扎实的专题研究，但通观本书，仍然能感到作者的谨严。试举一例。李德裕贬谪海南死于任所，有无直系后裔落籍海南，学术界有相当仔细深入的研究，且众说纷纭，莫衷一是。但周、唐两先生经过实地调查和文献研究，认为根据现有资料，无法作出明确结论。故书中只是陈述张之洞寻访李德裕后裔这个有趣事件，并未下结论。

近代以来，海南人对中国革命和文化的贡献巨大，这个时期应该是海南历史上最为精彩辉煌的篇章。惟其如此，本书第六卷即当代卷最为重要；也惟其如此，这卷书尚在出版社最后的审定中。希望能早日读到。

说到出版社，我读此书亦有小小的遗憾，即编校质量欠佳，文字错讹，引文重复，所在多有。限于篇幅，不一一举例。希望第六卷无此遗憾，更希望全书再印时有改进。

2018 年 8 月 17 日

原载 2018 年 10 月 10 日《中华读书报》

周伟民、唐玲玲著：《海南通史》，人民出版社，2018 年版

拂拭尘积见海南

——读辛世彪译注两种

一

根据现在流行的镜像理论，一个人也好，一个民族也好，在没有面对"镜子"之前，无所谓自我认识。只有面对一个乃至多个"镜子"，才能发现自己究竟啥模样。我敢断言，海南岛作为一个特殊的地理和文化单元，世代生活在这个岛上的居民，形成属于自己的海南岛"印象"或"镜像"，应是很晚近的事。

海南最早的人群或"原住民"是黎族。黎族现有的历史叙事，只有自我历史的简单叙事，没有对岛外世界的真切描述；没有与外人的比较，故难形成镜像理论所谓的自我认知。早期汉语文献中有关海南的记载，大概并不为那时的黎族所了解，所以无从形成与外部世界尤其是与其他人群的比较，从而建立哪怕是简单的黎族的自我认知。此其一。

唐以后来自闽南的移民，逐渐成为海南文化的主导力量。这些移民顽强坚固的文化认同是大陆文化与闽南风习，甚至是唐宋以前的中原文化和闽南风习。明清以降的海南文化人如邱濬等人，固然有赞美海南的诗文，但这种赞美更多是"海南风物异中华"（李光诗句）式的自然地理叙事，没有达到描写、叙述一种有别于大陆中原文明的更高的地域文化的精神层面，当然也就更谈不上有自觉认识海南与世界其他文明的差异了。反言之，本土海南人很长时期内仍然把自己的文化之根确定在大陆而不是海南，潜意识里不是以海南人，而是以大陆人作为自己的身份认同。此其二。

自《尚书·禹贡》出现"五服"说以来，岭南一直被儒家大一统的天下观定位为蛮荒之地，这种观念甚至也被西方汉学家所接受。美国汉学家谢弗名作《唐代的外来文明》（即《撒马尔罕的金桃——唐朝的舶来品研究》）就把岭南包括海南岛当作外来文明来处理。他研究海南岛的专著《珠崖——古代的海南岛》，也把海南进贡给皇帝的珍奇特产当作域外物产。直到近代，海南是蛮荒乃至化外之地这种刻板印象才稍有改观。但海南仍然被划归隶属岭南地区之一岛，行政上归广东管辖。在广东强势政治支配下，海南文化呈现出由闽南风习向广东风格转化的迹象。海南人仍然未能形成自己的文化意识。此其三。

明末以来，西方传教士开始进入海南，他们留下来的各种记录，是给予海南人认识自我的极好镜像。但很遗憾，这些记载，大多存在于欧洲的图书馆和教会的文件柜里，极少为中国人注意到，更遑论为海南人所了解。既不了解，也就不可能从一种异质文明的旁观叙事中认识自我。此其四。

海南人是谁？海南人自己不知道。

我个人认为，1988 年的建省，是海南文化自我意识开始觉醒的一个重大标志。这二十多年来，海南文化研究的由隐而显，由浅而深，对海南文化认同的自觉建构也渐成气候。比如，黎族作家亚根，就在他的《黎族舞蹈概论》（中国戏剧出版社 2008）一书前言中刻意强调，黎族就是诞生于海南岛的民族，不是来自闽南广东的百越之一支。这与通常关于黎族来源的共识明显对立，缺乏学术的严谨，没有足够说服力。但这种建构民族认同的自觉意识，却是一个极为重要的思想文化现象：海南人试图无所依傍地建构自己的文明和历史。我们看看现代文明国家的历史建构过程，就能发现，亚根这种无视人类学基本研究结论的文化建构，其实是一个极为普遍的现象。许多民族的历史，都是基于现实需要而被想象建构出来的，远的不说，近如日本、韩国，甚至包括汉族在内的中华民族，无不有这种民族历史建构的强烈冲动。

亚根在研究黎族舞蹈，提出他的本土黎族说时，显然没有看到香便文和萨维纳等人的著作。假如他看了这些传教士对海南黎族的记载，也许能从中发现更多属于黎族自己的文化特征。当然也可能看到原先自以为黎族独具的某些文化习俗居然来自大陆，甚至来自西太平洋地区的南岛文明。

二

基督教文明向东亚、南部非洲和美洲的真正扩散，有赖于 16 世纪以后欧洲的经济扩张或全球贸易的急速发展。形象的说法是，欧洲殖民主义者一手拿枪，一手捧圣经，走向了全世界。他们在掠夺资源的同时，也传播了福音；在传播福音的同时，也发现、记录、叙述了欧洲以外的世界。欧洲传教士的记录和叙述，成为非欧国家和众多民族自我意识觉醒的始作俑者。没有传教士的大量旅行报告和研究著作，就没有今日世界成百上千民族国家的历史叙事和形象建构。

假如从马可·波罗算起，欧洲人对中国的叙述描写，已经有悠久历史。利玛窦以后，向欧洲讲述中国故事，逐渐蔚为大观（西方如何塑造中国形象，可参阅周宁教授的论文《西方的中国形象史研究：问题与领域》以及他的大量著作）。仔细观察，马可·波罗以来欧洲人的中国叙事，大体分为四种类型。第一种是早期《马可·波罗游记》和《曼德维尔游记》式的，前者大量记载中国的物质文明，后者更多想象虚构。两种叙事其实都应视为文学性的游记。第二种是19世纪后斯文·赫定、斯坦因、伯希和、拉铁摩尔式的科学考察报告，这类著述只为少数学者重视，一般读者甚少了解其内容。第三种是19世纪后的西方外交官和商人的在华见闻与评论，诸如赫德等人的日记，其关注重点是评论分析中国的政治外交和政治人物。第四种最多，是传教士的在华见闻和各种样式的考察报告。这类著作兼具人文历史叙事、自然地理研究和基督教精神表达，内容极为丰富复杂。香便文、萨维纳的著作即是其中的佼佼者。18世纪以后的西方中国学领域，这种传教士报告占有绝大份额，影响也最为巨大。从辛世彪注译中所引西文文献就可看出，即使小小海南岛，也出现在众多传教士的调查报告中。

但从建构自己现代国家的民族认同开始，中国学者所敏感、接触、接纳、认同的西方汉学塑造的中国形象，更多是政治文化意义上的中国特性、中国气质、中国人性格等宏大抽象叙事。最津津乐道的莫过于密迪乐（Thomas Taylor Meadows）的《中国人及其叛乱》、明恩溥（Arthur Henderson Smith）的《中国人的精神》等著作，而大量传教士深入中国偏远地区在传教的同时，对边疆地区深入细致的研究，则为人所轻视忽略。这类著作到目前为止，只有少量翻译成中文（黄兴涛、杨念群先生致力于此，主编出版了"西方视野里的中国形象"和"西方人眼中的中国"两个系列译丛），为中国读者所了解。更多西文文献，大概仍然保存在欧洲的图书馆和教堂里，有待学术界发掘整理出版，更有待中国人的翻译研究。特别需要强调一句，中国学术界对来华传教士所写大量文献缺乏应有研究，根本原因，在于意识形态的偏见。自从义和团运动和此后二十年代的"非基督教运动"以来，基督教在华传播总体上被视为西方的文化侵略，传教士对中国现代教育和医疗卫生的伟大贡献，被忽视乃至抹杀。在此语境中，历史上传教士所写的大量的中国叙事文献，不为学术界重视，也就不奇怪了。所幸这种现象最近几十年来颇有改观，上述两套丛书的出版即是证明。

具体到海南岛，传教士有关海南的历史记载与研究弥足珍贵。上世纪 80 年代以来，随着海南建省，海南本土文化研究真正开始起步，但大多数研究停留在整理出版中国自己的历史文献，进一步的深入研究则甚少。对于域外有关海南研究的重要文献的搜集翻译，直到最近十几年才提上议事日程。辛世彪先生这两部译著，可以说是迄今为止最重要的成果。

三

香便文（Benjamin Couch Henry）的《海南纪行》和萨维纳（Francois Marie Savina）的《海南岛志》这两本书的具体情况，辛世彪先生在两书的代前言中都有非常深入而详尽的介绍评价，这里无须赘言。我想表达的感想是，对于海南研究来说，这两本书不但具有重要的学术贡献，更具有学术研究的示范价值。

关于前者，如前所说，海南研究欲有突破性发展，必须改变目前辗转抄录地方文献和前人研究、低水平重复的尴尬现状。而提升学术水准的路径，窃以为最重要的有两条。

第一是外求。海南学者需要开拓视野，搜寻、翻译、研究欧美日本以及其他国家的东南亚研究，尤其是海南研究的现有成果，将海南研究置于东亚、东南亚研究的大视野中来思考，才能突破就海南论海南，就现有文献做重复文章的局限。要做到这一点，势必以掌握欧美、东亚、东南亚现有文献为前提，掌握文献的前提是掌握多种外语和语言学专业知识。没有这个学术准备，从事海南研究恐怕只能继续停留在抄录中文文献的低级阶段无法进步。

第二是内求。窃以为，就岛内文化研究而言，一般意义上的历史研究几乎已经到了山穷水尽的地步，现有中文文献尤其是明清以前文献，基本被整理完毕，进一步的诠释分析空间也相当有限。除此之外，具有重要研究价值的，当是宗族文化研究和方言研究。前者以族谱（家谱）研究为主，但海南族谱数量巨大，全面整理研究需要大量的时间和人力投入，一般学术机构只能承担其中很少一部分（如周伟民教授和唐玲玲教授所做），更为大量的工作，只能寄希望于民间力量。事实上，族谱的整理修订就是由各家族内部人士承担完成的，至于具体研究能有多大进展，则不敢乐观。方言研究方面，除了高校少数语言学专业人士有限的研究外，岛内各方言区数百种方言，基本无人问津。我认为，就内部研究而言，这才是最为重要的基础性文化工程。

辛世彪先生的两部"译注"，给上述说法提供了最有力的佐证。

他的译注，是最具学术价值的海南研究，堪称典范。他对中国和海南岛历史、对西方汉学尤其是西方的海南岛研究有全面深入的了解，但又出之以相当"琐屑"的微观研究。一条小道，一处地名，一种植物，一个词语，辛世彪都不厌其烦，运用熟练扎实的语言学知识，仔细加以考辨，得出正确的结论。这种"笨功夫"，彰显的正是传统汉学（朴学）和现代西方社会科学（比较语言学、文化人类学、社会学）最正宗的学术方法。正因为这种方法极为传统，极为科学，反倒给浸泡于伪学术中年深日久的我们以耳目一新的感觉。半个多世纪以来政治狂潮和经济狂热的轮番折腾，使得中国学术界的浮躁、浮浅、浮华，已经到了登峰造极的地步，"学者"迫于生存压力——往往是托词，急于追逐名利——更为真实的动机，迅速、大量制造学术垃圾，由海量论文专著制造的学术"繁荣"中，罕见真正的学术创获。唯其如此，辛世彪的寂寞研究，就格外引人注目。

四

我本没有资格谈论辛世彪的研究。但作为一个海南的人文工作者，出于对海南研究的道义责任，出于对辛世彪先生的敬重，又有义务来谈谈我读辛著的感想和体会。

第一个感想是，人文学术的研究规范该如何理解。通常以为，辛世彪的译注，仅仅是对既有研究成果的翻译注释而已，如按现在的评价标准，他的成果顶多只能算"编著"，即翻译、编辑、注释前人的著作。这个"编著"，意味着没有提出自己的理论系统，没有独立的个人见解，因此也就没有创造性学术贡献。然而看中国的经学和欧洲的解释学就知道，古典学术的正宗就是注释阐发之学。诠释学认为，哲学就是对古典的解释。西人所谓欧洲哲学不过是柏拉图哲学的解释史，孔子所谓"述而不作"，都是同一意思：解释即是创造性承传或承传性创造。

问题的关键在于，香便文、萨维纳的著作，是值得如此耗费心神的经典吗？如果这两书不是经典，则辛世彪的译注即无价值？显然，我们不能用一般经典的概念来衡量香便文和萨维纳的著作。诚然，这两本书只是区域性人文地理考察研究，并不具有普遍的哲学、历史和文学意义。但是我们必须承认，中国人自己的现代意义上的海南研究，成果极为有限。在此情况下，传教士百年前深入海南腹地的考察，就具有筚路蓝缕的开创之功；他们的见闻，足以提供有别于传统政府官员对于黎族地区不无偏颇傲慢的粗疏记载；而由于具备欧美科学教育的背景，他们对黎族地区自然地理的记录，运用比较语言学知识对海南方言的考察发现，都有很高的科学价值。在这个意义上，两书未尝不可以视为海南研究的早期典范。对这样的著作再作诠释，无疑就成为最具意义和价值的海南研究课题。

由此给我的启发是，诠释性学术研究的著作，不应以其是否具有哲学、历史的普遍性为选择的唯一标准，其作者未必一定要是伟大的学者和英雄圣贤。只要这些著作对于一个地区的文化和学术具有重要意义和价值，就可以而且应该成为再诠释的对象。

第二个感想是，对于海南研究来说，细微的考证辨析，比空疏的义理阐发更为重要。海瑞、邱濬思想如何深刻伟大，苏轼白玉蟾精神如何峻洁高远的长篇赞论，远不如认清一种植物，考订一个地名，弄清一部族谱来得重要。海南研究固然需要宏大叙事，但更需要对一块礁石、一个孤岛、一群坡鹿的科学描写，需要对几个村庄、几位神祇、几座庙宇、几个宗族、几个词汇的考察研究。

当然，这些细微的研究，都要着眼于海南与大陆、与东南亚乃至与更远地方的关联；换言之，当我们"孤立"研究海南时，不要忘记，这里的物种，这里的人群，这里的语言，这里的风习，可能来自岛外某地；而当这种种关联被证伪时，独特的海南风物和文化才可能被发现。没有这样的一种学术和思想的充分准备，就不要轻易奢谈什么海南独有、世界所无的文化现象。类似由不学无知者制造的笑柄已经很多。在这个意义上，辛世彪的译注对海南学者来说，无疑是一剂醒脑良药。

第三个感想是，应当告别浮泛一般的海南研究，通过语言研究揭示海南文化的深层含义。船型屋也好，黎陶也好，闺隆也好，军坡也好，公期也好，三月三也好，对这些文化现象的解读不必再三再四地重复。海南研究中，最具价值的乃是海南方言研究。语言学界有共识，海南是方言的宝岛。但对这个语言宝岛的研究远未深入，许多局部方言甚至迄今尚未有学者触及。辛世彪的研究，还有此前海南学者如刘剑三教授等的研究已经表明，海南各种方言里隐含着极为丰富复杂的历史和文化信息。解读方言，就是解读海南的历史和文化；辛世彪的研究成果还表明，没有足够的语言学训练，不掌握足够多的外语和方言，要深入研究海南是不可能的。在此意义上，决定海南研究深度的，将是研究者的语言学训练水平。没有足够的语言学专家，海南研究不可能深入。我对有关部门的建议是，当我们规划海南文化建设和文化研究，引进文化学术人才时，应当把罗致更多辛世彪这样的语言学家当作最重要的人选，当作第一位的工作。

　　第四个感想是，海南研究需要更多更艰苦的田野调查。据我极为有限的了解，凡对海南研究有较大贡献者，无不以长期艰苦的田野调查为根基。目前海南研究成果最丰硕者是周伟民教授和唐玲玲教授，他们不但走遍海南，还多次访问新加坡、马来西亚。尤其值得称道的是，他们夫妇在退休后，仍然多次前往最为偏远的白沙县南开乡高峰村做田野调查。辛世彪先生同样坚持了这样的研究方式，他重走香便文、萨维纳之路，两书中涉及的地名、村落、集市、风习，有的变异，有的消失，有的荒废，他都一一比对考订，给我们重建联通了中断已久的历史脉络。田野考察不是纯粹的科学研究，其中有对生命的观察描写，有对历史的发掘追索，有对记忆的重现再造，有对想象的再度想象……这种研究是有温度的，有个体生命体验的，因而给读者以身临其境之感。貌似枯燥的学术考证，其实极具可读性和感染力。当然，产生这种阅读效果的前提是读者对海南这个寄命之地有热爱之情。假如更多海南研究都具有辛世彪著作这样的品质和滋味，我相信，海南研究的繁荣一定到来，海南学术在中国乃至在世界的地位，一定比现在有巨大的提升。

2013 年 1 月 2 日

　　香便文著，辛世彪译注：《海南纪行》，漓江出版社 2012 年版
　　萨维纳著，辛世彪译注：《海南岛志》，漓江出版社 2012 年版

泉根其人

泉根文集编竣，嘱我作序，我直觉的反应是婉拒。默念生逢盛世，国运兴隆，经济增长，人民幸福，教育兴旺，学术繁荣，借用半世纪前流行语，可谓形势大好，不是小好，而且越来越好。本当增强各种自信，努力学习，与时俱进，奈何马齿徒增而身心蜕化，神智昏昧且身不由己——患典型老年病，不良于行也。尝有句云：病躯懒走林中路，好梦宜翻云际墙。既如此，岂能为友朋学术文集作序？

然而，与泉根同事十五年，习性相异而臭味相投，业务有别而话多投机。故这个序又非作不可。勉为其难应命，想了数日，以为有所议论。不料一翻书稿，发现想说的话，泉根在书里已经说尽了，尤其是他的自序，而且说得周全、细密、深入、开阔。

无语难行文，敷衍非我愿。那就说点书稿以外的事。

泉根从 2004 年 27 岁的新科博士，到教授再到博士生导师，不过八九年光景，进步之速，在文科领域也算异数了。这中间没有讨巧运作，竞奔经营。谓予不信，请看本书的内容和书中所附著述目录。作为就近观察的同事，我以为，泉根的学术水平之高，工作量之大，学术操守之无可诟病，在同侪中实属佼佼者。

我无意作任何宏观的代际比较。就个人言，我这个 50 后和 77

年生人的泉根，年龄相差 21 岁，把酒话桑麻，却常常浑然忘年。对泉根的学术研究，我没有评说的资格和能力。但即使外行，从他涉猎范围之广，思考研究之细微深入，也能大致判断他的学术志趣、研究能力和价值所在。相信读者自具只眼，无须我在此饶舌。

看目录，学科分野意识强的人会说，泉根？杂家！但我最欣赏他的，正在于此。杂家也是一家，尽管不入专家法眼。窃以为，学问真若"为己"，则必终归于杂。犹记到海师多年后，有同事一脸疑惑问我，你硕士读文艺学，博士读古代文学，上课讲西方文论和美学，指导的研究生专业是现代文学，自己研究的领域是中国现代思想文化，评论文章又多是当代文学，你到底是什么的干活？还没容我解释，他宽怀大度地总结说，杂家，杂家，然后笑着转身走了。我一事无成，病即在杂也，悲夫！泉根不幸与我患了同一病，要不怎么臭味相投呢？但他的杂，只是表象，深处有一以贯之的精神和思考在焉。而我的杂，是真杂，学者面对我这样的杂货铺，几乎不忍多看一眼。这是他和我的根本差异。

周杂家的学问不好谈，那就说说他这个人。

我对泉根，印象最深的是他爱才。文学院每年新生入学不久，泉根即能掌握这百十号青涩男女的天分才情，其中佼佼者必被他罗致门下，或 QQ 群或微信朋友圈，每日里三五成伙在手机电脑上叽叽喳喳，嘻嘻哈哈，忘记了谁是老师谁为学生，反正彼此操弄的都是网络流行语和最新八卦新闻奇异段子，热闹非凡。他们自成世界，其间的乐趣和学问，实难与外人道，我辈 50 后只能一脸迷惑，望圈兴叹也。十几年下来，文学院学子中的佼佼者悉数入了周氏水泊梁山，泉根俨然及时雨呼保义宋公明。我的老同学老树同志和野夫在电视里侃江湖，老树说中国无处不江湖，大学尤其一江湖。我起初不以为然，后来细想他说的不无道理。我们不大喜欢江湖这个词。其实如泉根这般聚拢一帮青年男女，在网络空间里欣赏流行文化，分析星座同时占卜打卦，操心股市房市同时议论美帝俄帝，未尝不是江湖之一种。这样的江湖多多益善也。

在本科生里挖掘人才不叫本事，通过高考进入海师的学生是定数，学院几乎没有选择生源的任何权利。研究生不同，每年都有调剂的空间。到了三月份招生季节，泉根必全力以赴，挖空心思，声嘶力竭，百般鼓励，就是想从全国范围内为海师文学院文艺学专业选两三个资质上乘可以造就的人才苗子。他捞到好学生就兴奋莫名，给同人报喜：某某资质甚好，某某颇有悟性，某某头脑清楚，某某功底扎实，某某是读书种子，某某是可造之材，某某动手能力超强，某某长于组织社会活动……失去好学生就沮丧遗憾甚至气急无语。这十几年文艺学专业的硕士生相对优秀，实在与泉根的认真拣选和悉心培养有莫大关系。

唯有才者能识才，爱才，用才。泉根属早慧才子，求学一路顺风，但三十岁以前锥处囊中，锋芒未露，人多不知。初来海师，每有学术集会，感觉他发言思维快于言词，往往言不能尽意。与此相关，他早期文章的文字风格也略嫌生涩芜杂，文言、口语、书面语未能融化无痕，读来不大顺畅。十几年讲堂历练，他的表达日趋圆熟流利。几年前，他指导的硕士生，论文题目多在清理先秦汉魏的文体源流演变，其中有如记体、说体、论体，等等。我起初略感纳闷，不解他何以对此类问题有刨根问底的兴趣，但因对先秦了解甚少，不敢随便议论。近来则稍有所悟。也许，他为提升语言表达的准确流畅，为行文的精确典雅，而于古典论说类文体中寻求启示？这是猜测，未求证于泉根。收入此书的文字，较十年前有极大进步，尤其古文写作，已经圆融无碍。去年为本校新校区所作《迁新赋》，展示了他的古典文化素养，堪称佳作。

论地望，泉根是地道的江西才子，家在抚州临川地区，具体是南丰桑田，曾巩故里。有宋一代的江西，人文之鼎盛，不输江浙。明清以降，赣江鄱阳湖黄金水道航运衰微，江西逐渐荒芜；近代百余年，更遭战乱荼毒，人文气象不复旧观。但江西毕竟文脉未绝。在我为数不多的江西熟人朋友中，颇有几位奇异之才，泉根即是其中的佼佼者。

泉根是农家子弟，对自然万物和田土庄稼有天然的热爱和关心。他每次探亲归来，见面聊天，话题多从家乡山水风物和民生社会现状开始。他质朴开朗、不拘小节的性格与童年自由自在的乡村生活显然有莫大关系。十几年的交往中，我从未见过他有郁闷悲苦、愁云惨雾的表情。可能跟他自己月旦古今人物时常用的"乡土滋润"这种东西有关，永远都是一个热闹活泼、精力充沛的鬼怪精灵，虽然也经常总说自己身体禀赋一般，好酒而不能，喜烟又不会。

高校青年教师生活之困窘，人所共见。既然菲薄的工资不足以维持生计，在房市股市等方面有所介入，就成为大家自然而然的选择，有些人甚至一步步把经营投资变成了主业，教学研究反倒成了附庸，勉强应付而已。泉根有所不同，他能在甲骨简帛、人工智能这些高难度话语和股票指数、房产政策之间自如转换而毫无违和之感。泉根乡土诞生，十二岁就如入江湖寄宿上初中，又出身理科，还在乡镇做过两年诸如田乘、委吏的工作。不知道是不是这些原因，总之，书卷气和烟火气在他身上似乎发生了奇妙的化学反应，形成的新气象是什么，我说不准。由此联想，农耕中国的理想人生是耕读传家。这个耕，其实就是经济基础。贫困人家子弟，不耕而读，只能成为穷酸秀才；无读而耕，则必为蒙昧愚夫。殷实乃至巨富之家，常出不谙人情世故不知稼穑艰难的纯粹读书人，但这样的痴人书蠹，大多一代而终，难有后继。由此我想说，炒房子买股票，同时读书当教授，这大概是21世纪中国人耕读传家理想人生的新版本吧。他自己说，不是兴趣，纯粹生计所迫，还说侥幸不成为斯文败类就好了。我笑话他，这么说恐怕还是读书人矫情放不下架子，嘴上自解而已。我认为，传统文化里耕耘劳作的诗意，似乎很难转移到资本身上。几千年来，我们把农耕高度诗意化了。深究起来，耕作未尝没有金钱色彩铜臭味；农夫的逐利劲头，未必逊于工商人士。又，十多年来，他在多种场合表达过，当世最令人忧者无外"汇率"及"粮油"，验诸当前，莫不然矣。也许关注财经关注国情，也是不出门的读书人获得当下感的必要一目吧。

泉根的化学反应，还有一种催化添加剂起作用。他身为国学所所长，对素问伤寒之类颇有研究，什么奇经八脉、阴平阳秘，什么干湿寒热、表里虚实，张口就来。而且精研药理，可以开方。我不良于行，泉根特意托人从台湾买来治疗痹症的中药制剂相送。他也读《周易》，教《周易》，会筮占，梅花子平，往往是信手信腕，时不时打一卦。秀才医卜，皆本色也。我曾有两次旅行中丢失重要行李证件，无助之时，打电话请他占一卦，结果一对一错，打成平手。我不知该不该信他。但下次若遇到疑难，估计还会找他。《系辞》曰："君子居则观其象而玩其辞，动则观其变而玩其占，是以自天佑之，吉无不利。"希望他的卦，能给家国友朋都带来春的消息。

泉根不独善待学生，倾心栽培。他对师长尤为尊重，虚心求教，尽心服侍。黄保真先生90年代中期由中国人民大学调来海师。黄先生为袁济喜授过课，泉根又是济喜兄的弟子。按中国人的师道论，黄先生算是泉根的师爷辈。泉根以此为荣，经常到黄先生家问安请教。黄先生刚到六十岁，即被学校退休。因黄先生编制在国学所，不属文学院，学院不能按惯例返聘两年。泉根后常以此为憾，以为聘为终身教授亦不为过。每次新生入学，第一件事就是携文艺学众弟子拜谒黄先生。我们文艺学专业一直坚持请黄先生给本科生研究生上课。多年后黄先生不良于行，无法去桂林洋上课，泉根即请他在家里给研究生继续授课。生命最后几年，黄先生妻女在北京，他一人独守海口，晚景不免艰难。幸每届都有日常探望照顾的学生，而泉根即使不是登门最勤者，也必是背后主事张罗。黄先生曾暴疾住院，家属因未出月子还是其他原因不能及时赶来，他和刘玥彤同学，安排值日一样调度诸生，并且冒着风险决断诊疗方案。万幸，转危为安！又约莫一年左右，黄先生因其他病回京治疗，泉根亦多次嘱咐学生探望。我所知道的当时在京城的故旧弟子如舒志锋、戎琦等都去过。黄先生去世后，泉根专程从天南飞往北国吊唁送别。

黄先生生前曾发宏愿，想独立完成一部中国文学批评史，可惜种种条件限制，未能如愿。去世时并未有遗嘱托付，但泉根主动承担了为黄先生整理著作的任务，将黄先生的论文整理编辑，又各处奔走筹资出版，以为纪念。在这个人情薄凉的世界，举目所及，学者教师，若非位高权重门弟子众多，其凄然离世无人过问者所在多有，不足为怪。有泉根这样的后学，黄先生可以无憾焉。黄先生之外，泉根对他的老师辈如陈传才、赖大仁、袁济喜等先生执弟子礼甚恭。对有学术交往的前辈学者如杨义先生、周伟民唐玲玲夫妇、周济夫先生等等，泉根不停留在一般意义上的致敬问候，他对这些先生的著作有深入的研读并形成学术对话，这一点尤其难能可贵。

学生弟子无原则无操守吹捧老师的庸俗文章，无处不在。这些阿谀奉承之徒信奉的是，吾爱真理，吾尤爱吾师。而爱吾师的背后，是爱吾师手里的权力和资源。泉根则不然，如其自序所言多把评论作一次临时安排的研究之旅，作为一种自我学术拓展的旁通之路，文集即是书证。

泉根毕竟是 70 年代生人。他出生的 1977 年，正是中国开始变革之际。所以他没有前几代人那种浸入骨髓的恐惧，兴致来时，高谈阔论，无所顾忌，在学术领域，不乏离经叛道之见，时有独出机杼之语。臧否人物，常忘了老庄教诲；褒贬时事，似不知今夕何年。尤于学校内部事务，多有建言倡议，但十有八九不获接纳，泥牛入海。昔日乡愿先生会嘲讽：咸吃萝卜淡操心。今时犬儒当调侃：吃地沟油，操海里心。但泉根不灰心，不放弃，以无担当为耻，不尽责为羞。与今日高校冷漠真善美、热衷权色财的时风相比，泉根不识时务甚矣。

泉根为海师桂林洋新校区作《迁新赋》，文辞典雅，古意盎然，颇获好评。他若再作高校赋，我愿诌几句别调供他参考：

> 昔日大学，文明之光。今朝高校，罕闻书香。
> 杏坛倾颓，泮池污脏。大楼巍峨，大师云亡。
> 三千学府，万众一腔。黄钟不鸣，瓦釜铿锵。
> 狗偷鼠窃，伪劣当行。竞奔经营，行迹若商。
> 粪土翰苑，金玉庙堂。士无耻矣，斯为国殇！

是为序。

2019 年 6 月 8 日于海口观聊斋

李一鸣博士论文序

　　一鸣的博士论文即将出版，嘱我作序。按时下惯例，我有此义务或责任。一鸣读博士，最初是我的建议。我看了他的硕士论文，觉得他在学术上还有比较大的发展空间。一鸣也有边工作边读博士的意愿。他考取后，提出要研究船山诗学，这让我多少有些意外。我对船山了解甚少，但知道这个领域的研究成果即使说不上浩若烟海，也堪称汗牛充栋；仅仅作当代船山学学术史的清理，就得耗费大精力。而船山与先秦儒学、汉代经学和宋明理学的复杂关系，尤其需要巨量的阅读与思考，需要在经学史、诗经学史方面有充分准备。我怀疑他没有足够的时间和精力做这个吃力难讨好的工作。但一鸣有湖南人的霸蛮劲头，既认准一个题目，即不畏艰难，坚持到底。这种精神，实属难得。

　　如今四年过去，一鸣的研究暂告一段落，交出了一个比较满意的阶段性成果。论文本身质量如何，我在这里不做评论，相信湘学、经学、诗学领域的专家自有公断。

　　在我看来，今日船山研究的难点在于，和黄梨洲、顾宁人相比，船山著作与当代中国的思想潮流和学术趋势的联系要弱一些。用大众文化的话语说，顾炎武和黄宗羲在思想文化屏幕上的"出镜率"要比船山先生高得多。顾炎武关于亡国与亡天下的警言，对南北士人"群居终日，言不及义""饱食终日，无所用心"的抨击，黄宗羲对王学末流与狂禅之弊的批判，尤其传颂极广的名言："天下是天下人的天下，非是一家一姓的天下，欲以天下奉己身，非是天子，乃是独夫。"我们耳熟能详。王夫之也曾有言："以天下论者，必循天下之公，天下非一姓之私也。"但比较而言，船山政治文化思想的当代影响力，似乎要弱于顾黄。在今日语境中，船山先生能给我们怎样的启迪，这需要学人思考。清季曾文正在金陵刻印船山遗著后，他的思想渐为人知，《黄书》强调的华夷之大防，尤为反清民族革命人士所倡扬。但辛亥后，民族主义思潮逐渐消退，船山的影响也渐次衰微。浏览今日船山学著作，给我的印象是，学术界探讨更多的是姜斋主人在经学、宋明理学领域的具体贡献，比较少见从总体上阐发他的政治文化思想。他的抗清壮举，似乎被淹没在衡山深处，几乎无人知晓矣。船山的《黄书》，在民族主义重新高涨的今天，可能有怎样的启示和影响，这是一个饶有兴味的话题。

就诗学而言，王夫之所论甚广，从《诗经》开始，历代诗歌他多有论说。但研究者多数囿于传统经学藩篱，停留在一般性阐释船山的层面，缺乏更为深入，更能提炼、升华船山诗学的研究。

惟其如此，一鸣研究的着力点就很重要。我相信，"文章合为时而著"。但这个"时"，绝非狭隘的政治意义上的"时"，而应该是文化意义上的。一鸣把"诗，幽明之际者也"作为王夫之诗学的核心观念，由此展开论述，我认为是恰当的。至于是否已经对这个观念作出了充分、精密、合乎逻辑的、具有鲜明时代感和全球视野的论证说明，我不敢断定，要请专家学者审查评判。

是为序。

2019 年 6 月 10 日于海口

润滋华夏净人心

——在史铁生先生追思会上的发言

　　我和史铁生先生没有个人交往，没有见过他。我只是他的一个读者。最早读他作品，印象深刻的是 1980 年发表的《午餐半小时》，写的是街道工厂的事，一帮妇女午间吃饭时拉家常的情景，简短生动，是那种很传统的写实小说。就是这样一个短篇，当时也遭到批评，说作者趣味低下，反映的多是生活中比较灰色低级的趣味云云。但我一点都没有这种感觉。与这篇小说比较接近的，是湖南作家叶之蓁的《我们建国巷》，当时好像还得了短篇小说奖。这一类小说，是 80 年代初现实主义回归潮流的代表，强调冷静客观的叙事。那以后，史铁生的名篇就是 1983 年的《我的遥远的清平湾》。到现在为止，这篇小说也是知青文学当中最具代表性的作品之一，与之接近的是陈村的《我曾在这里生活》、张承志的《骑手为什么歌唱母亲》、韩少功的《希望茅草地》等，这一类作品都写得非常优美抒情，不是冷静的现实主义，更像一种叙事的抒情诗。我认为知青文学最终能流传的，就是这类写知青和乡村、农民感情的作品，那些一味书写知青下乡苦难的小说，现在看来，有比较大的局限。知青几年、十几年的苦难，无论如何无法和几百年、上千年中国农民的苦难相提并论，两者的深度、力度不一样。展现、卖弄、夸大自己的苦难，其实很小家子气。在这之后，史铁生写了很多中短篇，题材广泛，内容庞杂，基本上是跟着八十年代的文学潮流走的，没有引起太大反响。

然后就是 1991 年的《我与地坛》。我觉得没有 1989 年的巨变，史铁生可能不会去写地坛。他对生命真正深入沉静的思考，其实是在对外部世界不再关注之后的自然选择，或者也可以这么说，是在对外部世界彻底失望之后返回内心的结果。因为，从他 1979 年坐上轮椅，到写地坛时，已经十多年了，此前不是说他不曾思考生死大事，但这些思考更多带给他的可能是痛苦和失望，因为他还对社会人生抱有很多希望和幻想。但 1989 年之后，这种希望几乎没有了，他发现自己生命最有价值的，竟然就是每天在地坛闲坐观望人生的所见所思。过去的文学、思想、功名利禄，似乎全部失去了意义。是时代造就了这篇传世经典。

这篇散文之所以有大意义，是因为 1990 年后，多数 50 后、60 后知识分子选择了投降，向商业投降，向权势投降，向世俗价值投降。少数没有投降的有两类人，一类是站出来，对芸芸众生大声说，不，我不与你们同流合污，我就是要坚守自己的理想。而这些人当中，又分为两种，一种是说一套做一套，说话、写作反抗投降，现实生活中完全认同潮流，所有物质利益所有荣誉名声都不放弃；这种 90 年代以后出现的人格分裂现象，相当普遍。另一种则言行一致，以实际行动和写作，勇猛决绝地激烈反抗这种投降，坚守个人、民间自由立场的思想者、写作者，比如张承志，以及其他一些坚定勇敢的写作者。

另一类是走向自己的内心世界，走向对人类普遍问题的思考。

有些人走向宗教乃至成为虔诚的信徒，有些人走向学术成为宁静平和的学者，有的人专注于个人生命体验，进而深化升华为对人类普遍问题的思考。史铁生正是这样一个作家。

史铁生没有激烈对抗这个世界，也没有犬儒主义地玩世嫉俗。他关切地坛公园的一草一木，众生诸事，超越了具体的爱恨情仇，是非恩怨。他饱含深情，却以平和宁静的大悲悯看待自己，看待他人，看待这个世界。这样的境界，在当代中国作家当中是唯一的。

史铁生的地坛，其实就是纯净的水和空气，是我们生活中须臾不可缺少的东西。可是我们长期呼吸着重度污染的空气，饮用着有刺鼻异味的脏水，却并不觉得它们的危害，更忘了好空气和干净水是什么样的，所谓久居污秽而不觉其恶臭。只有当我们突然来到一个纯净的世界时，才会发现好空气和干净水有多美、多重要。史铁生的逝世，刺激我重读《我与地坛》。只有重读，才能意识到，日常生活中，我们阅读了多少垃圾，离高尚纯洁的心灵有多远。

感念史铁生。是他，给我们创造了如此美好的散文小说；是他，没有让文学丧失最后的尊严。

因为要参加这个追思会，我拟了一幅对联，表达对史铁生先生的尊敬和纪念——

天命扶轮四十载，参透死生归大化；

地坛作赋万余言，润滋华夏净人心。

横批：铁生不朽

平凡、超迈、谦逊、豪壮
——读刘运良先生三画册

  第一次看运良的画，是在他海甸岛的画室。那是一个夜晚，画室里满眼的石头，长满青苔小草的石头，石头堆砌成的断壁残垣，荒凉、苍老、坚硬、孤寂、宁静，沉默中有温暖的光亮，昏暗中透露出平和的悲哀……运良不厌其烦地、固执地一遍遍画那些火山石，几乎到了重复单调的程度。在此之前，我还没有见过哪个画家对石山地区下过如此大的功夫。这些石头曾经是水一样的火，气泡一样的实在、坚硬、质实而又空灵。如今它们沉默无语，被堆砌成墙与屋，又被废弃、被忘却、被风雨侵蚀、被骄阳烤炙。现在运良走近来，用手抚摸、用笔记录、用眼交流、更用心体悟。火山石用万年前的余温和养分，滋润了那些微小的绿色生命，而这些小草青苔又用自己娇弱的身体，给石头披上一层绿衣，替它们遮挡暴烈的阳光。石头与苔草，相依为命。火山石比起一般的石头，更有生命的意味，温情而蕴涵。多年过去了，如今看到运良的《石之魂》，我仿佛又到了火山口，到了多年前那个夜晚，那个运良的画室。火山石的魂是什么？在如今迷茫的中国，在当下燥热的海南，面对这些石头，我突然想起鲁迅的诗句："尘海苍茫沉百感"。苍茫，铺天盖地的沉重的苍茫感，是如此的明晰，又如此的难以言表。运良当年埋头一笔一画，沉着冷静，用油彩堆砌这些石头时，他在想什么？我不知道。今天我看这些画，无论是笔触还是造型，无论是色彩还是气韵，我找不到比苍茫更好的词来形容我的感受了。

最近偶然看到评论家吴亮先生的一段文字，他引述一位上海画家的话说，艺术家最终留给历史的不是他的思想，甚至不是他的作品，而是他的故事。这个说法虽然不免有刻意耸人听闻之嫌，但也不是没有道理。后现代艺术家尤其行为艺术家们，不就是以创造各种离奇故事为能事么？即使传统艺术家，他们的故事至少和他们的作品一样重要。假如没有兰亭曲水流觞的故事，就没有《兰亭序》的产生。王羲之以字换鹅的故事，可能与《兰亭序》有同样的价值。同样，没有苏轼那么多的故事，也就没有他的诗文。运良用一百幅画，讲述苏轼在儋州的故事，这些故事固然见于苏轼的诗文，见于前人的记述，但那些记述毕竟是简单的，抽象的，甚至是语焉不详的。运良在自己心里重构、具体化了这些故事，并形之于笔墨。在这一百幅画中，最感动人的，是那几幅人物众多，笔墨酣畅淋漓，充分体现海南风情的大画。《东坡咏春图》《上元夜图》《冬至与诸生饮图》《别海南黎民图》，苍老的榕树，肥大的蕉叶，浓郁的绿色，低矮结实的房屋，质朴淳厚的乡民，东坡先生站在他们中间，构成一幅幅古代海南乡村最美的画面。这些画和传统文人画最为鲜明的区别，正在于其格调境界不是孤寂、冷清、空旷、寂寥，而是充满温暖谐和的人间气息。在这些画中，人物造型尤其五官相貌，并不具有多样的、鲜明的个性，而毋宁是模式化的，甚至是被草率处理的。我理解，运良在这里要表现的是一种人在其中的大自然的整体，一种乡村生活的群体，一种东坡在草民中间的自由、自然、自在。人的相貌在这里并不重要了，重要的是人在自然中，在环境中，在群体中。我敢说，此前叙述刻画东坡的各类作品，从未有人像运良这样，如此重视东坡在民间，在草根中的意义。我觉得这是理解画册《东坡魂》的关键之一。

与此相似，当运良用速写记录海南的骑楼时，他理解和表达的，并不是这种独特建筑的造型风格具有怎样的艺术和文化价值，他看重的是这些骑楼背后隐藏的人间故事。他遗貌取神，用最简约的线条记录骑楼当中那些最具时代特征，最富生活气息的细节。我最初看到这些速写，感到有点意外。来海南创作的画家，更喜欢表现海南的热带自然风光，大海、植物、阳光，具有热带风情的人物造型，等等。深入海南民间表现他们生活趣味的作品似乎并不多见。具体到骑楼老街，通常我们都知道，这并非海南独有。福建广东各地，多有骑楼，甚至并不比海口骑楼逊色。但深入了解海口的人就知道，骑楼对于海南的意义，和其他地方有所不同。作为一个城市，海口在骑楼出现之前的建筑和城市生活，已经在历史的长河中湮没无闻。海口（不包含现在的琼山区）没有早于民国的成规模的建筑可以考察。海口也没有早于民国的比较成熟完备的城市生活可以叙述。骑楼就是现代海口发育的全部历史痕迹所在，是塑造现代海口人性格和精神风貌的环境条件。正是在这个意义上，骑楼就是海口故事的载体，骑楼对海口的价值，远远超过华南其他城市。运良记录骑楼，等于用画笔为海口故事做备忘提要。他的每一个线条，其实就是一个故事的线索，每一个勾勒的轮廓，就是一个故事的框架。熟悉骑楼的人们，可以通过这些生动流畅充满表现力的速写，去展开叙述海口生动有趣的历史故事。

运良本人，当然也是有故事的艺术家。但他的故事尚不为人所知。我们看到的只是他的画，他的字，他组织的各种艺术活动，他殚精竭虑出版的新海岸杂志，他与各色画家、作家、书法家、企业家、僧侣、老板、媒体人士的交往，他永远平和的微笑，他亮光闪闪的头，他不多不少不长不短的一缕胡须，他一身简朴的中装。我也曾经听他简单说起自己的经历，唱戏，画布景，上美术系，搞出版，烧陶……然后就是画画，不停地画，不停地写，不停地组织各种活动。他不是一个嚣张傲慢古怪的画家，不是特立独行桀骜不驯的艺术家，他为人是如此地平和、谦逊、从容，以致一般人很难将这个人和他大气磅礴豪放粗犷的画风联系在一起。的确，运良是一个不会让人感到意外的人。他身上似乎没有什么让人惊讶的东西。但他的画确实有一种内在的力量，沉稳内敛，刚健雄浑。可是当你想到他是一个湖南人时，这种反差就消失了。湖湘文化塑造的文化人，他们身上的霸气、土气、野气乃至匪气，和一种高远俊秀、聪敏灵动的禀赋紧紧联系在一起。平凡中有超迈，谦逊中有豪壮，这就是运良的艺术和运良这个人，我相信，他的故事应当如此。

2012 年 7 月 23 日于海口

原载《新海岸》2013 年第 1 期

一坛老酒
——怀念运良

2月12日，在去咸阳机场的大巴上，收到蔡葩短信：运良昨天下午，正月十五走了。长久的担心，成了残酷的现实，一时恍惚，大脑空白。想起2006年的夏天，我在兰州，也是接到短信，萌萌去世了。这些年来，同辈人壮年就走，已经不是什么新鲜事，毕竟，每天都有各色人等离开这个世界。我们的悲哀已经不够用了。

去年岁末，在一个会场遇见蔡葩，我说想去看老刘。她婉拒说再过些日子吧。后来知道，当时老刘情况已经有些不太好。结果最终见到他是在墓园。

仰卧在简朴告别室的老刘，和国新书苑外墙彩色大照片上笑看世界的老刘，是同一个人，他与死亡应该无关。但他确实走了。泪如雨下。

下葬时放了很多鞭炮，悲哀肃穆好像变得热闹。我宁愿安安静静地送老刘。

公众场合的老刘是个热闹人，虽然他并不喜欢大喊大叫。他喜欢弯腰凑近你低声讲话。

但举杯邀饮时例外。他会大声地说，喝！然后一饮而尽。最后一次见他如此，是在盈滨半岛鲁能的会所。

老刘在海口十年，会所式画室搞了四五个，我很惊讶也佩服，他是如此有魅力有号召力，能让企业给他空间，不但大，个别地方甚至让我觉得有些奢华了。

最近几年见到老刘的机会不多，见则大多是画展、会议场所。每次见面，他都会说，我给你留了一坛老酒，有时间来喝。这酒终究没有喝成。

史铁生去世，作协在白沙门公园内的缘缘堂会所举办追思会，老刘备了黄酒。后来我操办一个小型学术会议，请与会者晚上在那里聊天。老刘也备了大坛黄酒，一个条桌上放了几十杯。我一个贪酒的学生横扫而过，醉得不省人事。我感觉尴尬，但始终没向老刘致歉。我知道他不会介怀。酒倒了就是喝的嘛！老刘定会如是说。

第一次见老刘是在金海岸后面那个画室，墙上挂的油画全是火山口的石头房子，荒芜、苍凉、孤寂、坚硬、冷中透热。我相信这是老刘的自白。我们同龄，50后的同龄人，有许多事情，彼此间无须语言，是可以理解交流的。相识十年，我和老刘交谈其实很少。谈话最多一次，是听他简单讲自己的经历，如何在剧团画布景，如何在桥头烧陶。其余则没有任何印象。见面打个招呼，说几句最近的事务，然后就是喝酒，然后就是听到他又有新的做事情搞活动的计划。然后就是充满期待等他新的通知，等待看到他的新作，可以喝到放了很久的老酒。

仅有的一次主动邀老刘，是我的老乡，画家蒋志鑫来海口，我与他并不太熟，又非画界人士，担心无话可说，想起老刘，约他一起去见蒋。当时老刘住名门广场，与迎宾馆很近，方便。老刘来了，一如既往地谦和低调。席间老刘主动约稿，说要在《新海岸》

给蒋搞个专辑。我很意外，蒋很高兴。老刘果然把这事给办了。按同行猜忌嫉恨的"人间规律"，老刘与蒋素无交往，更无所求，拿出杂志珍贵篇幅给他出专辑，图什么？

但这就是老刘。他心里有块净土，不沾人间烟火气。所以他没有抱怨，没有仇恨，没有愤怒。他的是非、念想、情感，都深深藏在他的画里，他的字里。面对人间，他只有坦然的微笑。对，这就是他喜欢、仰慕苏东坡的原因。

所以他画了很多苏东坡。

学术文化界的新风尚之一，是推崇宋代文明，认为那是中国古典文明的最高峰。无疑，苏东坡是这个最高峰上的莲花劲松，是大宋天空的一轮明月。苏东坡说，不辞长做岭南人。但他还是走了。老刘没有走，他藏在了海南红土地下。他在最后的日子想了什么，我不知道。但我看见的他最后的画，是那些充满神秘意味的朦胧的宗教建筑。

狄更斯说，这是一个最好的时代，这是一个最坏的时代。今日世界呢？又想起鲁迅的诗句："尘海苍茫沉百感，金风萧瑟走千官。"前句是心境，后句是写实。金风千官啊！老刘离开这个世界，当无遗憾。而我们还活着，在苍茫尘海中，在呼啸金风中，看千官竞走。

2017 年 3 月 24 日

南洋的价值

从大陆农耕文化的传统思维习惯出发，人们通常会认为海南是大陆的一部分，不过被海峡隔开；而且远古时代根本就没有现在的海峡，那时的海南不过是雷州半岛的最南端而已。有此认识，我们特别强调海南与大陆的联系，强调海南文化与大陆血脉相连的一面，这当然没有错。我们通常有个心结，就是特别反感大陆的某些狂夫妄人，说海南是没有文化的蛮荒之地。证明我们不蛮荒的证据，自然是从汉代以来的移民开发，是自唐宋以来的文化传播和海南自身的文化成就。无论如何，衡量海南文化的标准，很久以来都是比较单一的大陆标准。

但海南不仅仅是一块海水包裹的小小陆地。海南也是一派汪洋，人从水上四方走，风自空中八面来。海南人既北上大陆，也南下海洋；自清代以来，下南洋的人要远远超过北上大陆的人，如今在海外的琼籍同胞多过定居大陆的海南人，就是最好的证明。海南人顺流下南洋，在海外打拼多年，又常常会扬帆归航，带来域外的风物文化，由此成就了现代海南介于东西南北之间的独特文化风貌。在这个历史过程中，造就的家族和个人，几乎和遭到伤害、摧毁的家族同样多甚至更多。在数十年宏大革命历史叙事的风暴潮过后，海南漫长的海岸线上，似乎没有留下什么东西；但细心的人会发现，海床上、沙层下、岸礁边、破船中，仍有不少刻满历史记忆和情感符号的船板磁片、残砖旧瓦，等待有心人去发现、清理、解读。

蔡葩埋头海南现代历史的钩沉打捞工作已经多年，成果斐然。她要寻找的南洋，其实就是先前被忽略和遗忘的现代海南文化的另一面。和此前的历史叙事不同，她选择的关键词是海外、革命、家族、个人、情感、文化，以及与这些有高度关联的物质符号：骑楼、咖啡、洋装、教会、学校……

特别值得一提的是，从社会学或文化学的角度看，家族的兴衰，其实是现代中国历史演变的关键所在。过往历史叙事侧重的是阶级斗争，家族和家庭在历史叙事中几乎不存在。但从个体生命历程看，哪一个人能脱离家庭背景而直接成为革命者或反革命分子？当历史叙事从整体性的民族国家和党派政治的宏大场景中转向对个体生命的关怀时，我们发现，家族和家庭其实是现代中国人最真切、最重要的生命条件和成长环境。脱离了家庭叙事的社会学研究，在现代中国是虚妄无根的研究。文学叙事同样如此，在现代中国文学史上，脱离了家族和家庭的人生故事，几乎没有成功之作。与此相反，史有定评的长篇小说佳作，几乎没有一部与家族家庭无关。离开家的现代中国人，是无所归依的游魂。当然，历史上有不少志士仁人，或弃家出逃，或离家革命，甚至毁家纾难，甚至杀掉家人，他们的壮举至今仍是历史叙事中最为浓墨重彩的章节。但个别人惊天地泣鬼神的伟大行动，不能说明普通人或一般进步青年、开明人士，在腥风血雨的革命年代到底在怎样生活，如何应对外部世界，如何面对家庭和自我。现代意义上的伟大文学，恰恰是以呈现普通人丰富复杂的内心世界为最大追求的。而这些人，没有几个是脱离家庭活动的。在这个意义上，把叙事焦点对准家庭和家庭中的个人，无疑是当代历史和文学叙事最应该重视的。

总体上，中国一百多年现代化的历史进程就是古老家族制度日益衰败的过程。但具体到海南来说，情况却有所不同，甚至与大陆特别是北方地区恰好相反。20世纪海南兴起的一些大家族，其实是和海南人下南洋在经济上获得成功紧密相关，海南现存一些上世纪中叶以前兴建的名门豪宅，大多是海南人在海外获得成功后回家所造。也就是说，现代化的进程在一定程度上推动了海南家族的繁盛而非相反。由此甚至可以推测，现代化的进程在中国不同地区，可能会有不同的表现形式和结果，至少在上世纪50年代以前，家族制度和家族文化的衰微乃至毁灭，并非经济与社会现代化的必然结果，两者未必是形同水火的对立关系。这从如今东南亚和中国港澳台地区家庭与家族文化的现状就可知一二。研究海南现代历史，这是一个值得注意的重要特点。

蔡葩寻访故人，经由这些老人的叙述，她试图回到历史现场，再现既往氛围，体会前辈古老而新鲜的情感和精神世界。她给读者恢复了古旧海口和其中的人物。她的努力是成功的。她写的家庭多是有南洋风调、域外色彩的家庭，她写的个体，多是有良好教养乃至优雅风度的个人。而这正是海南现代文化特别是海口文化特有的色彩和气息。她精确而生动的描写、沉潜而丰沛的抒情，很容易带领读者回到昔日，使我们对那些人物产生向往、同情，进而对历史发生思考，思考中有一缕淡淡的惆怅，不易挥去。

2007年12月5日于海口

本文系为蔡葩女士《风从南洋来》（河南文艺出版社2009年版）一书所作的序。

秦风浩荡旧时画，心事浑茫今日书
——《绝秦书》散论

　　八月中旬，《绝秦书》在西安首发时，我正在渭南大荔县探亲。《绝秦书》写的是关中平原的西府，扶风县绛帐镇。我的祖籍则在关中东府的大荔，属古冯翊，也称同州。大荔北面就是韩城，司马迁故乡也。八月十五日，从大荔北行，酷暑中拜谒太史公。太史公的祠和墓，在韩城市区南十余公里的芝川镇临近黄河的塬上。从太史祠东望，黄河依稀可见。塬下平川里，澛水河两岸，有一望无际的碧绿荷叶。山脚下正建造巨型白色群雕，题材是太史公和《史记》里的主要角色。从韩城返回西安车上，默念太史公"究天人之际，通古今之变，成一家之言"，觉得这千古名训，是人文著述者包括小说家应追求的最高境界。起初拿不定主意如何评议《绝秦书》，现在有了切入路径和尺度。

一

　　可以简单化地把司马迁的"天人之际"理解成中国哲学的基本

命题，即人与宇宙、自然的相同、相通、相合，以及相对、相异、相斥的复杂关系。具体到《绝秦书》，这个"天人之际"其实就表现为生命遭遇最大危机时人与"天"的关系：人的本能欲望与"天理"的对立与冲突。面对肉身的饥饿与死亡，人当如何选择，如何行动。

孔子曰："未知生，焉知死。"司马迁未说如何生，却谈到死："人固有一死，或重于泰山，或轻于鸿毛。"这两者大体上就是中国死亡哲学的经典表达。史书上关于饥荒死人的记载汗牛充栋，人相食的惨剧不绝于书，但这种记载都是点到为止，常见词语无非赤地千里、田园荒芜、城郭毁弃、饿殍遍野、人相食，等等。鲜有对饿死乃至人相食的详细叙述，罕见圣贤们深入思考饿死人的问题，艺文作品更甚少以饥饿死亡为表现内容。究其原因，一是历史上中国特别是黄河流域饿死人太多，习以为常，谁会大惊小怪，当然不值得详加叙述。二是饿死乃最低级的被动死，与精神灵魂无关，缺乏意义，轻于鸿毛，无须深入思考，更不值得大书特书。尤其重要的是，饿死者多为穷人，他们无权力也无能力表达饥饿生命体验和饿死的惨状。依孔子的逻辑，未知饱食之乐，焉知饿死之苦！孟子提到"饿其体肤"，不过是把饥饿作为锻炼士人品德意志的手段来谈论，这种饿，离饿死还差得远。从"文化消费"角度看，哭天抢地、悲惨无比的故事场景，向来不能成为大众文艺热衷的表现内容。大众喜欢看帝王将相奢华生活、才子佳人美满姻缘、成功人士辉煌业绩，厌恶贫穷丑恶悲惨的故事景象，此种心理古今皆然，非中国独有。人皆有趋利避害本能，审美活动亦遵循此规律。现在文明进步、食物丰盛，饥饿感已经成了精英人群生活幸福、身体健康的基本指标。当此之际，张浩文大写饿死惨状及人相食的酷烈景象，真是别有意味。

总体来看，比起古希腊哲人和基督教神学对死亡问题的深度思考，我们老祖先谈论、书写死亡都嫌简单。事实上，令人惊心动魄的对饥饿的感觉体验和叙述描绘，更多出现于当代文学中，高尔泰、莫言、杨显惠，都是写饥饿的名家高手。张浩文现在也加入这种书写中来了。高尔泰的饥饿书写是诗意的控诉，莫言的饥饿书写是喜剧性的荒诞，杨显惠则力图客观冷静。张浩文呢？他是把饥饿死亡当做宏大史诗来写的。饿死的各种类型，人相食的各种形式、各种动因及其后果，都被他囊括殆尽。

但我以为，张浩文忽略了一个基本的问题，人相食该如何评价？人应该吃人吗？伯夷叔齐饿死不周粟，宋儒强调饿死事小、失节事大，大体是儒家君子的伦理节操标准。但普通人呢？普通人面对饥饿，是应该从生物学和动物生存哲学（如野生动物纪录片所持的评价标准）意义上理解、接受人吃人的残酷现实呢，还是应该有更高、更严苛的人的理想与标准？司马迁是把天、人对举的。摆脱自然束缚，接近理想模样的美貌绝伦的人，我们通常称为天人、天仙，所谓惊若天人。身体可以超越自然限制接近于"天"，精神呢？精神上有没有超越凡夫俗子的天人呢？周立功北京读书时期，康有为正在上海办天游书院，他认为地球既在宇宙中，则地球人即是遨游诸天的"天人"。天人即有不受大地约束的绝对自由。当然，1927 年辞世升天的康有为没有挨饿的感觉，他不知道两年后北方有大饥荒，更无法认同人相食是不得已的人性之表现。但我想问的是，周克文的"天人之际"何在？他如何理解天——宇宙、自然、生命？如何定义或预设人的标准？本来，书中代表传统礼教文明的周克文和代表现代西方文化影响的周立功，完全可以就饥饿赈灾和死亡问题展开更为充分的思考对话，从而把问题引向深入。但很遗憾，本书于此，未多致意焉。

我不认为以追求客观冷静的现实主义为理由，就可以回避这个严峻问题。因饥饿、仇恨而人相食的惨事，现在基本绝迹了（不排除有精神病患者作出此类疯狂举动），但精神层面的人相食还是在大面积发生——无所不用其极的恶毒诅咒谩骂，充斥于网络中，必欲杀思想对手而后快的微博宣示屡见不鲜。精神如同肉体一样，处于极度贫乏饥饿乃至濒临死亡时，也会突破最基本底线，作出文明人无法理解更难以忍受的极端表达。这就是今日中国精神界的现状。我们应该回避这个问题吗？暴戾达于极致的精神界的人相食，还要持续下去吗？

二

民国十八年的北方大旱，从长程历史观来看，是宋代以后，北方生态逐渐恶化，文明衰退乃至趋于衰亡过程中最近一个阶段的极端化表现。在那之前，有数不清的天灾人祸；在那之后，更有我们记忆犹新的战争、革命、大跃进和文化大革命的灾难。如今关中大地如何了？恶质的现代化进程正在加速——村庄溃败消亡，城市恶性膨胀，生态环境恶化日益严重。张浩文多年前的文章《被劫持的村庄》，写的就是他家乡的溃败。没有对今日关中的高度关注，就没有追溯历史的强烈兴趣。这是张浩文写《绝秦书》的根本动力。

我愿意把《绝秦书》视为一种文学化的历史书写。本质上，它是民国时期关中平原的历史叙事。这个历史叙事的主角是具有象征性的周氏家族。这个家族的最终命运，也就是现代中国的一个缩影。这样一个缩影，在当代历史著作中较为罕见。倒是作家于此多有贡献。以家族历史为素材或题材的长篇小说影视作品相当多，而且不乏成功之作。但这些小说影视的历史价值未必有《绝秦书》高。

说起现代历史，无法回避"冲击与回应"这个中西关系模式。毋庸置疑，西方文明对现代中国的冲击是决定性的。这种冲击造成的影响，可以分成两方面来看。一方面是积极良性的，另一方面是消极恶性的。总体上，现代西方的科学技术、社会制度、人文学术、宗教信仰等，对中国的影响是积极良性的。西方祸害中国最大的则有两项：一为各种抽象的主义，由进化论开启的偏执极端的意识形态思潮席卷华夏，影响极为深远，于今未见消歇；二为鸦片，祸及一切社会阶层和全国各个角落，曾一度禁绝，而今死灰复燃。假如我们判断鸦片战争以来的中国历史是一个进化与退化同时发生的悖论性进程，则退化的外部原因主要就是主义与鸦片。

《绝秦书》对主义在中国的传播甚少着墨，这与本书叙述的区域有关。偏远西北乡村地区的人们，对现代的主义甚少了解。周立功从北京带回来的新潮思想在周家寨难以落地，遑论生根。"民智未开"，他的启蒙只能以失败告终。值得一提的是，以进化论为先导的各种主义，上世纪20年代虽未能在关中农村落地生根，但各路军阀，却无不高举主义大旗，为其统治一方、互相攻伐、鱼肉百姓、涂炭生灵的恶行，作理不直而气甚壮的辩护。主义之恶，无过于此。《绝秦书》于此着墨不多，作者或许有不得已的考虑也未可知。

但鸦片的威力和能量无所不在。从道光朝开始，就不断有人痛切陈词、愤怒声讨鸦片之害。令人惊讶的是，军阀混战时代直到抗战时期，鸦片实际上成为中国经济活动中最有信誉的硬通货。从中央军队到地方军阀，从割据势力到土匪黑帮，甚至从伪军到日本鬼子，都把鸦片作为维持生存和战争经费的重要支付手段。一定意义上，鸦片，实际成了决定现代中国命运的一只看得见的黑手。《绝秦书》对此的描写叙述，前无古人。张浩文把被长期遮蔽的关中鸦片史，如实细致地叙述了出来。我以为这是本书最具历史价值之处。需要分析的是，如小说中已经写明的，关中农民所以弃粮食棉花而种鸦片，是后者收益远高于前者。但鸦片所以值钱，却并非国际市场缺货导致价格飞涨，是国人中的瘾君子对鸦片的需求形成稳定可靠的市场。这是鸦片生产繁荣的根本原因所在。众所周知，学者如刘文典，作家如还珠楼主，军阀如张学良，名媛如陆小曼，都是著名的瘾君子。那个时代整个国家已然成为瘾君子国，小小绛帐镇岂能自外于天下潮流！最为奇怪的是，各种主义的倡导者其实并不拒绝鸦片，道理很简单，鸦片可以当金子用，甚至比金子还好使。就此而言，喜欢拿全球化、世界体系理论说事的学者，把鸦片的泛滥简单归罪于帝国主义亡我中华的阴谋，把现代中国大规模种植鸦片理解为被资本主义世界市场所控制，实在是过于宏观了。这是喜欢透过于人、指责别人却从不自照镜子的病态民族主义者的通病。世界各国都有瘾君子，像中国人如此普遍地好这一口，则似乎没有第二国。鸦片为害中国，除了英国人早期带有强制性的输入，后来的严重泛滥，不能不说与本土人文有关。鸦片对中国的祸害为何远胜他国？这是值得深入思考的问题，遗憾的是，小说于此未有深入。由此更进一步的问题就是，作者对现代历史究竟如何看，他的立场与态度如何？从小说本身看，似乎比较暧昧。

《绝秦书》属于宏大叙事，从绛帐到西安，从北京到上海，从周家寨明德堂到秦岭土匪窝，从军阀营地到西安水市，场面宏阔，细节丰盛，颇有囊括关中民情风习之气概格局。但我认为其中最有价值的，仍然是周家寨传统士绅家庭农耕生活诸多习俗细节的描写叙述。这样的历史叙事也符合了当代史学的潮流，即重视本土小历史，重视当地生活习俗，重视个体生命经验的原生的、自然的叙述。个人口述历史持续走红，原因即在历史的观念发生了根本性变化。当代人不再迷信以"揭示本质，掌握规律"相标榜的高度意识形态化的历史叙事了。《绝秦书》在这方面的贡献得到评论界充分肯定，原因也在此。

三

小说与历史的关系向来密切，中国尤其如此。古代不论，现代小说兴起时，诸多作家就以史家自诩自期。巴尔扎克以书写法国风俗史为使命，《人间喜剧》中，就有"乡村生活场景"部分，其中纪录农民生活的部分，几可视为社会学和人类学著作。评论界历来对此"非文学文本"甚少注意。与福楼拜比，巴尔扎克并不以"纯文学"为最高追求，他要成为具有科学研究素质的法国社会的书记员。张浩文没有如此宏大抱负，他就是以小说家为职志的。但从他长期准备写作《绝秦书》的过程看，无疑与巴尔扎克精神相通。此书的历史贡献，已简单评价如上，这里从文学角度略谈浅见。

《绝秦书》是具历史素质的长篇小说，或是介于历史和小说之间的"混搭"之作。如此说，是想强调，评价此书，不能先确立一长篇小说的标准尺度，诸如结构、情节、人物、冲突等亚里士多德式的叙事标准，再以此衡量之。但这不等于说，评价此书可以没有文学的审美标准。

本书文学上的成败得失，从根本上，都源于张浩文在历史与文学之间的游移。他希望小说有众多独特的人物、有趣的故事和丰富生动的细节，但同时又力图最大限度围绕周氏家族，展示历史原貌与进程，尤其希望呈现极为丰富多彩的关中民风民俗。按传统现实主义长篇小说的做法，他可以通过塑造所谓典型人物来达到这个目的。若干评论，也按此标准来评价此书。但张浩文明显不按传统路数走。这导致他在理性与感情、观察与想象、记录与虚构之间左右摇摆。这种摇摆可以说构成了《绝秦书》最基本的艺术面貌与品格。

这种游移和摇摆，最突出表现在小说的叙述风格上。他时而像个历史学家、社会学家在冷静叙述周家寨，时而又像个多情的诗人，赞叹歌颂关中的山川风景，抒发对土地故园的一往深情。我们有时候读到的是感情充盈的文字，比如周立功回家时的见闻感想；有时则是平静冷峻到没有温度没有感情的客观叙述，比如对人相食场面的叙述。

这种游移摇摆，使张浩文不能确定一种统一的叙述角度与语调，或者说，他不能确定，这个叙述者是一个旁观的冷静的历史学家，还是一个化身于小说中与人物同命运共呼吸的隐身叙事人。他是周克文同时代的乡村教书先生，还是周立功的同学？是近百年后的历史学家，还是一个返乡的作家？是土匪，还是烟馆的瘾君子？是满嘴主义的军人，还是没有文化的乡民？这个叙述者究竟是谁？

叙述者角色定位的模糊，导致语言风格的不统一。必须指出，张浩文在语言使用上极为用心，他在使用关中方言方面，超越了此前的陕西作家。大量生动鲜活、充满地域色彩与文化韵味的甚至是粗鄙的土语，出现在小说中，尤其是大量使用与性相关的詈骂词语，前无古人。这个贡献得到陕西评论界的高度认可。但个人以为，此书在关中方言使用上，还有更大发挥空间。据我非常有限的了解，关中方言中大量极为精妙的动词和形容词，张浩文还没有充分发掘使用。如果周克文们能更多使用将近百年前的动词形容词乃至各种俗语歇后语，则这些人物将更鲜活更有味道。

但另一方面，他又使用一种接近历史叙事的比较板正的书面语言，尤其是当脱离人物对话客观陈述故事交代背景时，这种脱离小说叙事者身份的板正语言就显得不协调了。历史叙述人和小说叙事人如何统一协调，是一个值得探讨的叙事技术问题。我以为，如果增加、强化人物对话，更多让人物自己来说话，而将讲述人的客观叙述尽量减少，小说的叙述调子可能更好一些。

两种不同的叙事身份，还导致另外一个效果。张浩文作为历史学家，唯恐失真失实，唯恐模糊不清。作者不但负责给读者提供丰富的阅读材料，还怕读者不懂而多加解释，俨然信史。如此一来，可能一定程度上丧失了小说本该有的空白、模糊乃至隐晦，一览无余，未给读者留下回味想象的足够空间。行话所谓，质实有余而空灵不足。或曰：信则信矣，其奈美何！

这是就局部、细节说。总体看，《绝秦书》实为民国时代关中地区的风俗画鸿篇巨制，其中描摹的大量关中历史、社会、文化、风俗、语言等等，具有相当的分析解读和研究欣赏价值，必将成为评论界讨论的热点。

在这个心灵迷茫混乱的时代，读者尤其需要精神的激浊扬清，思想的交流启发。今日的小说家、批评家，以及其他领域的学者专家，能肩负起这样的责任吗？

2013 年 9 月 16 日于海口

原载《文艺争鸣》2014 年第 12 期

文学莫谓无宗旨，半属英雄半美人
——晓剑新作读后

　　晓剑是海南的资深作家。他已发表作品的总字数，在两千万字以上；举凡诗歌、散文、小说、电影剧本、电视剧本，报告文学，均有涉猎，且非浅尝辄止。从文四十年来，他的作品不断遭到种种议论，当然也有更多的认同、转载和赞美。但他似乎不受外界影响，一如既往，继续他的自由写作。很难将晓剑归类。他不属于任何流派、阵营、集团，甚至不属于最近四十年来任何一个具体的文学时期，伤痕也好，寻根也好，现代派也好，知青文学也好，都市文学也好，红色历史叙事也好，都有他的份，但都不能概括他的巨量创作。换言之，他是那种很难被各种当代文学史"收编"的另类作家。

　　另类的晓剑，最新的短篇小说，是发表在 2011 年第 7 期《小说选刊》上的《枪毙情人》。这个小说的主题是革命使命与炽热爱情的两难选择：要爱情，就要背叛革命；要革命，就要牺牲爱情。晓剑给自己的小说设置了一个高难度的矛盾冲突，他以娴熟的技巧，合乎红色历史叙事逻辑的原则，从容完成了一个戏剧性叙事——铺垫，悬念，紧张，冲突，高潮，结束。男主人公亲手枪毙了情人，接着完成了情人未尽使命，将若干位高级知识分子从蒋管区护送到了刚刚成为共和国首都的北京。

大义灭亲，先忠后孝，是中国历史叙事的基本模式之一，其原则是：当个人利益与国家、民族、党派利益发生对立冲突时，要义无反顾地牺牲个人利益。在此过程中，文学叙事若想获得深度，无疑要刻画当事人面对两难选择时的极度痛苦与挣扎。作品是否产生悲剧性效果，取决于这种刻画是否真实深刻，是否如黑格尔所说，能够体现彼此均有合理性的伦理冲突。英雄的毁灭，不是由于恶的泛滥，而是两种彼此对立又各有合理性的道德力量无法调和所致。在这个意义上，晓剑新作的悲剧性效果显然不够强烈。原因在于，他一方面没用更多篇幅展开人物在此关键时刻强烈的内心冲突或纠结，另一方面也没有更为充分地表现敌对一方——特务处长面对这一对革命恋人、红色间谍时，有怎样复杂的内心活动。在这个问题上，现实主义文学理论认为，人在性命攸关的紧张时刻，实际上不可能有时间浮想联翩，犹豫不决，就像哈姆雷特那样。现实生活中的人确实如此。但这恰恰是一切悲剧性效果得以形成的关键所在。人物的内心活动不能充分展开，就很难有打动读者的艺术力量。一切古典悲剧，一切感人至深的浪漫主义叙事，都离不开人物充满激情的情感宣泄和思想表达。即使是现实主义，最具悲剧深度的，恰恰是那些强调心理刻画的作家作品；甚至可以这样说，19世纪以来的现实主义小说，其艺术成就和悲剧性效果，几乎完全取决于"心理叙事"的成功与否。

晓剑写过很多悲剧性故事。总体上看，这些故事很少有强烈的悲剧效果，一般更像止剧，有些悲剧故事最终给人感觉很明朗，以至接近喜剧的效果。本篇大体也是如此，我读完全篇，就没有强烈的震撼和压抑悲哀的感受。究其根源，不在文学观念的影响，也不在写作技巧的欠缺，而在于晓剑是个明朗乐观的人。谁也没见过郁闷的、愁苦的、悲戚的晓剑。他永远大大咧咧，永远底气十足，永远对一切权威、名家抱持浑不吝的高姿态，永远随时准备灭杀那些企图盛气凌人者的气焰。

就此而言，晓剑是不适合悲剧写作的。他最拿手的其实是英雄美人的浪漫故事。这也是文学的正道。百年前中国现代文学发轫之时，夏曾佑等人就总结过，中国文学说到底，就是英雄美人（或英雄男女）四字而已。清人王再咸凭吊薛涛的《成都竹枝词》有名句："江山莫谓全无主，半属英雄半美人。"江山不属英雄，即属美人，则英雄美人的故事，就是江山的故事，就是国家的故事，就是文学的主题。王再咸的名句因此可以改成：文学莫谓无宗旨，半属英雄半美人！在这个英雄美人主题下，未老的晓剑，还可以给我们写很多浪漫故事，悲不悲剧，倒在其次。

2011 年 7 月 20 日

理论已死
——我对中国文艺学的一点看法

本文所谓文艺学，是指以文学概论或文学理论教程为代表的文学理论教学与研究体系，它是当代大学文学学术体制中一个分支，所谓的二级学科。对这个学科的认识和评价，近十年以来一直是一个热点问题。2009 年夏在贵阳召开的中外文艺理论年会，主题之一，就是总结中国文艺理论 60 年的成就。我在那个会上作了简单的小组发言，用"一、二、三、四、五"来概括 60 年来的文学理论成果：

一个理论家。近半个世纪的时间内，对中国文学艺术产生全面、持久、深刻影响的理论家，是毛泽东。毛泽东思想真正影响了所有中国人，文艺尤其如此。毛泽东文艺思想的两个好学生是胡风和周扬，他们虽然彼此对立，但都是忠于毛泽东思想的。

两本教科书。"文革"后出版的蔡仪主编的《文学概论》和以群主编的《文学基本原理》，是大学中文系的通行教材，两本具体表述有异而实质内容相同，故可视为一本。现在流行的童庆炳先生主编的为另一本。这一前一后两本教材，影响了上百万的中文系学生，进而影响到全社会的文学观念。

三个历史阶段。第一是 1949 年到 1979 年的高度政治化阶段，第二是 80 年代的去政治化时期，第三是 90 年代以后的商业化时代。文艺理论在这三个阶段就唱三个调子：文艺为政治服务，文艺的独立自主，文艺的商业属性或市场导向。

四个学术口号：现实主义、浪漫主义、现代主义、后现代主义。六十年文艺学说到底，就是围绕这四个口号做文章而已。离了这四个概念，我们是否能谈论文学问题？我看比较难。

五种负面结果。其一，第一代文学概论从业人员，穷尽半生精力，但其工作基本是无效劳动。其二，过度强调体系化理论对创作的指导作用，实际对文学创作产生了极大的负面影响。其三，与此体系化理论稍有不同的意见和观点，受到不应有的批判否定，实际上窒息了真正的理论思考。其四，众多理论工作者受到毫无道理的打击迫害。其五，助长了不良学术风气的滋生蔓延。

如此总结的缘由是，当我们抛开一切教条，回顾历史，能记起来的东西，大体如上。半个多世纪以来那些汗牛充栋的理论著述，已被时间淘洗殆尽。

时隔两年，今日旧话重提。我想从另外的角度，来谈谈对文艺学的认识和看法。

我认为现在的文艺学，需要抛弃三个东西。一个是体系意识，一个是真理信仰，一个是权威幻觉。

关于体系意识。在文艺理论教学中，一直强调文学概论的体系性，其根源是，早先的理论家们强调马克思主义文论是一个完整的体系，尽管马克思、恩格斯本人确乎没有写过系统的文艺理论，他们的相关论说确乎就是断简残编。但捍卫者坚决否认这一点，强调马克思主义有自己完整的文艺理论体系。本文不拟纠缠这些争论。

体系意识强烈的人，其逻辑是，理论，就意味着一个完整的系统，没有系统，不成其为理论；特别是，既然作为指导思想的马克思主义文论是完整体系，则文学概论就没有理由不建构完整体系。结果，在这个文学理论体系中，有相当部分表述与当代文学艺术现状，与当代思想发展没有任何关系。比如文学的起源问题，文学的风格和流派问题，作家的创作思维特征问题，文学的体裁与文体问题，等等，老生常谈，既无学术创新，更缺乏与学生文学阅读鉴赏和创作的有机联系。

关于真理信仰。编撰文学概论的指导思想之一，是认为一部教材基本上要揭示、体现有关文学现象的真理和规律。诸如文学产生于人类劳动和社会实践的观点，文学发展规律的总结，等等，都被认为是真理性的知识，需要无条件认同接受。而且，理论家认为，一旦掌握了这种真理，批评家就可以据以对文学现象作审判和裁断。但很显然，这种认识没有说服力。社会生活不断发展变化，文化艺术的样式不断发展变化，文学欣赏与消费的心理不断变化，文学的传播方式不断发展变化，这种种变化之迅速与复杂，已经使得任何理论都无法对文学的整体状况作静态描述和判断。文学理论本身不是真理，没有真理可言。文学理论更谈不上能揭示文学发展的规律。其一，文学发展有无规律，本就值得怀疑；其二，即便有规律，那也是文学史要总结的东西，文学理论家从来没有总结出什么值得信赖的规律。

与此相关，认为掌握了真理就可对创作和欣赏给予指导的天真想法，是一种自我感觉良好的幻觉。现在的理论工作者，其知识储备、艺术素养、表达能力，相对于作家和读者，都没有明显优势，甚至没有任何优势可言。别林斯基的时代，勃兰兑斯的时代，已经过去。百年前这些著名批评家存在的前提，是全社会有一大半人是文盲，许多作家的文化程度和素养也比较低下。在此种社会中，大众需要有人指导。但这个时代已经过去了。如今若有人还幻想掌握真理，当文学教父，就未免太不识趣，太堂吉诃德了。最荒谬的现象是，我们看到，很多职业的文艺理论家，常年在谈理论问题，却从来不读或很少读文学作品，对当代创作尤其陌生，他们在书斋里臆想现实出了什么问题，需要如何从理论上给予说明和指导，大量的论文和专著因此被炮制出来。

当然，许多理论家已经认识到这一点。但为什么还在做那些毫无意义的理论体系建构和虚假理论问题的研究？道理也很简单，这是一门职业，是一个饭碗。生存的必要性，成为职业合法性的基础。至于这样的理论究竟有无价值，理论家们心知肚明。

从后现代、网络时代的立场看，理论已死。从文艺学学科现实存在的事实看，理论又未死。

死犹未死，垂死挣扎，可能接近真相。

理论已死的具体表征是：其一，理论生产严重过剩，这个世界关于文学的理论太多，泛滥成灾，惟其太多，真正有效的理论却没有了；其二，没有公认的权威理论家，理论家说话无人理睬，绝大多数理论家和诗人一样，成了小圈子内部的智力游戏玩家，外界无人喝彩；其三，理论生产无创新，低水平重复严重，多数理论著作和现在的长篇小说一样，出版后无人问津，在完成评职称的作用后，就被送了造纸厂的纸浆池。

简单说，理论已死是个简单的事实，不需要作理论的证明。

理论死了，但从事理论教学的教师还活着，我们还需要吃饭。因此，与其自欺欺人地强调理论多么重要伟大，自己的理论（无论是否标榜有体系）有多么了得，不如先承认如下几点：

理论的工具性。理论只是我们说明解释问题的思想方法和工具，本身不具有独立的价值和意义。理论不是裁断事物的真理和标准。对文学来说，尤其如此。

理论的相对性。任何理论都是相对的，只适合用来解释部分文学现象，具有时间和空间上的局限性。没有放之四海而皆准的普遍性的文学理论体系。就此而言，任何理论都存在一个自己的历史语境。超出这个历史语境来运用，就出现错位乃至荒谬的解释效果。

理论的现实性。理论是为现实而存在的，因此，针对现实问题进行理性思考乃是文学理论的基本动力和逻辑出发点。

基于以上认识，我认为，如果还要谈论文学理论，应该有两个基本出发点：第一，中国当代的文学理论，应该以百年中国文学发展的历史事实为出发点，这才是总结中国文学理论最可靠的基础；第二，中国当代的文学理论，应该切实关注当代文学创作和文学现象，这是发现问题，从事理论思考有效的途径和理论问题得以产生的根本。

这意味着，当代文学理论家必须同时是现代文学和当代文学研究的专家，没有对这一百年来文学的深入研究，而从事纯粹的文学理论研究，就是空头理论家，其学说基本属于所谓的无根游谈，没有说服力。半个世纪来的中国文学理论建设乏善可陈，与此有绝大关系。

从百年文学史出发，我认为中国文学理论研究有五大领域，具有继续探讨的价值。

其一，中国新文学开始于梁启超提倡的新民说与小说界革命。文学的社会功能问题，是百年中国文学一直纠缠不清的重大问题，假如中国文学理论需要一个所谓的逻辑起点，我认为当自小说界革命的理论言说开始。

其二，新小说来自西方，翻译西方小说，实际是中国新小说的开端，因此，翻译问题，也即中外文化或中西文明的翻译交流，成为一个极为重大的问题。但迄今为止，翻译问题未能在文学理论界引起足够的重视和研究。刘禾所谓的"跨语际实践"研究，是这方面的一个开端，真正深入的研究尚未见到。翻译问题的核心是：文化能否相通约，文学能否被翻译。

其三，与翻译密切相关，新民所需要的白话文问题，也是现代中国文学的重大理论问题，文言与白话之争，只是现代文学专业的人士讨论的问题，却未能受到文学理论家的重视，文学理论基本不讨论这个问题。这也是文学理论界一大怪象。

其四，民族主义思潮影响下的现代中国文学，从一开始就把建构中国历史作为自己的重大使命，现代早期小说家是以史家自命的。因此历史与文学的辩证关系问题，乃是文学叙事理论最值得讨论的重大问题。但这个问题仍然没有得到足够的重视，现在叙事学研究似乎比较繁荣，但更多停留在介绍西方理论，或笼统讨论中国从古到今的叙事理论，唯独与现代历史高度相关的小说叙事理论（如夏曾佑的理论），未能得到重视。

其五，文学批评的方法问题。西方文学批评方法的介绍引进相当丰富繁多，但理论界从来没有人认真研究中国现代具有自己文化特色的文学批评方法究竟有没有，是什么。

我认为，当代中国文学理论研究的重点，应当在这五个大的领域。这些领域的研究，才是真正有历史纵深感，有生命活力的理论研究。这个五大问题是否能构成一个所谓的理论体系，根本不重要。假如中文系学生四年毕业，能就这五大问题，在理论上有比较清晰的认识理解，则他们的理论学习，他们对中国现代文学的认识就是成功的、有效的。

原载《南方文坛》2012 年第 2 期，收入本书时略有增删。

失败者笔下的辛亥革命

斯大林，或者还有其他人说过，历史是由胜利者书写的。如今读到的绝大多数有关辛亥革命的著述，同样也是胜利者书写的。无论是国民党还是共产党，相对于满清帝国及其至死不渝的忠臣，都是胜利者。失败者也写历史。这种历史有两种。一种是失败之后的书写，比如溥仪的《我的前半生》、周作人的《知堂回想录》、舒芜的《舒芜口述自传》之类。这类不乏"后见之明"，不无辩解、攻讦、悔悟之意的文字，很难真实再现当年当事人的心理。张国焘、王明等人的回忆录尤其如此。相当程度上，他们写的是时过境迁之后的追述，而追述往往被刻意或无意地隐瞒、遗忘，被强烈的感情和丰富的想象左右，很难说是"高保真"的历史记录。另一种是失败者在其并未失败时的著述，这样的记录，相对于后来的回忆，自然更为真实。而日记，应当是此类著述中最为重要的一种。当然，日记也不免有粉饰，有做假，有隐瞒，有歪曲，有对自己的美化和对他人的抹黑。记日记者若开始就有给后人读的用心，他当然会像写文章一样写日记，比如蒋介石的日记。吴宓的日记也是如此，他非但在写作时有流传后世的用心，晚年还对日记多有修订。尽管如此，相对于其他更多虚构的文字，日记还是了解历史最为可靠的文献之一。

民国时代留下来的日记多矣，现在整理出版的重要历史人物的日记也不少，但失败者的日记则不多见，已经出版的《郑孝胥日记》（中华书局，1993 年版，劳祖德整理）可能最为重要。此人作为晚清最顽固的保守主义者之一，在辛亥革命期间，虽然只是区区湖南布政使，但由于他当时已经是著名同光体的领袖人物之一、著名书法家，诗、文、书法声名，冠绝一时，且颇有政治抱负，与当时的重要人物有极为频繁密切的接触，参与了清帝逊位前后一段时间的重大政治活动。更为重要的是，他后来成为密谋建立伪满洲国的主要策划者，直至担任了伪满洲国的总理，成了历史上著名的大汉奸。本文就他日记中记载的辛亥革命前后的中国政治，略作引述评议。从他的日记中，也许可以窥见一些为正史所忽略，但又有意义的细节、背景和内幕。

外官制的谋划

从统治者立场看问题，和从民间或革命者立场看问题，所得结论截然不同。庚子事变后，清廷开始所谓的"自改革"，而"自改革"的核心是政治制度的改革。政改的总目标是君主立宪制度的设计。在此目标下，政改分为两大内容：一是中央政府的改革，二是各省制度的改革。辛亥革命前，中央政府的改革从形式上已经完成：设立了准备立宪的机构，建立了皇族内阁，确定了内阁下属的各个部院衙门的机构设置。无论这些机构是否有名有实，是否已然起到起码的作用，总归有了个宪政的初步构想和设置，也能算是一点进步。至于各省政治制度的改革，则集中在"外官制"的初步规划。即明确总督、巡抚、布政使等主要官员的各自职权和彼此关系。郑孝胥参与了这个制度的设计与讨论。当时制定外官制的机构是法制院，其最初制定的外官制大纲有十条：

> 督抚秉承内阁，受其监督。
>
> 督抚受内阁委任时，应对于该委任大臣负其责任。（人治的明显痕迹）
>
> 督抚一级，府州县一级。
>
> 各司均在公署办事，为督抚参佐。督抚监督所属官吏及自治职。督抚兼理司法行政。
>
> 督抚节制、调遣巡防队。
>
> 府州县监督自治职。
>
> 各道均裁。惟距省会遥远之地酌设监察道，不为一级。
>
> 关、粮、盐、河道均不兼地方。

这个制度，规定地方政府为两级，撤销了"道"，好像有减少政府层级的作用。但这只是统治集团内部权力分配的一种形式，是一个从上到下的权力架构设计，根本看不到对民众意志和利益的考虑。所谓"地方自治职"，是要设立省议会或谘议局一类机构，但却又受府州县的监督，可见"自治职"云云，不过是摆设而已。更可笑的是，督抚既然受内阁委任，却又要对委任他的那个大臣负责。说到底，内阁不重要，重要的是内阁中那个委任他的大臣。其潜台词无非把公权变成私相授受的私权而已。

眼看大势已去，革命爆发在即，清廷的法制院却还在制定这种小修小补、自欺欺人的制度。郑孝胥记录了他参与讨论外官制的活动，日记中却未见他官样文章之外的具体意见。恐怕他本人也不大看好这种自欺欺人的改革方案。

借债造路为变法之本

郑孝胥的日记中，很少记载革命党人在各地的起义活动，相反他重点关注的是四川保路运动的情况。这正是革命史叙事与当时人感觉的差异所在。在郑孝胥这样的人看来，革命党人的活动其实并不可怕，无足轻重。他重视的是铁路问题。他在六月被任命为湖南布政使，晋见摄政王时，就提出中国的命运系于铁路建设。6月21日日记：向摄政王的进言："中国如欲自强，机会只在二十年内。以二十年内世界交通之变局有三大事，一帕拿马运河，二恰克图铁道，三俄印铁道是也。欧亚交通恃西伯利亚铁道，俄人始为主人，战事之后，日人经营南满，遂与俄分为主人。今中国若能急造恰克图铁路，则由柏林至北京只须八日半，世界交通得有四日半之进步。从此以后，中国与俄分作欧亚交通之主人，而南满、东清皆成冷落，日本经营朝鲜、满洲之势力必将倒退十年。此乃中国自强千载一时之机遇也，愿摄政王勿失机会。"修铁路需要钱，他强烈建议，"借债造路"为变法之本。郑孝胥的看法代表了那个时代的主流意见，孙中山放弃临时大总统职务后，也以全国铁路建设为经济建设的首务。他认为，"交通为实业之母，铁道又为交通之母。国家之贫富，可以铁道之多寡定之，地方之苦乐，可以铁道之远近计之。"正因为清政府对铁路高度重视，才有将四川铁路收归国有的举措。也正是这个错误决策，成了辛亥革命爆发的导火索。很显然，郑孝胥仍然在延续洋务运动的思维逻辑，以为经济、交通建设的大干快上，就可以缓和乃至消除国内危机，成为与列强进行利益博弈的最大筹码。摄政王对他的意见"屡颔，甚悦"，可见其态度与郑相去不远。值得注意的是，当时的腐朽官僚汲汲于借款修路，很重要一个原因，是搞工程，以国家的名义花钱，正是中饱私囊的大好机会。现在看得很清楚，越是危机深重的时期，掌握权力者越倾向于赶紧为自己大捞特捞。国家拯救经济的巨额投入，很大部分被装进了特权集团自己的腰包。8月9日日记有如此内容：杨文鼎由湖南巡抚调任陕西巡抚，杨不愿去，"颇懊丧，欲请假一月"，按理，当时湖南革命风气也日甚一日，远离这样的是非之地，是一般官员求之不得的好事，但杨不愿去艰苦的陕西。郑孝胥劝他，计划中的"洛潼（洛阳至潼关）铁路"修通后，"陕抚胜于湘抚"，而且还可以建议修建"秦蜀铁路"（即现在的宝成铁路）以取代拟议中的"川汉铁路"。修铁路是名利双收的大好事。杨文鼎听了他的建议，"甚悦"。可见动员官僚到穷困地方当官，还得给他描绘未来的大好前景：瘦差事弄好了可能是大肥缺！郑孝胥对修铁路特别热衷，而且多有建言，所以他离湘赴京途经武昌，端方要奏请朝廷任命他为"川汉、粤汉铁路总参赞，月支薪水、公费一千两"。他答端方曰："公能用吾策，不必加以参赞之名，薪水则不敢受也。"（8月24日日记）

对保路运动之态度

保路运动爆发后，清廷内部出于各自的利益考量，意见分歧，斗争甚为激烈。赵尔丰、岑春煊、端方、盛宣怀以及内阁的满清贵族诸大臣，对如何处理川案，各有各的主张，各有各的人选。而郑孝胥成为各方竞相争取的人物。他先是应召从长沙赴京，路经武汉，与端方、瑞澄等人反复议论。8 月 26 日到京，27 日先见盛宣怀，晚上见严复。次日进谒载泽，"谈统一国库及理财行政分科之法，泽颇是之。"午后谒庆王，然后"谒那、徐二协理及伦贝子，皆未晤。"30 日应召与盛宣怀"谈四川抗路事，为拟办法节略以商于泽公。"盛宣怀说，北京少不了他，希望他留在北京，不回湖南任上。而当端方被清廷派往四川处理危机时，也请盛宣怀代为敦请郑孝胥前往协助："此行拟请苏戡（郑孝胥字）同方入蜀，山青水碧，足壮诗囊，谕檄难文，立折蜀士。艰难险阻，谅所不辞。缓急扶持，交情乃见。"（9 月 5 日日记）前面的话是客套虚词，后面才是端方的真意，他需要郑孝胥这样的人来出主意，调和各种势力间的复杂关系，以为自己谋利益。郑孝胥当然不是傻瓜，他婉拒之。端方仍不死心，给郑直接发电报，其中有云："奉使入蜀，辞不获命，惟有叱驭径行。险阻艰难，已置度外。惟风雨同舟，不能无印须之助。"郑仍不为所动，但给端方提出建议："蜀事似宜严拿罢市罢课之主动者，俟平静后，从宽办结。"（9 月 7 日日记）9 月 13 日，端方还在发电报请郑入川，这回话就说得很明白了："处万难之危地，又预知良果之必无，如公不允来助，惟有奏陈真确为难情形，请季帅一手办理，或另简与路事无涉之重臣。虽得严谴，亦所不避。"端方几乎要哭出声了！郑孝胥回答："胥来无益，请仍作罢论。"他又致信盛宣怀，说端方"内怀疑怯，智勇并竭，如强遣之，必至误事。"结果朝廷又派岑春煊前往四川协助赵尔丰处理危机。盛宣怀请郑来讨论给岑春煊的电文。郑的建议是：岑到重庆后，应

"派兵直修电线，通至成都。一面用告白解散乱党。不过一月，乱可定矣。"（9月17日日记）这对策简单得令人怀疑、乐观得令人齿冷。不知他是真心话还是在应付。

武昌起义之感慨

武昌起义爆发时，郑孝胥在北京。此前几日，郑日日与达官显贵宴饮，心情似乎特别好。10月6日，太后赐陈宝琛宴席，他应邀前往"共食"，"月色甚好"。7日赴工艺局，席间与李石曾谈大豆公司事，"夜月极丽"。8日赴畿辅贤哲祠宴会，会后去一友人家，"听音机数阕"（留声机音乐）。"又赴陈玉苍之约于其宅中。夜月至好，迎月驱车而归。"9日，林琴南给他推荐了一个厨子，上街"订购貂褂、皮衣数件"，"夜月极明"。10月11日，郑午前去听盖叫天的戏，午后，"闻湖北兵变，督、藩署毁，张彪阵亡，瑞帅登兵轮。"12日，盛宣怀约他与载泽一起讨论兵变对策。郑提出五建议：以兵舰速攻武昌；保护京汉铁路；前敌权宜归一；河南速饬戒严；更请暂缓秋操。盛宣怀当即给瑞澂发电，清廷并派荫昌、萨镇冰赴武昌镇压，瑞澂革职留任。13日，北京盛传长沙失守。"虽不遽信，亦颇震动。俄又有告南京督署焚，芜湖乱作者。"14日，北京人心惶惶，"大清银行取银者数万，市中不用大清钞票，金价每两五十余换，米价每石二十元，银元每元值银八钱余。讹言二十八有变，居民出京者相继，火车不能容，天津船少，不能悉载。内外城戒严。林琴南亦欲送眷暂避于天津租界。"15日，郑代拟一道上谕，送给盛宣怀。内容是："赦从匪之学生、兵士及许匪首以悔罪自投，俟其抗拒乃击之。"20 日，上谕命令郑孝胥迅速回湖南任上。23 日，请训，召见，辞行。但长沙来电，"云长沙电局已为乱党占据，万急。"盛宣怀"意绪颇仓皇"。25 日郑孝胥到天津，26日在船上得电讯，长沙失守，抚台逃走。

27 日在去上海的船上，郑孝胥写了一段感想：

> 冥想万端，有极乐者，有至苦者，行将揭幕以验之矣。政府之失，在于纲纪不振，苟安偷活；若毒痡天下，暴虐苛政，则未之闻也。故今日犹是改革行政之时代，未遽为覆灭宗室之时代。彼倡乱者，反流毒全国以利他族，非仁义之事也。此时以袁世凯督湖广，兵饷皆恣予之，袁果有才破革党，定乱事，入为总理，则可立开国会，定皇室，限制内阁责任，立宪制度成矣。使革党得志，推倒满洲，亦未必能强中国；何则？扰乱易而整理难，且政党未成，民心无主故也。然则渔人之利其在日本乎，特恐国力不足一举此九鼎耳。必将瓜剖豆分以隶于各国，彼将以华人攻华人，而举国糜烂，我则为清国遗老以没世矣……官，吾毒也；不受官，安得中毒！不得已而受官，如食漏脯，饮鸩酒，饥渴未止，而毒已作。京师士大夫如燕巢幕上，火已及之。乱离瘼矣，奚其适归。

保皇派的态度大抵如此，无新鲜意见。但其中对未来形势的担忧，倒也有些先见之明也。

仍将用世的寓公

郑孝胥到上海后，形势急转直下，清廷大势已去，湖南也已宣布独立。他自然不可能再去湖南赴任。寓居上海期间，颇有人动员他投向革命党，被他拒绝，更有人不断送各种威胁恐吓的传单书信上门，郑都一一记在日记中。11 月 2 日，有自称"湘军政府驻沪交通员马复"者，投书劝郑为汉族效力，说湖南大都督"当郊迎十里，泥首马前，以先主待武乡者待先生，祈勿妄自菲薄。"郑没有理会，但 11 月 14 日对友人的言志之语，重复了他前面的态度而更明确。

> 世界者，有情之质；人类者，有义之物。吾于君国，不能公然为无情无义之举也。共和者，佳名美事，公等好为之；吾为人臣，惟有以遗老终耳。

但他并未甘心于不问世事，终老海藏楼。11 月 23 日日记有云：

> 天下多事，能者自见之秋……自北京朝事危急，君臣卧薪尝胆，以泪洗面，外省则……乱者四起，无干净土。而余独袖手海藏楼上，似有天意不令入竞争之局者。在湖南则驱之至北京，在北京则驱之至上海。冥冥之中，孰主张是？人生种因得果，类由自取，余之造海藏楼，遂适为避世之地，此岂吾所及料哉。然余居楼中，昧爽即起，寝不安席，食不甘味，运思操劳，绝非庸庸厚福之比；使余与闻世事，必有过人之处。盖所

种者实为用世之因，而所收者转得投闲之果，可谓奇矣……余今日所处之地位，于朝廷无所负，于革党亦无所忤，岂天留我将以为调停之人耶？

如此看，则他又不是一个纯粹的忠臣遗老。既然想当调停人，立场自然要相对中立。而投机者往往需要时而极端，时而中庸，保守与激进，有时是可以集于一人之身的，如刘师培然。但他说的"于革党无所忤"，则并非事实。日记中多处记载了舆论对他的声讨咒骂，说明真正的革党很讨厌他。早在辛亥前的 1909 年，郑孝胥与友人闲谈，发表高论云：

凡人胸有建功立名，安民济世之志者，此如小儿带有胎毒，将发天花，轻则伤面目，重则丧性命，惟有轻世肆志之学足以救之；此如西法种痘者，预收其毒，使不得发。吾已种痘，当可免矣。（1909 年 3 月 18 日日记）

但到 1911 年 7 月出任湖南布政使，则立即有如下表示：

余既出任世事，当使愚者新其耳目，智者作其精神，悠悠道路之口何足以损我哉。（1911 年 7 月 8 日日记）

吾今挺身以入政界，殆如生番手携炸弹而来，必先扫除不正当之官场妖魔，次乃扫除不规则之舆论烟瘴，必冲过多数黑暗之反对，乃坐收万世文明之崇拜。天下有心人曷拭目以观其效！虽不免大言之谤，然其盖世冲天之奇气，终不可诬也。（1911 年 7 月 19 日日记）

两相对照，可见那些不愿为官的言辞何其虚伪，可见"道路之口"并不待见他。他并没有获得不当官的免疫力。由此自然能理解他后来的"功业"：1913年筹办读经会；1923年奉溥仪之命入北京，次年受任总理内务府大臣；1924年北京政变后，协助溥仪出逃；1925年后，负责溥仪的总务处及对外事宜；1928年赴日本，筹划溥仪复辟活动；1931年九一八事变后，负责起草伪满洲国国歌与建国宣言，唆使溥仪投靠日本；1932年伪满洲国建立，任国务总理兼陆军大臣和文教部总长；1934年溥仪称帝后，任国务总理大臣。后因为反对日本方面对伪满洲国的压制，而于1935年5月21日去职；1938年死于长春，传言是被日人毒杀。

辛亥前，郑孝胥在受命担任湖南布政使时所写奏对，发表后颇受好评。那一段时间，大概是郑孝胥最为风光得意的日子。六月初八日《时事新报》节译《太晤士报》，题云《西报论郑苏戡之奏对》，郑孝胥将相关文字抄在日记中：

> 中国直省大员中，其办一事或建一言之可称为优美明达而卓然具有政治家之态度者，盖久已寂寂无闻矣。今何幸而得某大员，抵掌而谈，发挥所见，聆其议论，洵不愧为优美、为明达、为政治家也。此某大员即新任湘藩郑苏戡，其奏对之辞已备载于各华报……大抵审度时势既极精当，复极博大，无论世界何国之政治家，固莫不以能建斯言自豪。倘中国能简拔如是之人才十数辈或数十辈，列诸要津，畀以政权，则中国之应付时局，其和平艰卓自应远过于今日也。郑氏之论全国财政情形，诚大可为训，而其审度国势之后，归本于铁路之在国家实具有军事上之重要，斯真简明翔实之论也。（1911年7月12日

日记）

以百年后的眼光看这段评论，我不得不说，外人的眼光看来也很成问题。辛亥前的中国局面，已经非数十个郑孝胥这样的人才所能挽回。读郑氏日记，每看到他针对大事所出对策，一个很强烈的感觉是，他根本没摸准时代的脉搏，不了解底层社会，他只是在"士君子"、"士大夫"、"读书人"、皇上与皇族、官僚集团的圈子内考虑问题，权衡利弊，折冲樽俎，调整利益。他把变革当成了统治集团内部的一种权力游戏。以为玩好这些游戏，就可玩弄天下于股掌之上。就此而言，其眼光之短浅，远不及那时的青年一代。

2011 年 5 月 30 日

原载《西部》，2011 年第 19 期

《郑孝胥日记》，中华书局，1993 年版

蔡元培美育论再认识

以美育代宗教，是蔡元培先生提出的重要学说。其基本含义是用非功利的美术教育，取代宗教曾经具有的社会教育作用，达成一种新的国民教育，即经由音乐、美术的熏陶，培养具有军国民精神、实利主义意识、先进世界观和高尚道德情操的国民。

蔡先生的以美育代宗教说和对美育的理解定义，在 20 世纪中国美学史上曾经产生过重要影响，对中国现代教育的发展起到了重要作用。百年后重新审视蔡先生的主张，有些问题似有进一步研究反思的必要。

关于蔡先生美育思想所受欧洲哲学的影响，所受中国传统的影响，蔡先生在北大的美育实践，蔡先生美育学说的具体内涵及其内在矛盾，这些问题，均已有研究成果发表。[1] 本次会议的主题围

---

[1] 分别见郭勇《从"无利害"到"似无用，非无用"——试论蔡元培对康德美学思想的吸收与改造》，《三峡大学学报（人文社会科学版）》，2009 年第 5 期第 31 卷；莫小红《论蔡元培对席勒美育思想的接受》，《湖南科技大学学报（社会科学版）》，2012 年第 3 期第 15 卷；朱智斌《蔡元培美育思想探源》，《西安联合大学学报》，1999 年第 1 期第 2 卷；梁柱《蔡元培的美育思想及其在北京大学的践行》，《北京大学学报（哲学社会科学版）》，2003 年第 6 期第 40 卷；杨光钦《蔡元培办学实践美的多重向度》，《教育研究》，2006 年第 6 期；杜卫《"感性启蒙"：以"美育代宗教说"新解》，《浙江社会科学》，2003 年第 5 期；潘黎勇《以美育 （转下页）

绕梁启超与蔡元培先生的美育思想展开，相信会有多篇论文讨论梁蔡二人美育思想的异同及其可能存在的相互影响。基于以上考虑，本文不讨论蔡先生美育思想的具体内容和与中外美学思想的关系。本文只围绕以美育代宗教这个著名主张，以百年后的所谓"后见之明"，粗浅考察其利弊得失。为了行文的完整和说理的简洁方便，其中某些论述可能要重复别人的说法，不一一注明，特此说明并致感谢。

本文的基本观点是：

一，以某种文化或学说代替宗教，此说不可行亦不能行。人类文明史与宗教史高度重合，无宗教即无文明，举凡哲学、伦理、艺术、教育等领域，其产生与发展均与宗教高度相关，宗教对人类社会各方面的作用，迄今为止仍无可替代。宗教的负面作用，宗教团体宗教人士的腐败堕落，并未造成宗教本身的失败消亡。

二，美育无法替代宗教。美育的概念存在内在矛盾。以艺术教育为中心的美育，无法达成世界观的教育。理由有二。艺术教育主要诉诸人的感觉，很难产生深度的理性作用，此其一。艺术教育在摆脱宗教附庸地位而独立后，其社会功能具有明显两重性：既表达人的善的提升，更表现人恶的觉醒，因此无法达成蔡元培所期待的目标。此其二。

─────────

（接上页）代宗教：蔡元培审美信仰建构的双重价值追求》，《吉首大学学报（社会科学版）》，2012 年第 1 期第 33 卷；王小宁《知识分子与近代中国美学的构建——"美育代宗教说"背景新探》，《河南教育学院学报（哲学社会科学版）》，2008 年第 2 期第 27 卷。马德邻《在"理想"与"信仰"之间——也论蔡元培"以美育代宗教"的思想》，《学术界》，2010 年 3 月第 142 期；潘知常《"以美育代宗教"：中国美学的百年迷途》，《学术月刊》，2006 年 1 月第 38 卷；李红《对蔡元培"以美育代宗教"思想的反思》，《青海社会科学》，2002 年第 3 期；王毅《仍需追问的选择：美育还是宗教?》，《天涯》，1998 年第 4 期。

一、 宗教无可替代

从整个人类社会看，宗教既是普世的，又是恒久的。

历史地看，人类文明史也可称为宗教史，文明与宗教不可分割，亦须臾不曾分割。从上古社会的原始宗教到当代的各成熟宗教，宗教对人类文明的影响与制约，推动与控制，均为历历在目之事实。要而言之，宗教对人类社会的伟大作用有如下几方面：

一、宗教是人类思想的渊薮。人类多数哲学思想均与宗教有关联，尤以佛教对哲学的贡献为最大。要而言之，无宗教即无哲学。

二、宗教是人类信仰的理据和情感寄托的所在。人类伦理思想有赖于宗教方能成立。扬善抑恶既是宗教的主要任务也是人类道德的基本追求，无宗教即无人类伦理。

三、宗教是人类艺术的精神源泉也是艺术发展的主要动力之一。音乐、绘画、建筑、诗歌等古典艺术，大都可以理解为宗教艺术。无宗教即无人类艺术。现代以前尤其如此。反宗教的现代艺术，迄今为止，未见有多么伟大的成就。

四、宗教是人类教育的主要内容，也是建立社会化教育制度及其设施的主要力量。无宗教即无现代大学，亦无现代大众教育（中小学教育），故可以说，无宗教即无现代教育。路德的宗教改革本身也是宗教行动而非反宗教，正是这样的改革为现代国民教育创造了基本条件。

五、即使反宗教的现代科学，其本身的诞生与发展，也有赖于宗教人士探求未知以接近上帝的伟大努力。科学精神不能脱离宗教精神而独存，伟大科学家均有深厚宗教情怀与信仰。在此意义上，可以说，无宗教即无现代科学。

宗教的负面作用：

一、信仰的冲突造成对社会的伤害，各大宗教之间，一教之中不同派别之间的冲突，始终是人类文明史上最为严重的冲突之一，由此造成的死亡流血和对文明的摧毁性打击不绝于书，而且迄今依然存在。

二、宗教成为政治家、野心家、阴谋家动员民众、利用民意的最有效工具。造反者往往需以宗教为号召。中国的黄巾起义和太平天国均如此。

三、宗教团体与君主国王的争权夺利对社会尤其对底层民众造成严重伤害。

四、宗教团体的腐败堕落，成为世俗社会攻击打击宗教势力的最有力根据之一。文艺复兴以来世俗文艺的繁荣一定程度上是教会势力腐朽造成的。

五、某些宗教信条僵化愚昧不能与时俱进。比如现在某些落后地区和国家借用宗教信条对女性的残酷野蛮的统治与惩罚。

宗教存在的上述弊病，曾经是文艺复兴以来人文主义否定宗教的有力证据。但 500 年来，宗教在衰落中继续发展，并未见灭亡。比之以人，人体有病，并不等于此病必致人死地；有人病死而且每天发生，并不等于人类因此而灭亡。以宗教在一个时期的衰微，来论证宗教必然灭亡，已经被历史证明是短视的武断之论。

上述宗教的负面作用，辩证看，也未尝没有积极意义。

信仰冲突，其实是文明发展的一大动力，更是宗教神学、哲学繁荣发展的必不可少的条件。宗教人士之间的理论辩难，构成了人类思想史和哲学史最为精彩的篇章之一。

宗教团体与世俗王权之间的利益争夺，正好构成了欧洲现代文明最重要的一种制衡性社会结构。没有教会与王权的相互制约，就没有今日欧洲社会的民主制度。欧洲教会经营、聚敛财富的努力，为现代社会的公司治理（职业经理人制度）奠定了基础。

宗教团体的腐败堕落，并不一定导致该宗教的彻底灭亡，而往往成为宗教改革得以发生的诱因；宗教的复兴、再生由此兴起。如欧洲的宗教改革。教会的腐化，并未最终导致人们对宗教的彻底否定和绝望，正说明其价值不因内部人士的个人品质问题而有根本性的损伤。

中外历史上各个时期的仇教、毁教、灭教运动，原因多种多样，既有宗教之间的争夺，也有宗教信念的差异导致的宗教派别之间的战争，既有世俗王权与教权的利益争夺，也有以宗教信仰为旗号实为争夺经济利益的战争。这些争执斗争，虽然导致了某些教派的消亡，但也推动了宗教的深化发展，催生了更多新的宗教教派，变现为对宗教经典解释的多样化，而这正是人类精神文化发展史上极为重要的一部分。世俗力量对宗教的打击，可以收功于一时，但不能永远。对宗教打击消灭的后果，总是激起更为强烈的宗教精神的反弹，出现新的宗教信仰大浪潮。

虽然自文艺复兴以来，传统宗教特别是基督教受到以科学理性为核心的人文主义的沉重打击，一度曾经极为衰微——蔡元培提出这一学说的时代，正是宗教影响力在欧洲和东方最为衰微的时代——但 20 世纪后半叶以来，随着苏联式反宗教意识形态的衰败，世界范围内宗教的复兴已经成为无法否认的事实。这种兴盛，一方面是传统宗教的变异与恢复，如伊斯兰原教旨主义的兴盛，如中国佛教最近三十年来的繁荣发展，如基督教、天主教不断调整其与世俗社会的平衡关系，各种戒律也在变化中，对堕胎离婚等问题的态度，各国宗教权威机构已经采取相对灵活的因应态度。另一方面则是不断有新兴宗教派别的出现（如巴哈依教）。某些所谓邪教，无论其对社会危害多大，我们均无法否认其也为宗教之特殊或变异形态，它们的存在，只证明了宗教的无法消灭，而且生生不息。

通观今日世界，几乎所有发达而稳定的国家，均有深厚的宗教信仰作为国民精神生活的根基；甚至一些贫困欠发达地区，宗教同样也成为稳定社会，给民众提供精神安慰的最重要的资源和力量（如为舆论称道的不丹）。受美国文化的影响，伊斯兰世界的混乱局面，往往被一些不思考的人归罪于伊斯兰教，认为该宗教教义是导致目前伊斯兰世界问题与灾难的根源。但任何一个对伊斯兰教义、对伊斯兰教历史有了解的人都知道，目前伊斯兰世界的乱局，与其说的是原教旨主义所致，不如说是宗教未能发挥正当影响所致，是一些国家未能正确处理世俗政权与宗教权力关系所致。同为伊斯兰世界，马来西亚、摩洛哥、文莱、土耳其，以及一些非洲伊斯兰国家，社会生活和政治相对稳定，并未出现乱局。最为混乱的国家，恰恰是世俗政权为独裁者所垄断，而且成为世袭，为日益觉醒的民众所难以接受。这些国家恢复稳定的要义有二：一为建立基本的民主制度，二为给予宗教势力以应有的地位。这两方面的关系处理好，国家自然会逐渐走上正轨。

今日中国社会之所以能维持而不至于崩解，一为政府的有效管控，二为民间宗教力量的日益觉醒与恢复，百姓的精神自救是这种恢复的主要力量和原因。中国社会的进一步重建，目前看来，最大的力量也可能是宗教势力和商业组织的力量而非别的。

韦伯对新教伦理的肯定，成为祛除这种妖魔化的最重要的理论贡献，但韦伯的声音在中国大陆一度几乎绝迹，直到 20 世纪 80 年代以后才逐渐受到学术界重视。如今这种重视仍未能落实到对世界历史和中国当代历史的叙述中，尤其是历史教科书。

历史证明，个人的信仰只能通过某种皈依宗教来建立，以国家的、集体的、非宗教的某种主义或意识形态的名义倡导信仰，绝大多数情况下都无效果，某种主义若能为众人接受为一时的信仰，则该主义必具备如下条件：1. 众人无文化或低文化，易于接受灌输而无反思能力；2. 鼓吹者必以宗教的面目和形式出现，树立教主，崇拜偶像，确立教义经典并在公众中宣传灌输；3. 兑现某种现实的利益以收买人心；4. 没有现实利益则允诺美好的未来收益；5. 控制乃至封锁一切真实信息，制造尽可能多的谎言以欺骗蒙蔽信众。

世间并无完美宗教，凡宗教，总有其局限偏狭乃至谬误，但这不能成为否定其人类信仰之基本依托的伟大价值。

康德试图为人的理想或信仰寻找一个非宗教的纯粹理性的根据，但他未能达成目的。他的理性最终仍无法摆脱神（上帝）而独立存在。

现代人试图用世俗的教育的方式和路径取代宗教，建立人的信仰，实践证明是行不通的，失败的。蔡元培的主张和实践、20 世纪30 年代以后中国高度意识形态化的各种思想道德教育运动的最终结局，证明了这一点。

二、 美育无法替代宗教

蔡先生所谓"美育",其含义是"美的艺术的教育"。而美的艺术,又简称美术,主要指的是音乐与绘画雕塑,文学几乎不包含其中,至少不是他思考和实践艺术教育时的重点。

艺术与教育的关系,历史地看,大致可以如此概括:欧洲在文艺复兴以前,艺术教育主要有两种类型,一种是作为宗教教育(或传播)的形式与手段,艺术教育实际上从属于宗教活动,甚至可以这样说,宗教主要依靠不同的艺术形式达到传及、教育、教化信众的目的。绘画与音乐最为明显,这是常识。中国汉代以降佛经翻译进来也是借助经变故事的形式传播的,敦煌艺术更不用说是地道的宗教艺术。从事宗教艺术创作的艺术家,他们可能带徒弟,也可能给徒弟传授技艺,但这种传授不是以艺术为目的的教育活动。另一种是世俗艺术领域的艺术教育,其主要目的是传授研究艺术的形式和技艺,从亚里士多德的《诗学》到贺拉斯的《诗艺》,从《文心雕龙》到谢赫的画论,其主要目的也是研究传授艺术创作的技艺,即所谓的创作论、文体论、修辞论研究。这些世俗艺术教育同样也没有把艺术作为独立的精神现象来定位,相反,艺术仍然只是"明道""载道"的手段。正因为如此,我们看到,历史上艺术理论很多,但艺术教育理论则付诸阙如。

文艺复兴以后,西方的艺术逐渐取得独立地位,到19世纪出现为艺术而艺术的主张,才标志着艺术在人类精神生活中取得了完全独立的地位和价值。但与此同时,传统宗教艺术所具有的教化功能,也被从理论上和实践上否定了。到了现代主义兴起,艺术固然具有呈现真理的伟大作用与意义，但艺术本身不能作为教育的工具，艺术只宜观赏、观照，这种审美活动固然能对人的精神起到一定的潜移默化的熏陶作用，但距离对大众进行教育，已经有了相当遥远的距离。换言之，康德黑格尔以来的德国古典美学，对艺术的理解，达到了前所未有的深度和广度，但康德、黑格尔分别在《判断力批判》与《美学》中，很明显都认为艺术不是一种可以传授的知识。换言之，艺术的内容——如果有内容的话，是与其形式高度融为一体的，对这种特殊精神现象的理解和接受，需要相当的天赋和专门的才能。艺术趣味和鉴赏能力固然可以培养，但具备这种趣味和能力的人，究竟能从艺术中获得怎样的教益，则完全不清楚。我们从现在流行的艺术理论教科书中所能看到的陈词滥调，无非是说艺术可以陶冶性情、培养情操云云，但按之以现实，现代人从艺术中究竟获得了怎样的教益，则有很大的疑问。

我们的看法是，人类进入现代社会以来，艺术脱离宗教自立门户后，其教化作用发生了极为重大的变化。现代艺术对人的作用大致可以分为三类：

一是没有社会功利性，没有道德训诫目的的比较纯粹的形式主义艺术，如当代所谓的纯诗、抽象画。

二是具有负面价值的以表现色情暴力为主旨的艺术，这些艺术在主张解放人性的同时，也不可避免地给予人放纵自己的生命本能赋予一种理论上的合法性。但这种合法的艺术，对人类的影响，经过一百多年乃至更长时间的实践，今日来看，到底是好是坏，值得研究。

三是具有传统美感的艺术。如山水画、风景画、抒情音乐等等。但很显然，这种艺术在现代艺术中不占主导地位。

总体上看，最近一百多年来的艺术，对人类精神世界的影响其实是好坏参半的，或者，从宗教道德的立场看，现代艺术是堕落的。

在这样一个大的时代背景下，再看蔡先生的主张，可能就比较清楚。蔡先生的矛盾在于，他承认古典艺术是宗教的附庸，承认艺术具有教化民众的巨大功能；但他又从现代意识出发，认为宗教已然过时失效，需要用艺术来取代宗教以前所承担的教育功能。但蔡先生的艺术观，偏偏深受 19 世纪末以来的浪漫主义乃至现代主义艺术观的影响，强调艺术的独立，艺术的自治，艺术的非功利性，艺术形式的极端重要性。那么我们就可以看到：蔡元培先生试图通过一种现代的、非功利的艺术教育，达成一个接近古典的、具有功利主义内涵的国民教育。这显然是不可能的。

美育理论这一内在矛盾，已经有多人指出。[1] 本文只想强调指出，这种内在矛盾的关键在于，艺术诉诸人的感觉而非理智。现代艺术教育所能达成的目的，主要有二：一是培养人对艺术形式的敏感和认知接受鉴赏力，二是传授艺术创作的技能，并不以传达理性的世界观和伦理观为己任。蔡先生试图通过艺术教育培养人的美好世界观的设想，基本是落空的。

蔡先生身体力行的美的艺术的教育本身虽然没有落空，但成绩也有限。在民国时代，艺术教育取得了相当明显的成绩，中国现代

---

[1] 见潘黎勇《论"以美育代宗教说"与蔡元培审美信仰建构的世俗性》，《文艺理论研究》，2012 年第 2 期；潘黎勇《"以美育代宗教说"：政治意识形态与审美乌托邦》，《广播电视大学学报（哲学社会科学版）》，2010 年第 1 期（总第 152 期）；潘知常《"以美育代宗教"：中国美学的百年迷途》，《学术月刊》，2006 年 1 月第 38 卷；李红《对蔡元培"以美育代宗教"思想的反思》，《青海社会科学》，2002 年第 3 期；王毅《仍需追问的选择：美育还是宗教?》，《天涯》，1998 年第 4 期。

的音乐和绘画，无论从专业艺术家的艺术成就还是普通学生的艺术素养，随着教育普及程度的提高，确实有明显的提高。当然，士大夫阶层的消亡，使得传统中国的文人群体所代表的高雅文化艺术水准有所降低，比如昆曲的沦落；但就全社会而言，音乐和美术教育是有显著成绩的，这尤其表现在对西方艺术的了解、接受和消化上。刘海粟创办上海美专就是典型案例。在此宽松自由的大环境中，民国培育了诸多现代艺术大师，对此，蔡元培先生本人功不可没。[1] 1949 年后，由于强调教育为无产阶级政治服务，音乐美术教育沦为政治教育的工具，因此基本无成绩可言。直到 1980 年代以前，音乐的成绩似乎只有一曲《梁祝》能拿得出手，其余乏善可陈。美术则绝大多数都是为政治服务的宣传画或准宣传画。相比而言，那些在 1949 年后取得成就的艺术家，细细看去，基本是 1949 年前接受的教育或是在国外留学归来者，如徐悲鸿、潘天寿、李可染、李苦禅、吴作人、吴冠中，等等。当代中国自己培养的真正有国际影响的画家音乐家，则几乎没有。这种情况直到 20 世纪 80 年代以后才略有改变。

三、 重建信仰与艺术教育

蔡元培先生是对现代中国历史有贡献的伟大人物，但他提倡的美育学说，从现代中国思想史和学术史的角度看，则很难说是伟大

---

[1] 秦佳：《蔡元培与现代美术教育》，《商丘职业技术学院学报》，2003 年第 2 期。

贡献。就社会影响说，他的以美育代宗教说不如梁启超新民说那么简洁有力，因此社会影响有限。就思想史说，他的以美育代宗教说有倡导新学之功而未收创造新说之功，思想史极少着墨于此，并非无因。就学术本身说，美育在美学上尚不是一种完善自洽的严密理论。蔡先生深受康德、席勒等德国古典美学家影响。德国古典美学试图解决的，就是打通想象、知性及理性间的壁垒，实现三者间的通达。蔡先生所欲达成的，是把这种在康德那里基本完成的哲学美学的理论建构，落实到一般的学校和国民教育中来。但从一般教育来说，德国古典美学这样的"玄学"，岂能与极为感性具体的艺术教育"混搭"而为青年学生所接受！

正因为如此，美育学说并未对中国现代的美学和艺术学说产生真正的深远影响。中国美学会有美育方面的专门委员会，但从现代中国美学的发生到当代中国美学史的数次大讨论，美育学说都不曾成为一个重要的议题，足见其理论的"含金量"是有限的。美育教科书虽有较大量的发行且被不少高校列为教科书和参考书，但作为一种系统的学说，美育教科书同样未能将哲学美学与艺术学融化而成真正独立的美育学说。

基于以上粗浅的认识，我们认为，中国美学界和艺术学界应该回到一个古老的常识和立场上来：上帝的归上帝，缪斯的归缪斯。

1. 重新确立对宗教的认识。信仰的建立，必须主要依托于宗教，特别是必须依托于具有悠久历史和丰富经典著述的宗教，这样的宗教其最伟大之处正在于能够把人生信仰与理性思维充分融合而给人以极大安慰与教益。信仰必须摆脱现代意识形态的钳制，必须以非官方的、社会化的方式去影响公众，而不是借助公权力及其附属机构给青年人灌输某种信仰。换言之，消除意识形态偏执的最重要手段和路径，不是重建意识形态，而是复兴具有悠久历史的宗教传统。

2. 重新界定艺术的功能。艺术培养人的感性认知和表达能力，能丰富、提升、细化人的感觉能力。但对人的理性思维，对人的道德伦理，对人的社会参与能力，其实没有多大帮助。艺术家很多是道德上的腐坏分子，反社会的破坏分子。艺术给人的教育具有两面性，一面教人向善，一面教人为恶——梁启超所谓"诲淫诲盗"是也。那种认为艺术就是真善美的形象化表达的陈腐观念，应该从美学话语中消失了。

3. 但这不等于要否认艺术教育。良好的艺术教育绝对必须，但这种教育应该以实践为主，从小学乃至幼儿园就应该开始的音乐美术教育，应该彻底抛弃各种观念和伦理道德的灌输企图，而代之以快乐优美的歌唱绘画游戏，这种教育应当一直延续到大学而且逐步深化，逐步强化学生对个体艺术形式美的准确熟练的掌握。以诗歌为例，中国大陆中文系学生学习中国文学史，可能会背诵诗词若干，但很少人对诗词格律有了解乃至熟练掌握，这完全是本末倒置的失败的诗歌艺术教育。

4. 艺术与信仰的关系不可本末倒置。信仰对艺术有巨大影响，艺术对信仰影响甚微。没有信仰的艺术家可能不是好的艺术家，但好的艺术却未必一定要传达宗教信仰。艺术诉诸人的感觉，信仰触及人的灵魂。艺术从来都是传播信仰的主要媒介，但排斥宗教信仰的艺术绝对难以成为传达宗教信仰的有效工具。既强调艺术的独立自主又认为艺术可以促进、深化、提升信仰，这样的认识无疑自相矛盾。蔡元培的理论失误正在于此。

　　本文为作者参加 2013 年在杭州举行的"蔡元培、梁启超美育艺术教育思想与当代文化建设"学术研讨会提交的论文，先发表于《文学与文化》2013 年第 2 期，后收入金雅、聂振斌主编的《蔡元培梁启超与中国现代美育："蔡元培梁启超美育艺术教育思想与当代文化建设"全国学术研讨会论文选集》，中国言实出版社 2014 年版。收入本书时有删改。

困败人生新旧诗

——白屋诗人吴芳吉简论

吴芳吉是现代极具代表性的旧体诗人之一，他短暂而坎坷的一生，丰富多样的诗作，生前的艰辛困顿和身后的寂寞无闻，都是旧文化、旧道德、旧诗文在百年现代化大潮中日益破败衰亡而又努力挣扎图存的典型表现。吴芳吉的民本主义立场，民族主义情感，传统儒家的道德操守，力图坚守传统的教育理想以及推陈出新的诗歌创作，是理解现代中国知识分子的典型案例。

现代语境中之旧体诗

旧体诗的创作和评论，在新文化运动以后仍然广泛存在，团体如南社的活动一直持续到 20 年代后期；报章如《北京晨报》副刊、《大公报》文学副刊等，都长期发表旧体诗；坚持旧体诗创作的诗人，不但有各种政治和文化意义上的保守主义者（诸如郑孝胥、王国维），也有激进的新文化运动代表人物（如陈独秀、鲁迅、吴虞），还有新的政治人物（如汪精卫等），教育、学术界的民间文化人和知识分子，坚持旧体诗创作者更多不胜数。从 30 年代开始逐步建构起来的中国现代文学史或新文学史，除极少数著作如钱基博的《现代中国文学史》外，大都把旧体诗排斥于文学史的叙事之外。到 60 年代以后，中国大陆权威的现代文学史，在其叙事中干脆彻底抹杀了现代旧体诗广泛存在的历史事实。现代文学史被建构成了根本不存在旧体诗的一个"全新"世界[1]。这种刻意或无意的遮蔽，其实是新文化运动以来，激进文学思想力图斩断新文学与传统之渊源关系的具体表现之一。

自 20 世纪 80 年代以来，传统文化渐受重视，旧体诗之欣赏与创作日益活跃。内地于 1986 年成立中华诗词学会，1990 年 1 月中华诗词学会所编《中华诗词》（第 1 辑）由中国民间文艺出版社出版，1994 年中华诗词学会会刊《中华诗词》创刊号出版。各省亦均有自己的诗词学会和诗词刊物，学会数量不详，刊物则多达 300 多种，据中华诗词学会统计，1996 年写作旧体诗的人竟达 140 万之众。[2] 如此盛况，当代文学研究者却视若不见。即使偶尔有人注意到现代著名诗人的作品，也只是在小范围讨论，不能成为学术研究的重点或热点。

无可否认，若以唐诗宋词之经典作品衡量当代旧体诗，其水平自然不高。其中"绝大部分都不堪一读，好诗真是寥若晨星，即使它上了我们认为是好诗的这个档次，也只在全唐诗那个四万多首的范围内，离优秀之作还差得远呢，更不要说精绝之作了"。具体表现则是"应制诗过于泛滥"，"旅游诗过于平庸"，"赠答诗过于随

---

[1] 唯一的例外可能是鲁迅研究中还会涉及他的旧体诗，但那也是作为整个鲁迅创作的附庸而被论及的。

[2] 参见中华诗词网（zhsc. net）相关数据。

便”，"即兴诗过于寥落"，[1] 而其中尤以所谓"老干部体"最为人诟病："语言枯槁，意象贫乏，滥情滥景，千篇一律。"[2] 就社会影响论，旧体诗远逊于新文学。除毛泽东的诗词和 1976 年天安门广场旧体诗，在特定年代产生过巨大影响外，一般学者文人所作旧体诗，其社会影响根本无法与现代小说、散文和新诗相比。如此看来，当代旧体诗为研究者和文学史所忽略，亦属正常。

然而，若将当代旧体诗视为一广泛文化现象来观察，若将旧体诗之社会、文化、审美意义作更宽泛，更客观之理解，则旧体诗之存在并非一无是处。

最近十多年来，学术界对全球化时代的现代性问题的反思，对中国现代历史和传统文化的重新认识与评价，都激发、推动了文学界对现代旧体诗的兴趣与研究。在此背景下看问题，窃以为，当代庞大的旧体诗作品，尽管其中大部分毫无艺术价值，但它们构成了有别于主流文学创作与欣赏的另一种文学活动。与主流文学的高度功利主义、意识形态化、体制化、商品化相比，当代旧体诗恰恰具有审美的非功利性、淡化乃至去意识形态化、非体制化、非商品化的特征。

当今旧体诗之创作，既与各种考试无关，亦与晋升职务、评定职称、增加收入无关，甚至与出名博誉无关。绝大多数人作旧体诗，乃是为消遣，为游戏，为抒情，为与友朋交流，为提升自我修

---

[1] 滕伟民：《走出试词创作的误区》，西陆社区吟咏斋，http://stc. bbs. xilu. com。

[2] 参阅徐晋如《二十世纪旧诗史》第八章，"夕阳之歌——从陈永正、刘梦芙到徐晋如、容若"。

养，而没有其他更宏大的目标，[1]甚至于，也没有从艺术上有所创造这样一种"超功利"的功利目的。换言之，从艺术创作的动机和结果两方面看，旧体诗可能对整个文学的提升发展没有多大贡献。依康德观点，这样的审美活动，才更纯粹，更接近审美活动之本质。

同样由于受传统制约，大多数当代人写的旧体诗，其内容大体仍属新文化运动时代陈独秀、胡适们所批评的无病呻吟。纵有讽喻批判意味，也相当微弱，若无行家解释，读者即很难理解，如陈寅恪、钱锺书等大家之作。而这种以传统语言和文化意象（各种象征物与事典）包裹的当代人之情思，尽管曲折隐晦难以理解甚至或有苍白虚假之病，很难对读者产生影响，但仍然构成对抗日益恶俗之大众文化消费势力的一种力量。它至少表明，旧体诗所传达的，既不是以个人主义为核心的西方现代价值观念，也不是某些高度政治化的意识形态口号，更非以丑陋为美，以鄙俗为高尚的所谓现代审美趣味。旧体诗在苍白乏力之无病呻吟中，表现出的是另一种文化维度：追求优雅、纯洁、高尚、自尊、自爱、自强的明确意向。

现在大陆固然有各种旧体诗团体活动，中华诗词学会固然是隶属于中国作家协会之下的团体会员，各地类似团体固然也要"挂

---

[1] 诚然，确有不少为识者所诟病的"应制诗"，频繁出现在某些报刊上，但它们实际很难起到意识形态的宣传教化作用。因为此类报刊本已不具可读性，附庸其间的文艺副刊，通常只具有填补版面的意义，很少有读者会注意；在此版面上的旧体诗则更易为读者忽略，即便偶有好诗，也难免明珠投暗。再则，受文体、文字传统之制约，旧体诗即使勉为其难为政治服务，其效果最终适得其反而成为一种反讽。这反讽有两种形态，其一是作者勉为其难命旨而作，但隐含嘲讽，最典型如聂绀弩；另一种是作者认真努力唱赞歌而读者惟觉其荒唐可笑，如大跃进时代众多颂诗。

靠"在当地文联、作协，但这些团体与现有文艺体制并没有实质上的隶属关系，人员、经费都与官方的文联、作协无关，仍然是地道的民间组织，因此其活动基本不受官方约束，亦无明确政治任务。在此意义上，此类团体才是比较地道的文学社团，其活动也接近纯粹的创作活动。

旧体诗的发表阵地，大致有以下几种：各文学网站的相关网页，如天涯社区的诗词比兴、对联雅座，各地旧体诗团体自己创办的杂志，诗人自费出版的诗集；主流文学刊物和普通报纸副刊，偶尔也刊载旧体诗，但纯属点缀。总起来看，写旧体诗者以百万计，但出版旧体诗集绝大多数是"赔本买卖"，作者自己要支付印刷出版费用和大陆特有的高额书号费。诗集的流通主要是在亲朋诗友间的相互赠送，上市销售的很少，能依靠相当大发行量收回成本乃至赚钱的则更是少之又少。多数诗集固然水平不高，但相互赠书正如应和酬唱一样，乃是一件别具趣味的雅事。

从以上诸方面看，旧体诗确有不同于主流文学之特殊性。单从艺术价值和对社会的影响来说，旧体诗确实乏善可陈。但从对作者的作用来说，写旧体诗如同习书法、打太极、唱昆曲，乃是中国人极有意义的一种精神体操活动，一种非功利性、高度形式化的审美活动，因而应该给予关注和肯定。

但这样的辩护显然过于消极。当成百万人从事一种写作活动，而批评者认为此种活动除自娱外几无价值，显然缺乏说服力。按通常的理解，旧体诗之所以成为"夕阳文体"，是因为它赖以存在的整体文化环境已不复存在，皮之不存，毛将焉附？这个整体文化环境大致有以下几方面的要素：政治文化制度已经发生根本变迁，生活方式已经发生彻底改变，这两方面导致诗人心态发生根本性转变，无从产生古典的心境和诗境。教育体制及教学内容发生根本变迁，无法形成学习旧体诗的环境，亦很难提供学习旧体诗的系统训练。即使学院中有少数爱好此道者，能自学成为旧体诗人，又因此辈精英既与社会脱节，所作亦无法不苍白，难有大的社会影响。除此之外，最重要的原因如前所述，当今写作旧体诗者，多是生活相对优裕安定的所谓中产阶级人士或退休干部一类，"无病呻吟"乃是他们作诗的最基本状态，因此无法产生好诗亦属自然。

但现代人是否绝对写不出好的旧体诗？非也。纵观百年历史，旧体诗佳作虽少，却并不罕见。近年徐晋如《二十世纪旧诗史》有较详述评，无须重复。然而不容否认，现代旧体诗之佳者，常与作者在其他方面之事功业绩有微妙而内在之联系，所谓功夫在诗外者也。革命活动之于秋瑾、汪精卫、陈独秀、毛泽东诗，学术活动之于郑孝胥、王国维、陈寅恪、钱钟书诗，文学创作之于鲁迅、郁达夫诗，莫不如此。诚如吴芳吉所言："诗者，功业之余也，古之诗人，不竟其功者，而后以诗传之，其功业虽或不成，而成之以诗。"[1]晚清以降职业诗人（如同光体诗人与部分南社诗人）之所以多为人诟病，正在其以诗为职业，而并无其他方面的重大作为与贡献。无宏伟政治功业，无重大学术成就，无显赫社会地位，亦无连绵不断之风流情事供国人消遣，仅凭十余年穷困潦倒、颠沛流离之教书生涯，而成为杰出诗人者，窃以为当首推吴芳吉。徐晋如《二十世纪旧诗史》对吴氏诗亦有介绍分析，但似嫌简略。本文之作，意在以吴芳吉为例，试图说明他这种独立于时代潮流之外的天

---

[1] 吴芳吉:《答某生》,《吴芳吉集》, 巴蜀书社, 1994 年版, 第 620 页。以下引此书只注书名页码。

才文人,是如何被中国现代化的历史洪流所吞噬。他的悲情和悲剧,乃是整个中国传统文化被摧毁的最生动的象征之一。

吴芳吉(1896—1932)是上世纪20年代颇有影响的旧体诗人,但40年代以后,他的名字逐渐为人遗忘,最近二十年来,重新受到关注[1],但对他的研究则远未深入。

吴氏享年不永,寿仅36岁。然"平生所历,无殊战史。盖自六七龄后,与冻馁战,与金钱战,与世俗战,与积习战,与兵燹戎马战,与风尘劳顿战,与名利缰锁战,与生死关头战,与一切虚伪、蛮横、冷酷、圆滑战。无战不败,无败不极。二十年来,固无一日或息。又不入政党,不奉宗教,耻言军阀,讳为名士。是以城市山林,两无去路;宿儒时髦,难契同心"[2]。此一自述虽不免夸张,考其行迹,则大体不差[3]。吴芳吉的历史意义和文化价值在于:他是个力图保守传统,坚守自己的文化道德理想和自由不羁生活,而与动荡不宁的大时代无法达成妥协的失败者。失败者的历史文化意义或许会大于那些成功者。而这正是笔者作此文的理由所在。作为一个失败者,吴芳吉的意义,大约可从以下几方面来考察。

---

[1] 80年代以后,川渝等地学者开始整理研究吴氏作品,1982年四川人民出版社出版《白屋诗选》,1994年巴蜀书社出版搜集宏富的《吴芳吉集》,1996年江津市政协文史资料委员会编辑印行《吴芳吉先生诞辰一百周年纪念专辑》,同年,成都吴芳吉研究会编有《吴芳吉研究论文集》,近年黎汉基著有《社会失范与道德实践——吴宓与吴芳吉》,这些著作大体可代表吴芳吉研究的现状和水平。本文之作,主要依据《吴芳吉集》中文献。限于篇幅,本文不拟详细介绍吴芳吉生平。

[2]《白屋吴生诗稿自序》,《吴芳吉集》,第553页。

[3] 吴氏生平本文不复述,可参见吴宓《吴芳吉传》、刘朴《吴芳吉传》,前者略而后者详,均收入《吴芳吉集》附录,第1359—1378页。

同情民众苦难的民本主义者

像多数旧时读书人一样，吴芳吉出身贫寒，虽然幼时得受教育，但比起那些出身名门巨族、富商地主家庭的人来说，他身上的贫民气质相当突出。他不但出身贫寒，终其一生，都在困顿中度过，经常无亲友接济即不能果腹。以诗成名，且入清华读书后，仍有沦落到乞讨回家的悲惨经历。1913 年从北京回川，靠友人资助"得至宜昌，后乃沿江乞食以行。时当讨袁军兴，孑身出入战地匪巢，历时五月，绕行三千余里"[1]。其艰难困苦，不逊杜甫之北征也。流落上海期间，有"日食一粥，垂毙"[2] 的经历。尽管自己穷困潦倒，以诗文表现民生疾苦的志向则未尝动摇。他尝如此自励："三日不书民疾苦，文章辜负苍生多！"[3]《两父女》以十六小节白话诗，写一家三口，母亲为匪兵所侮杀，家产遭抢劫一空事。作者晚上写就，次日于"中国公学及某师范女校讲授一过，闻者颇多感泣。"[4]《壮岁诗》写作者 1925 年在西安围城中的见闻感想，其内容之惨烈丰富，远超杜甫"三吏三别"。军阀"私斗连年不解兵，饥荒三月困围城。"围城中百姓的灾难尤其触目惊心：

> 家无壮男，驱妇掘壕。盎无斗储，当餐送饭。大家馍十斤，小户钱半串。沿门鞭挞急，供应不容缓……尽室驻大兵，深宵惊

[1] 吴芳吉：《自订年谱》，《吴芳吉集》，第 540 页。
[2] 吴芳吉：《自订年谱》，《吴芳吉集》，第 540 页。
[3] 吴芳吉：《戊午元旦试笔》，《吴芳吉集》，第 53 页。
[4] 吴芳吉：《两父女》，《吴芳吉集》，第 92—97 页。

激战。堂前随马溲，酒后索人玩。闺女逃不得，苍黄枯井践……
鼓角满城头，黄昏归鸟唤。顷刻难民集，哭声四五万……城下朝
朝战不休，一声炮响万家愁。巨弹如潮何处避，各祈飞坠远
天头……却忘生命不如蚁，过后相逢笑语悠。邻儿伤重独忧
惧，治疗安顿两无由。几家病院尸盈满，二寸桐棺军扣留。[1]

这首长篇巨制在《学衡》发表。同时代而以诗之方式，全面描
绘战争中百姓痛苦与灾难者，恐无出其右者。也许与《学衡》长期
被冷落有关，90年代以前，此诗从来无人关注。吴宓认为吴芳吉
"生平所为诗，则以此期（在西安任教时期）为最佳，后此莫能
及。"[2]吴氏此类关注民瘼之诗甚多。他对上海社会之富裕奢华，
亦极为鄙视厌弃。长约八千言的《笼山曲》题下有小引云："在我
的眼光看来，西湖两岸，为许多富儿浊物占据殆满，好比一个绝
代美人，配上一个大腹贾似的，我只觉其俗，不见其美。将来有
人将他们占据的地方，一概没收充公，或移阿房三月之火，一齐
焚掉，把它改造一过，再来赞美，尚不为迟。"[3]此种极端仇富
心理，也表现在他对摩托车（汽车）的态度上。长诗《摩托车谣》
亦有小引云："摩托车之可厌，不仅在伤害行人，扰乱市面，惟其
趋炎附势，卑鄙龌龊之性，欲将人心世道，惹坏不少。你看与他
相契的人，除了军阀、政客、倡优以及便便大腹贾外，还有什么
正经人物！"[4]由民本主义而发展为极端民粹主义，在现代中国原

[1] 吴芳吉：《壮岁诗》，《吴芳吉集》，第250—256页。
[2] 吴宓：《吴芳吉传》，《吴芳吉集》，第1360页。
[3] 吴芳吉：《笼山曲·小引》，《吴芳吉集》，第109页。
[4] 吴芳吉：《摩托车·小引》，《吴芳吉集》，第79页。

本是合乎逻辑的历史事实。如此重要的民本主义诗歌文本长期被漠视，乃在于吴的民本主义，与后来具有浓厚官方色彩的民本主义叙事截然不同。而且，五四以降，文学界渐形成一种新偏见，民生疾苦的叙事，似当由小说家（如叶紫、鲁彦、沙汀等）来叙写，而诗人无与焉。于是，在以三民主义为党派意识形态，或以工农立场相标榜之时代，超越党派偏见的具有鲜明个性色彩的诗歌叙事，从政治和文化两方面，均不合时代潮流而为人所漠视，亦属自然。在这个意义上，吴芳吉是个失败者。

不随流俗的民族主义者

受时代影响，吴芳吉少年时期即已有强烈的民族主义意识。他13岁时作《读外交失败史书后》一文，即表现出他民族主义情怀。早期作《咏史四首》分咏郑成功、安重根、林肯、贞德等中外爱国英雄。《思故国行》歌颂吴樾、宋教仁、蔡锷的爱国壮举。这些表达，在当时亦属流行思潮，不足为奇。20年代吴氏的民族主义情绪进一步强化，除了在一系列论文中强烈主张文化民族主义的立场，还进而从政治层面，对军阀混战的现实表达了强烈的愤慨与厌恶。这种情绪在《骊山谒秦始皇帝墓诗》表现最为突出。全诗五节，第一节起兴，第二节感慨时世："我生劫运叮鼎革，坐见神州沦战国。骨肉年年争未休，里邻处处愁煎迫。如此版图之广孰能宅？如此子民之众孰能垺？如此得天独厚孰不悦？如此文明之渊渊孰不颟颔以感格？呜呼大帝大帝安可得，为此天下滔滔兴灭而继绝。"他恨乱世的灾难无穷，对民族危亡的忧虑与愤慨，竟使他唱出了渴望秦始皇再世的极端之辞："临风三祝祷，我愿诚非诬。愿帝再起焚书，愿帝再起坑儒。愿帝再起澄寰宇，芟夷群蠹挞强胡。嗟吁民族中兴应未远，华岳云霞漫卷舒。"[1]假如拿同时期闻一多新诗中的民族主义情怀与吴相比，前者显然要温和许多。吴的极端，正见出他对现实的不满有多么强烈。当他于极端绝望之中期待秦始皇再世时，他的民族主义情怀就不免要令人担忧了。显然，这不是我们希望看到的民族主义，虽然历史正如他所愿，民族主义情绪一定程度上为强权专制的盛行提供了足够的社会心理基础。但同时必须指出，身为一介书生，吴的民族主义情绪，既未化作具体行动，更未投靠某一政党、军阀，他始终是孤身呐喊吟唱的穷困诗人。民族主义于他，只不过是促使他更为疏离主流政治文化，深化他人生悲剧之推动力而已。作于民初的《望嘉州》有句："天风吹海水，落日黯孤城。报国非轻死，吟诗不保生。"[2]"此生休恋山林味，恐到国亡鬓未皤。"[3]最能体现其爱国忧时，悲观以致绝望之感。

被时代摧毁的道德君子

吴芳吉试图在意识形态狂浪滔天的年代遗世独立："不入政党，不奉宗教。"显然，这几乎是自绝于时代潮流的决绝态度。在现代

---

[1] 吴芳吉：《骊山谒秦始皇帝墓诗》，《吴芳吉集》，第231—232页。

[2] 吴芳吉：《望嘉州》，《吴芳吉集》，第5页。

[3] 吴芳吉：《绍勤将赴成都，自渝夜驰来会，闻李笑沧死矣》，《吴芳吉集》，第63页。

中国，知识分子要么投向某一党派，要么投靠某一军阀。不作实际投靠者，则依托现代学术体制，依附于某一教育文化机关，而在精神上信奉某一现代"主义"，不信奉"主义"者则回归宗教传统，以保持内心的平和与宁静。吴芳吉与这一切都没有关系。他的"独立"近乎彻底。这既使他丧失在政治上求"进步"的可能与机会，也使他无法超越具体的时代之痛苦而进入比较超越的宗教精神境界，如李叔同然。试图拒绝一切宗教信仰而突出个人自由意志，但他的努力似乎没有得到足够的回应。然而他有坚定充实的内心世界。传统道德是他的人生信仰："余不幸而生于乱世……吾性天生，不以治乱易矣……人之乱其性者，有盗贼焉，有狙侩焉，有昼伏宵行者焉，有人面兽心者焉。而余百战百败，未堕落如此者，固以生机未绝，险阻不深，亦以古籍数篇，良朋数辈，熏染扶维，不致遽横决耳……礼仪甲胄，忠信干橹，吾将持此以永与斯世战争！"[1]有此自信与自觉，则诗不足贵矣。"吾诗所载，未足为诗，但吾半生战况之一报告而已。"[2]然"报告"未必非好诗，"不幸生时遭国变，偏从拙处见诗工。"[3]他之所谓拙，实乃精神信仰之坚守："余坚信人之善性苟不可复，则人类痛苦永不可除。谈学言政，亦必终无是处。久抱幽忧，时多痴想，以天下滔滔亦必如我之可挽救。我与他人之性，虽二而一。人性不复，则吾性为未能尽复。妄欲以人力挽回天运，以天运启悟众生，使已泯之性，失而复归，无涯之悲，稍能宽慰。"[4]抽象性善论需具体承载。在传统中国，此

---

[1]　吴芳吉：《白屋吴生诗稿自序》，《吴芳吉集》，第553—554页。

[2]　吴芳吉：《白屋吴生诗稿自序》，《吴芳吉集》，第554页。

[3]　吴芳吉：《无题》，《吴芳吉集》，第68页。

[4]　吴芳吉：《白屋吴生诗稿自序》，《吴芳吉集》，第555页。

承载即儒家伦理。换言之，人性善，需先体现于家庭伦理道德。吴
芳吉对此既有反复申说，更有坚定持久践行。他短暂一生所以经历
诸多坎坷，实与他努力遵行儒家道德有直接关系。考其书信、日记
和诗，大量涉及家庭道德的宣示与表白。具体表现在，当职业与家
庭伦常亲情发生矛盾时，他总是轻职业而重家庭，乃至弃教职而尽
孝道。他于1925年5月弃长沙教职返川前致吴宓信云："士生旧
朝，以君为大，士生今日，以亲为大。吉此去，岂惟游子之还家，
亦孤臣之返国矣。"[1] 这正是他屡次弃教还家，冒死奔丧之根本原
因。国既不国，即以家为国。家庭乃是他责任之所在，情感之寄
托，心灵之家园。"欲死不死仰天号，念我妻子心如焦。"[2] "慈亲
欣健饭，稚子解传书。室陋邻无羡，江平意有余。君门远万里，抱
月长此居。"[3] "堂前父母欢，膝边儿女活。清晨挑米入城郭，换
得青钱红线络……养人厚惠养己约，于国无愧家无怍。"[4] 《赋大
人》八首极写乡村家居生活之美好，其四云："农事家家毕，牛背
载夕阳。晚烟上屋角，儿女罗酒浆。丈人多谦逊，携我坐上方。群
姨与诸弟，谈笑围我旁……明月窥窗入，四壁傅清光。老幼浑忘
言，悠然齐上觞。"[5] 他坦言，"群困愈深，而思归愈切。明知归
去无益，反以为若可安者，亦奇也哉。"[6] 看似奇怪，其实自然。
家庭家乡，即吴氏灵魂之所居也。同为大学才子，吴芳吉与五四激
进分子傅斯年形成鲜明对比。傅斯年认为家庭是"万恶之源"。"中

[1] 吴芳吉：《与吴雨僧》，《吴芳吉集》，第798页。
[2] 吴芳吉：《巫山巫峡行》，《吴芳吉集》，第22页。
[3] 吴芳吉：《白屋清明》，《吴芳吉集》，第37页。
[4] 吴芳吉：《秧歌乐》之五，《吴芳吉集》，第55页。
[5] 吴芳吉：《赋丈人》之四，《吴芳吉集》，第42页。
[6] 吴芳吉：《与吴雨僧》，《吴芳吉集》，第622页。

国人对于家庭负累的重大，更可以使他所有事业，完全乌有，并且一层一层地向不道德的中心去。但凡有一个能挣钱的人，那七姑八姨，都粘上了，那族家更不消说。这么一来，让他丝毫不能自由，不能不想尽办法，赚钱养家；不能不屈了自己的人格，服从别人，去连累他的上下前后，寸步不由自己，譬如戴上手铐脚镣一般。"他诅咒道："要想知道中国家族的情形，只有画个猪圈。""我们现在已经掉在网里了，没法办了，想个不得已的办法，只有力减家庭的负累，尽力发挥个性。不管父母、兄弟、妻子的责难，总是得一意孤行，服从良心上的支配。其余都可以不顾虑，并且可以牺牲的……这样还可望有点成就，做点事业。"[1] 理论上彻底否定家庭的傅斯年，成为时代先锋和典型的成功者。坚守传统家庭伦理观并且身体力行的吴芳吉，则历尽坎坷，36 岁即于贫病交加中告别人生。两相比照，能不令人感慨万千！

不容于新学体制的教育家

吴芳吉试图融入现代教育体制，最终未能如愿以偿。他遭受的第一次打击，是因"忤美利坚教授"[2]，且拒绝写悔过书而最终被清华开除，自此开始漂泊各地教书谋生的困顿生涯。短短十多年的教书生涯中，吴氏竟然在江津、长沙、上海、西安、沈阳、成都等大中学校教过书。如此不安定乃至近于颠沛流离的职业生涯，家庭

---

[1] 傅斯年：《万恶之源》，1919 年 1 月 1 日《新潮》第一卷第一号。收入《傅斯年全集》第一卷，湖南教育出版社，2003 年 9 月版，第 105～107 页。

[2] 刘朴：《吴芳吉传》，《吴芳吉集》，1362 页。

牵累固然是一大因素，但与他的率性任情亦大有关系。刘朴说他每到一处，动辄"忤执事"[1]而离去。家乡的黑山石学校，党争激烈，"斗气营私，党同伐异，与时俱进……念教育前途，贻误乡里子弟者，又为滋惧。新党领袖……其心谛所在，无非欲发展身家势力。夫以此存心而为人师保，贻误可知矣。"[2]永宁中学学风败坏，"士气不振，孤陋寡闻，出人意外，竟与吉初衷违矣！"[3]江津中学"祇是一群瞎闹的痞子，师不成师，弟不成弟，是亦足以言教育乎？"[4]长沙明德学校有教师与学生谈恋爱，"谈笑往来，无有虚日"，"又识字无多，只有教授白话，以欺骗低年学生，同事之人如此"，自然无法"长与此辈周旋"。[5]在西北大学，有"激烈党徒"暗中诋毁，又因薪水之事，"与校中当局嫌怨"，"自以引去为妙"。[6]他本是个任情使性的浪漫诗人，很难忍受现代学校职业理性对教师的要求，他甚至对新文化运动和整个师范教育都持否定态度："数载以来，师范教育大兴，文化运动勃起。实则师范兴而教育亡，运动起而文化灭。"[7]吴氏教书生涯多舛而多变，实与其凡事均易趋极端的个性有关。他在四川各地担任学校校长其间，亦颇想在教育上有所作为，终因为时均甚短暂，加上他本人的诗人性情，终于也无显赫成就。吴氏在演讲、教育人物传记、学校文告、书信、日记等各类文中均有大量对教育的议论思考。考察其教育理

---

［1］ 刘朴：《吴芳吉传》，《吴芳吉集》，第 1363 页。

［2］ 吴芳吉：《致同学某》，《吴芳吉集》，第 625 页。

［3］ 吴芳吉：《与姚生书》，《吴芳吉集》，第 638 页。

［4］ 吴芳吉：《禀父母》，《吴芳吉集》，第 752 页。

［5］ 吴芳吉：《禀父母》，《吴芳吉集》，第 800 页。

［6］ 吴芳吉：《与吴雨僧》，《致树坤》，《吴芳吉集》，第 864、867 页。

［7］ 吴芳吉：《与邓绍勤》，《吴芳吉集》，第 776 页。

念，总体上还是以儒家教育思想为根基。大约可以从四方面看，其一曰办何等学校，其二曰教何种知识，其三曰如何为师，其四曰如何为学。限于篇幅，不逐一介绍。简单说，他的教育理想脱离了那个混乱的年代，又无经济文化方面的势力可以凭借（如马一浮的复性书院那样受到支持），因此也只能是理想主义的空叹而已。

困败人生造就的诗人

在一定程度上，吴芳吉是自愿选择其人生道路。假如他当年能稍微低头向当道"悔过"，继续留在清华读书，又假如他能像挚友吴宓一样，留学美国，以其才情天分，学术与创作成就决不在吴宓之下，远超吴宓亦在情理中。但他拒绝了。其后多年，吴宓留学归来重返清华任教，经努力为他在清华谋得职位，他断然拒绝。原因除与清华有宿怨外，更重要的是他认为"北京环境不适为诗。"他自己天性"以愈处穷荒孤寂之地，愈感趣味，而诗思亦愈以佳。故心欲与世相亲，而身欲与世相遗。"[1] 他坚信"文章憎命达，诗穷而后工"的古训，似乎要为诗而刻意吃苦。"自古文章杰出之士，莫不由饥寒困苦中得来者，以文章系于性情，欲使性情之深厚诚挚，惟饥寒困苦最足磨练而培养之也。"[2] "至于天下已乱，大道沦亡，诗人生其间者，未尝不欲救世。然实不能有救，则惟慨然舍去，但求保其一身为已足，转忧为喜，破涕为笑，特立独行，以优

---

[1] 吴芳吉：《与吴雨僧》，《吴芳吉集》，第 868 页。
[2] 吴芳吉：《与吕光锡》，《吴芳吉集》，第 683 页。

乎物外。"陶渊明、谢灵运正是如此诗人,"吾安能自外于斯人也哉!"[1] 既有此抱负,则生活之困顿艰难,于他适成诗情勃发之沃土嘉园。

在五四新文学迅速勃兴的时代,他"心知旧诗之运已穷,穷则必变",但"新人所作,以突变过甚,料其无成……乃决意孤行,自立法度,以旧文明的种子,入新时代的园地,不背国情,尽量欧化,以为吾诗之准则。"[2] 他试图推陈出新,融新入旧,创作出新面貌的旧体诗,但他短暂的努力未能得到认可。全面分析评价吴芳吉的诗之成就,非一篇文章所能为,亦非笔者力所能及。今仅就其诗在体式方面之特出成就,略作概括介绍。

吴氏诗之成功,一在熔铸各体而自成一家。古近诗体,无有不试者,律诗而外,举凡词、曲、歌、谣、行、引以及现代新诗,均有所作。就句法论,则从三言以至于十三言,无不得心应手。最具代表性者,如前引之《壮岁诗》,句法从三言到十三言,诗体则包含《诗经》、《离骚》、乐府、古风以及散体句段,方言俚语无不可以入诗。内容之丰富与句式之多样,共同构成雄浑壮观之史诗格局。吴芳吉素有在诗界推陈出新创造诗格律的雄心壮志,故其作不墨守成规,多有尝试探索。体现在句法上,许多诗篇均为错杂不齐之长短句,如《国耻第十年题明德纪念会中》为四、五言之混合,《北门行》为四、五、六言之混合,《爱晚亭》为三、五、七言之混合,《双烈墓行》为三、五、七、九言之混合[3],柳诒徵赞曰:

---

[1] 吴芳吉:《与邓绍勤》,《吴芳吉集》,第 809 页。
[2] 吴芳吉:《自订年表》,《吴芳吉集》,第 543 页。
[3] 具体分析见游鸿如《白屋诗与新诗的创造》,《吴芳吉集》附录,第1393—1397 页。

"碧柳之气夺万夫，碧柳之才涌百川……直合《九歌》《七发》《五噫》《四愁》《八哀》之笔为一手，更与摆伦、歌德、莎士比亚相先后。《十九首》《三百篇》《北征》《南山》《新乐府》，熔铸陶冶内贯穿。下及方言俚语眼前事，写生妙入秋毫颠。"[1] 晚清以降，从梁启超、黄遵宪发起诗界革命开始，"旧盎储新醴"的努力一直不曾中断，但成效有限，真能有所成就者罕见，而能使旧瓶中之新酒"芬芳发奇味"[2]者，则非吴氏莫属。但这并非他最特出之成就。

我以为，吴芳吉最可称道者，在长篇纪事诗。中国旧体诗，向以短章见长。长诗本不多，一两千言之诗已经罕见。历来诗人，均在短章上下功夫。律诗而能突破古人藩篱有所创造，难乎其难。吴芳吉一反定见，对长篇巨制颇为推重："长篇巨制，譬如深山大海，草木生之，禽兽居之，江河汇之，舟楫通之，其浩然之气不可方物。短篇之作，譬如一花一叶一邱一壑，仅得一隅耳。"[3] 有此认识，自然会以之为努力方向。检点吴氏诗集，五百言以上长诗有十多首，诸如《护国岩词》《非不为谣》《摩托车谣》《小车词》《婉容词》《两父女》《南岳词》《壮岁诗》《秦晋间纪行》《赴成都纪行》《还黑石山作》《巴人歌》等等。最长的《笼山曲》竟有约八千言。若不计明清弹词，此作也许是中国诗史上最长作品。非有大才力，不足以驾驭如此鸿篇巨制。而其内容之丰赡浩瀚，更为中国诗史所罕见。前引《壮岁诗》已略见一斑。尤值一提者，吴氏去世前有一更宏大计划，拟作名为《三万六千》史诗。据吴氏密友刘朴解释，"三万六千日谓之生命，三万六千里谓之过程，三万六千年谓之希

［1］ 柳诒徵：《哀吴碧柳》，《吴芳吉集》附录，第 1399 页。
［2］ 缪钺：《吴芳吉君挽诗》，《吴芳吉集》附录，第 1402 页。
［3］ 吴芳吉：《读雨僧诗稿答书》，《吴芳吉集》，第 369 页。

望，三万六千字谓之结构"，其内容为"不重个人之性，重中华民族、民生、儒家，三者何如斯可竟于哲人"，其宗旨为"纳经验于人性变化，纳变化于儒家权衡，纳权衡于吾心安否。"其方法为，外则取法浪漫，"而推始于性善，本常之殊，复察众事以应公律。"内则恪守写实，"终归于性善，复感公律以观众事。"全诗十万八千字，上篇以四川为背景，写人类开天辟地之创造力，其人性为"博大、和平、节制、质朴、刚健、谦恭、公正、高尚、牺牲、忠孝"，以大禹为主人公；中篇写当下广东之情势，写当代迷乱之人性，其人性表现为"狭隘、凶横、淫荡、圆滑、偷堕、傲慢、偏私、卑鄙、势利、忤逆"，以孙中山为中心；下篇写未来，以孔子故国鲁为场景，以孔子再生为内容，写人性之光复。刘朴以为，由此宏伟计划，可知"自华夏诗人以来，未有琦玮若芳吉者也。"[1]诗虽未成，吴芳吉之宏大抱负及保守主义儒家立场，则已昭然。而此种情怀与思想，已在其他诗文中多有表达。

陈寅恪先生以为，《再生缘》此类弹词，实为中国所特有之史诗。然"外国史诗中宗教哲学之思想，其精深博大"，则"远胜于吾国弹词之所言"。[2]按弹词之为史诗，重在叙事抒情，而吴之史诗则近于赋，其内容之丰富，记叙之铺排渲染，均与弹词判然有别。就形式言，吴之史诗有记事而无情节，有抒情而更重诗人思想之表达。弹词本质为抒情故事，而吴之史诗如《壮岁诗》，本质乃记事言志之诗。假如《三万六千》一诗真能完成，则中国诗在宗教哲学方面之缺憾，或可有所弥补？亦难断言也。

---

[1] 刘朴：《吴芳吉传》，《吴芳吉集》，第 1372、1373 页。

[2] 陈寅恪：《论再生缘》，《寒柳堂集》，生活·读书·新知三联书店，2001年版，第 71 页。

作者说明：

此文原为参加 2007 年 9 月 30 日在香港中文大学举办的第二届
香港旧体文学国际研讨会而提交的论文。除在会议上交流外，未公
开发表。现经修订发表。

2010 年 9 月 10 日于海口

原载《文学与文化》2011 年第 1 期

反生态
——旅游开发中的暴力美学

绪论

正面讨论生态美学的著述已经比较多。从生态美学立场出发，针对关涉生态保护或文化建设的各种负面现象，作批判性思考的，则相对较少。本文的命意，即在对以生态保护名义或文化建设名义，破坏生态的现象作一简单考察和分析批判。

本文所用的生态一词，含义较为宽泛，既指自然生态，也指依赖于自然生态的社会生态，尤其侧重在社区环境（形形色色的旅游文化开发项目）的规划设计与建筑工程。环境设计与建筑工程当然是当代艺术领域极为重要的构成部分，因此也应该成为美学研究关注的对象。本文所谓暴力，是指违背生态保护基本理念，违背国民意愿，无视人类社会文化基本准则，践踏、破坏法律规章制度，以谋求少数人政治经济利益最大化为目的的各种行为。

本文的基本观点是：全国各地以旅游开发（包括旅游地产、休闲观光地产以及借旅游开发之名建设的政府楼堂馆所）为主要目标的各种工程，无论旗号如何，根本动机或最终目标，大都是利用自然生态和文化旅游资源，开发土地、销售地产，最终获取经济利益。

本文要描述的，是旅游开发中几种基本的反生态暴力行为。正是这些暴力行为，在迅速摧毁中国的生态，尤其是在摧毁各地传统的文化和生活方式，对民众的生存构成极大压迫和威胁。

这些暴力行为可归结为三类，即权力暴力、资本暴力和技术暴力。三种暴力互为依托：权力为资本所用、资本借权力扩张、技术则是达成权力和资本获利目标必须依赖的手段。新的技术，需要借助权力和资本，才能从纸上的设想，"变现"为现实的技术成就或艺术奇观。

一、 权力暴力

旅游项目开发中，最突出的权力暴力，是凭长官意志决定项目的规模、选址，尤其是海岸线、江河湖泊行洪区、湿地、原始森林、各种珍稀地貌和资源保护区尤其是水源涵养区。凡是地方权力部门相中的，无不可以任意占据开发。这些项目从规划到开发，基本不会听取专家的意见，更无视国家各种法令和政策，完全凭领导人一己偏好，就可以决策执行。规划设计当然也有，但这种设计完全服从长官意志，专业人士本身的权威性根本无从体现。我们看到，几十年来，中国涌现了无数开发区、旅游项目和建筑，但并没有出现权威的具有影响的规划设计师。根本原因，就是规划设计不能独立，规划设计师不是具有独立意志的艺术家，而只是权力的附庸,是听命于领导的工匠。权力的无所顾忌,来自两方面的强烈冲动,一是为了获得政绩而无所顾忌,二是权力本身没有制约使之可以为所欲为。从美学角度看,这种无所顾忌的权力暴力,似乎也是一种个体自由意志的体现,甚至就是一种奇异的审美现象。但当这种自由只是掌权者的自由并对公众的自由构成威胁时,它就质变成一种反审美的恶。在这种恶的支配下造就的建筑艺术,无不具有一种邪恶的暴力美学特征:规模铺张、形式夸张、气焰嚣张、趣味乖张,最终的文化效果是恶名昭彰。经典的案例,就是霸占黄金地段乃至风景名胜区建设的地方政府办公大楼。这类暴力美学的典型之作,正是权力肆无忌惮的最好证明。它们与生态美学的基本理念完全背道而驰,应该受到彻底的质疑与否定。

二、 资本暴力

资本暴力在旅游开发中的突出表现,是用巨额资金投入作为诱饵,换得地方政府的政策支持,在项目规划和开发建设上,无视具体地理环境和生态条件的制约,无视地方历史文化传统和民众生活方式的保留承传,无视未来经济文化发展的长远利益,以在短期内获取暴利为根本原则,强行开发建设各种旅游设施和商业地产项目。此种资本暴力不是中国独有,迪拜开发建设的滑雪场,堪称当代旅游开发中资本暴力的典型例证。在一个平均温度高达35度的沙漠国家,竟然有一个常年保持零下17度的滑雪场。这个奇迹,体现了当今世界资本力量的无所不能。中国境内虽然没有如此夸张的旅游项目,但类似现象所在多有:平地上堆造巨型假山,数千里外移植大树，远离海洋的地方建造需要海水维持的海洋馆，[1] 从海外购买各种极大体量的奇异石材珍稀花木，[2] 以及与纯正信仰无甚关系的极为奢侈的寺庙道观……这些商业行为的夸张程度，已经远远超过宋代的花石纲之类奢侈之举。这种资本暴力，通过创造悖逆自然的奇观效果，来满足部分人群的虚荣消费心理，从而获得高额投资回报。其美学特征就是违背自然的生态常理，超越生物的地理限制，无视文化的地域特性，以反常为目的，以惊奇为效果，以豪华奢侈为基本风格，以超高价格为价值标准。这样的旅游文化产品，与普通民众无关，与有深厚艺术素养的高端文化消费群体无关；它们基本上是以新富阶层为对象，或者是为新富群体准备的一种自慰性消费产品。

三、 技术暴力

很大程度上，技术暴力是为权力暴力和资本暴力服务的。但技术本身确实有相对独立的美学价值，正是在这个意义上，需要单独分析技术暴力的作用。

这里所说的技术暴力，主要是指在旅游项目开发中，新材料、新工艺、新艺术形式（尤其是新的建筑造型与结构）的运用，前两者是新艺术形式得以形成的前提。简单说，材料和工艺方面的进

---

[1] 1997 年前后，北京市内就曾经有两个海洋馆在运营。同一时期，海口也曾经举办冰雕展。

[2] 这些东西，更多集中在商界领袖聚会的私人会所，高尔夫球会也是这类物品聚集的地方。

步、改良和新发明，促成了新艺术形式的出现。在旅游项目开发中，最常见到的技术暴力现象，是超大跨度的穹顶、横梁、膜结构、玻璃幕墙、璀璨辉煌的各种灯光，超长的钢索、缆车，巨型的廊柱、大坝……这些仰仗新材料、新工艺的建筑艺术作品，当然是人类创造的诸多奇观当中最耀眼的。从促进人类福祉的意义上，这种进步应该给予肯定和积极的评价，利用新工艺、新材料建造跨越江海的大型桥梁隧道和太空工程等，并无不当；但当这种技术力量成为权力的侍从、资本的帮凶，成为破坏生态、毁灭文化的有力工具，成为奢靡消费的支撑，它的作用就完全是反面的。在这里，人类伟大的创造力，正好成了腐化、毁灭人类文化的破坏力。其意义，与核技术的用于武器开发完全一致。同一技术，用途不同，社会效果截然相反。假如没有飞速进步的技术提供助力，资本的扩张和权力的膨胀，对人类正常生活的威胁和破坏，大概不会达到现在的规模和速度。技术暴力的美学意义在于，它为人类的感官消费提供了无限的可能，而这种可能性，正是刺激推动人类欲望无限放纵的最根本原因。技术进步，不但如庄子所说，刺激催生了人的机心巧智，更成了激发人的欲望的最有力手段。技术是欲望的产物，更是欲望膨胀直到爆炸的引信。

四、 社会后果

首先，暴力美学作用下的项目开发，极少有为公众利益考虑的，它们更多是政绩工程、面子工程、GDP 工程。其作用不是为公众提供实在的社会服务和经济效益，而是权力者获得更大权力与官位的必要条件与依据。因此，光鲜醒目、气派豪华就成为这些项目必须选择的美学风格。至于其具体功能和质量，则并不重要。面子工程尤其如此。只要在官员晋升之前，这些工程不出问题，它们的历史使命就算完成。在此意义上，它们更像巨大的一次性消费品。事实也确实如此，换一次领导，办公设施就更新一次，已经是屡见不鲜的现象，而且这种更换常常还有风水方面的考虑。

其次，豪华气派的地方政府机构建筑群，成为统治威权的最有力象征。地方政府领导人极其热衷于建造宏大豪华的办公楼，虽然中央政府一直都在严厉禁止各地超标准建设楼堂馆所，但地方的办公大楼从来没有停止建造，汶川地震后四川省政府办公大楼在强大舆论压力下被迫拍卖。而我所居住的海口市，党政办公楼即将投入使用，其规模和奢华程度，都令几年前竣工的海南省委省政府办公楼相形见绌。为人民服务的口号，在这种巨型豪华建筑面前，更像一种讽刺。办公楼规模和奢华的无限制，正是政府权力无制约的最直接、最形象的证明。

第三，急功近利导致了资源与财富的极大浪费。由于资本暴力通常与权力暴力结合才能获取利益，而中国地方的权力结构具有明确的时间限制，官员任职时间不可能太长，因此，资本暴力必须在最短时间内达到效益的最大化，这使得几乎所有投资人都不愿意选择长期经营的方式，更没有长期获利的打算。他们必须尽可能在一任领导任内完成投资和利润的回收。这决定了他们的项目一定是速朽的。于是我们看到无数用薄薄的木夹板、石膏板、玻璃钢等劣质廉价材料包装起来的巨大的罗马柱、希腊雕塑……只要能短暂吸引消费者眼球，把项目推销出去就是成功，即便三五年后腐朽塌陷又有何妨！这种劣质作品，虽然消耗资源有限，但从全社会利益考虑，却在造成当代中国社会最大的资源浪费。

第四，资本暴力支配下的项目开发，乃是追求奢华生活方式的示范与样板。正是这些样板，成为贫富悬殊合法化、确定化的符号证明。在几乎所有中国城市，都已经出现富人社区；而这些社区经常又与风景名胜区、旅游观光地比邻而居，甚至就建设在自然保护区、风景名胜区内，全民所有的生态资源，成为少数富人免费享用乃至独占的财富。这些受到特别尊重和关照的高尚社区，与普通民众生活区形成鲜明而强烈的差异，给公众心理造成极大的冲击。部分民众的艳羡与怨恨同在，向往与绝望交织的不平情绪，与这些社区造成的强烈刺激有极大关系。

第五，与上述问题相关，这些项目大多属于违背自然生态规律的盲目开发，留下许多灾难隐患。三亚湾逼近海岸线的开发，破坏原有植被生态和水文系统，导致岸线变动，陆地侵蚀，海水倒灌，已经威胁到刚建成的社区。与此类似的森林、山地、湖泊等生态脆弱地区的旅游开发，已经对这些地方的生态造成不可逆的毁灭性破坏，桂林、丽江、凤凰等地的急剧变化，都是显著的例证。

结语

暴力美学对文化和人的心灵造成的影响乃至伤害，迄今为止，并没有得到应有的重视和研究。文化研究和全球化时代的后现代文化分析，当然也有类似的批判主题。但在我的印象中，生态美学侧重在人与自然关系的哲学性思考，而对上述暴力美学现象缺乏有力的批判。有鉴于此，草成此文，就教于方家。但由于时间关系和技术方面的原因，未能为本文许多论述和判断提供足够的数据和案例，这将影响本文观点的说服力。

2011 年 4 月 9 日于海口

本文为作者参加 2011 年 5 月在浙江开化举行的"生态文明的美学思考"全国学术研讨会提交的论文，未公开发表。

总体沦落的人群

　　汪晖涉嫌抄袭、曹操墓真伪难辨、肖传国雇凶伤人，今年这几起与知识分子、学界权威、科学家相关的事件，由于媒体的介入和炒作，使本来属于小众范围的专业问题，变成了大众高度关注的社会新闻。由此透露出来的消息是，知识分子在全社会的作用日益重要，公众对他们的关注也愈加强烈。若把这几件事与此前几年专家教授许多"雷人"名言造成的强烈社会反响联系起来看，公众对知识分子的高度期待和他们的实际表现，两者之间的落差之大，确实到了令人震惊的程度。公众对知识分子的不满和失望，与日俱增，空前强烈。这种不满和失望，集中在如下几个方面：

　　知识分子的专业水准远远落后于国际同行，其中人文社会学科的专业水准还远逊于民国时代。他们在学术和科学研究上乏善可陈，没有获得诺贝尔奖，没有或缺少具有国际影响的学术大师。而这与中国国力的提升、国际地位的提高严重不相称。公众期待大师而大师不可见，善于迎合公众的媒体，便自封、自造了许多伪大师，甚至还有恬不知耻之徒，以大师自命而且洋洋自得！这些伪大师严重伤害了公众对大师的美好期待，令人们失望万分。

　　知识分子的社会担当亦难如人意。总体上看，他们似乎不再是社会的良心，不再具有道义担当；中国严重缺乏左拉和乔姆斯基那样的知识分子，中国没有足够多的教授专家，为民众的利益，为学术的尊严，为真理、公正和正义，挺身而出。多数知识分子面对大量、严重的社会不公现象，保持了沉默；而少数良心尚存、良知未泯者的勇敢抗争，由于得不到足够的支持，不是被封杀，就是被同行的冷漠窒息，最终几乎无一例外成了牺牲品。

与此相表里，知识分子的个人道德修养和操守严重滑坡，他们或不择手段地攫取、积累金钱财富；或信奉学而优则仕的古训，学术上小有成绩，即削尖脑袋往官场混，挖空心思向上爬；或弄虚作假，剽窃他人成果，炮制大量低水平重复的垃圾著作；或追逐个人享乐，放纵情欲，在婚姻家庭生活上难为人师表；或互相倾轧，形同水火乃至视若仇寇……

顾炎武当年说，士之无耻，是为国耻。如今中国知识分子的无耻，已经超越国界，成为人类之耻。中国人口占人类五分之一，中国知识分子（或读书人）的数量，大约也能占到世界知识分子的五分之一，其中又有那么多的人有丑闻发生，人类都应该为此感到羞耻了！更何况，在这个全球化的时代，一国的丑闻，不可能封闭在国界之内，丑闻会发散到全世界，臭味会影响到全人类。国际学术界揭发的中国学者伪造数据抄袭他人成果的案例，影响遍及全球。尤其值得一提的是，某些国内的丑闻主角，居然能获得一些外国人的支持，不知道这种支持是被忽悠所致，还是他们本来就是一个利益共同体，或者干脆就是因为某种意识形态的偏执，为了宗派立场而放弃坚持真理的原则……无论如何，这种袒护和支持，使得中国丑闻真正具有了国际水准，最终演变为世界的丑闻。

但我们安之若素。为什么？

上世纪 80 年代开始回到社会舞台中心的知识分子，经过三十多年的思想解放和经济变革大潮的洗礼，如今统治学术界的，基本是 50 后乃至 60 后知识分子。近年一些丑闻的主角，大都是 50 后乃至 60 后人。这个年代出生的知识分子，时代特征显而易见：

以规训、愚人为主旨的早期禁锢性文化教育扼杀了他们的灵性；

以斗争哲学或阶级仇恨意识为主题的政治教育内化为潜意识，形成所谓与人相斗，其乐无穷的人格；

以唯意志论、真理在我为宗旨的教条哲学训练，培养了唯我独尊、唯我正确的自大心态；

以否定精神属性，肯定动物性本能，否弃传统道德和人格修养为核心的现代性教育，养成了他们狂悖野蛮毫无谦卑敬畏之心的粗鄙风格；

80 年代以来的自由思想和个人至上意识、90 年代以来的职业竞争遵循的社会达尔文主义，成为他们的生存原则。

这样一些特征，决定了他们今天的表现。当然，我们还可以从传统文化，从具体的制度安排等方面来探究知识分子总体沦落的原因。但这样的探究也最容易把责任推给历史和现实环境，好像知识分子自己只是永远的受害者而不是作恶者。众多有过错的著名知识分子永远不认错，原因之一就在此。因此，在承受社会批评的同时，对知识分子的自我有个比较清醒的认识评价，恐怕是今日的急务。

原载《文学自由谈》2010 年第 6 期

少拿文化底蕴说事

如今到一个地方访问，当地官员和地方文化人士最喜欢说的一句话，多是本地有深厚文化底蕴云云。有时候我们能听得明白，也比较好理解，比如说扬州、苏州、杭州、成都这样的城市，它们之有文化底蕴，似无异议。但有的地方则不然。发现了几处史前旧石器时代的文化遗址，有石器若干、动物骨头若干，或有传说中古人坟墓一座，甚至连坟墓也未见有一座，而仅仅是传说，比如黄帝故里、伏羲故里、老子故里，等等等等，则都可以拿来作为有文化底蕴的铁证。对此我常常发生困惑：这样的底蕴和我们今天的生活有关系吗？那些石器、坟墓和传说中的故里，真给我们遗传了什么神秘的文化基因吗？

假如某地早已消失的文明，仍可成为此地有深厚文化底蕴的证据，则我们可以推论，埃及因为有金字塔而有文化底蕴，伊拉克因为有两河流域的文化遗存而有文化底蕴，南美洲因为有玛雅遗迹而有文化底蕴……但事实是，现在的埃及文明与古埃及王朝时代没什么关系，今日伊拉克与古代两河流域文明没什么关系，南美现代文明与玛雅文明似乎也没有什么关系。假如这些现代国家仍与他们的祖先保持有机的、证据确凿的联系，则古文明灭亡之说也就无从谈起了。

现在许多地方都特别喜欢攀附古代名人，或死乞白赖地和某古人攀乡党、攀亲戚。他们拿古人说事的动机，无非是为了发展旅游经济；而其说辞，则无一不打文化底蕴的招牌。好像文化底蕴是美女美食一般的东西，游客自会慕名而来。但事实不是如此。世界旅游业的现状是：普通游客去欠发达地区玩，喜欢的是自然的、实在的、物质的、感官的享受；他们如果真对罗马、伦敦和巴黎的文化感兴趣，那也是因为这些地方是发达国家的首都，这些地方的博物馆也好，图书馆也好，宫廷教堂也好，都是实实在在的文化成果，不需要以神秘莫测的"底蕴"的方式呈现给游客。而在中国许多地方官员和文化人士看来，地方文化独特的价值和意义几乎没有标准，可以以任何人为的方式来认定其存在。本来是简单得不能再简单的茅草棚，非要说它是一种独具美感的建筑形式；本来是最原始的泥陶，原始到连陶轮都不曾使用，连基本的圆形都做不好，非要说它是一种独具美感的陶艺。按此逻辑，旧石器时代的石器，也能被当作高级艺术品。文化底蕴若只能经由这些东西体现出来，则它与粗糙、肤浅、幼稚、简单，实在没有什么区别；底蕴云云，根本无从谈起。

根据我的观察，越是文化稀薄贫弱的地方，越喜欢拿文化底蕴来说事。尤其是随着全球化的推进，地方文化自觉意识觉醒，这种罔顾基本事实和文化艺术的价值标准，一味强调地方文化独特价值和文化底蕴的风气，越来越炽热。"底蕴"的爆发，犹如岩浆正在冲出火山口。挖掘文化底蕴的努力，于是就表现为无数假古董建筑在各地拔地而起。它们的命运可以预断：当 GDP 主义退潮，当房地产泡沫破灭，当经济过热成为灾难，那些"文化底蕴"的现实化产物，也如同火山灰一样，终将成为人们凭吊历史的遗迹。它们的价值，仅仅在于证明自己根本不曾有过什么价值。上世纪 90 年代各地发狂般建设的第一波微缩景区、大型综合主题公园，如今十有八九是废墟，甚至早已被拆除，连痕迹都不曾留下。殷鉴不远。所谓文化底蕴，我看还是"蕴"在一些人的嘴里比较好，把"底蕴"发掘建设为新时代的垃圾，则无论从低碳经济的角度，还是从文化的角度，都是莫大的浪费。

原载《文汇报》2010 年 7 月 5 日

"柒牌西服"广告语之文本分析

2002 年中央电视台有一个西服广告，给我留下了较深刻的印象。这个广告的画面没有任何新奇之处，无非是一个穿着深色西服的男人，摆出一个常见的姿态而已。印象中广告语是一个女人用旁白的方式说出来的，说话的女人形象并没有出现在画面中。无论她是否出现，都不重要。重要的是这句话本身：

女人对男人的要求，就是男人对西服的要求——柒牌西服。

我对这句话的直觉反应是：男人成了女人的西服。仔细分析这个句子，可以证明这种直觉判断是对的。

一

这个广告语是个标准的肯定判断句，可以用公式来表示：A 就是 B，因此，A = B。所以：

女人对男人的要求 = 男人对西服的要求

如果把"男女平等"这个中国当代社会的意识形态"公理"引入上面的公式，男人和女人就变成了等值的项，等式就可以化约为：

对男人的要求 ＝ 对西服的要求

再化约，等式就变成了：

男人 ＝ 西服

广告词告诉我们的逻辑关系是：女人要求男人，男人要求西服。既然西服等于男人，而最终提出要求的是女人，这就意味着她同时拥有对男人和西服的支配权，两者都属于女人。那么结论自然就是：

男人是女人的西服。

《三国演义》里刘备尝言：女人如衣服，丢掉不足惜。这句话所表达的当然是男权主宰的思想：女人没有和男人平等的地位，她只是装扮男人生活的一件衣服，而且可以随时更换，如果旧了的话。但怎样才算旧？这个判断当然是由男人自己来作的：说你旧你就旧；说你不旧，老太婆也可以娶来当新娘子。

现在，情况发生了180度的变化，男人成了女人的衣服。这个广告语所表达的，正是女人地位上升，成为社会统治力量这样一个事实。统计表明，城市里离婚案件中，女方主动提出离婚的占多数。她们现在要把男人当作衣服，用旧了就扔掉！这是对男人的历史性报复。女权主义者听到这个广告，可以开怀一笑了。

二

西服本来是现代男人的标准制服。一般男人对西服的要求意味着什么？或者说，男人要求什么样的西服？当代中国语境中的一般理解（我相信也是广告创意者自己的理解）是：西服意味着富裕，体面，高雅，严谨，整洁，大方，得体……穿着如此西服的男人形象，当然是女人心目中的理想丈夫或情人。这样的西服男人，意味着他懂得在尊重的基础上关爱女人，他坚毅强壮而又彬彬有礼，善解人意却又豪爽洒脱，冷峻中不乏幽默，机智中又有点笨拙，出手大方但不花冤枉钱，开明通达又有点适度的嫉妒小气……总之，女人希望拥有一个穿着高级西服的男人，他大体要有上述种种德行。这是第一层意思。

紧接着的问题是：女人为什么要这样的男人？她需要这样的男人不是为了有个依靠、凭借。因为现在的城市女人在经济上已经独立了，无须依赖男人就能过活。经济上的独立带来意识上的独立：以前男人把女人当衣服对待，现在女人也可以把男人当衣服了。因此，女人找一个理想的西服男人，与其说要寻找具体的依靠，不如说是为了自己的面子——好丈夫或情人，就应该像挺括的西服一样，使自己显得体面、高尚、优雅……作为女人的衣服，西服男人能对她柔弱的身体提供一个坚实的包裹（西服有这个功能，那些身体纤弱脸色苍白的白领男人们，穿上了挺括的西服，就能给人挺拔有力的良好印象）。这样，男人就从原先的主导、主宰，变成了现在的附庸，成了装扮女人生活的手段。

那么，女人希望男人这件"西服"，具有什么样的具体特征和功能呢？下面我对这个奇怪的"柒牌"做点分析，用这个品牌符号来试着对上面的臆测作点证明。

"柒"的符号含义：

1. "柒"作为一个数目字，本身似乎没有特殊的意义。但要联系中国的数字文化来看，七其实是有些具体意义的。在从一到九这个序列中，七居中偏后、偏大，跟一、三、五、六、八、九相比，七的文化含义最为淡薄，但也不是没有。农历正月初七叫人日，是指过年后人的重生。人死后每隔七天祭一次，因此七意味着祭日。跟五、六、八、九相比，七似乎算不上吉祥的数字，但也不是特别差，有点由死而生的微妙涵义："七"与"起"发音相近，所谓起死回生是也。

2. 日、月、五星，号称"七元"，构成古代宇宙系统的基本格局。北斗七星则代表最尊贵、最权威的方向。七与人体相关的义项大体上有：七尺男儿，是男人理想或标准的身高；七窍，指人的感觉器官眼耳鼻口（根据天人对应的原则，也许我们可以把天的七元与人的七窍对应起来），七窍生烟则是指一个人愤怒到了丧失理性的程度。

3. 七常与聪慧、机智、巧妙相联系：七窍灵通意味着聪明，引申而为七巧板、七色板、七宝楼台；历史上的著名战例，如诸葛亮七擒孟获、关云长水淹七军、粟裕七战七捷……都是七，也有点奇怪。军事家的天才似乎要经过七次战斗才能最充分体现出来。

4. 七又与最浪漫、最恒久的爱情有关系：七月初七傍晚是牛郎织女在银河相会的日子。这个美妙而悲惨的爱情象征，是中国古代爱情叙事的最高结晶。

5. 七又是一种文体，我们知道有七发、七略等著名文章，这种文体集叙事、抒情、议论于一体，几乎是汉代最有代表性的文体之一。

6. 七又是构成音乐的基础，所谓七音是也。

7. 七又意味着一个完整的诗意的表述：曹植七步成诗；后来更有七律、七绝、七古等诗歌格律，这些格律的最基本规定，其实就是要在七个字里表达一个优美的感觉和巧而深邃的思想。在中国古典诗歌语言里，七个字（七言）基本上是诗句长度的一个大限。超过七个字的诗句不是没有，但一般不能连续出现七字以上的句子，否则人读起来要上气不接下气。

8. 七又常用来表示多或多而杂乱：七嘴八舌、七手八脚、七上八下、七零八落、七扭八歪、七拼八凑……

9. 七又偏巧与女人的过错密切相关。七出、七去、七弃，原指女人有七种行为，就可以被丈夫休掉。这七出之错是：无子、淫佚、不事舅姑、口舌、盗窃、妒忌、恶疾。但奇怪的是，为什么不是六、八，偏偏就是七种错误呢？七与错误有特殊的关系吗？现在女人休夫的理由也许还能总结出七种：经济收入过低不足以养家；无生育能力或性无能；不做家务；不管子女教育；包养二奶或有情人或爱好嫖娼；乏味无趣或没有幽默感；简单粗鲁，不懂得关心安慰妻子……

上述这些涵义，或多或少都蕴涵在"柒牌"这个西服品牌中。我可以用罗兰·巴特的方式说："柒牌"以高度抽象的形式，表达了初步占据统治地位的女人对男人极为复杂的感受：

——对女人来说，穿上男人这件特殊的衣服，就像七所蕴涵的数字涵义一样，凶吉难料；女人对婚姻的渴望和恐惧，都比男人强烈得多。

——但女人另一方面又希望，七尺男儿能像北斗七星那样给她指明方向，能像诸葛亮那样料事如神，能像关云长那样忠贞不渝而且战无不胜。假如他有背叛的动机和行动，女人也能像诸葛亮七擒孟获那样，最终把男人收拾得服服帖帖。电视剧《大宅门》里的七爷白景琦就是这样一个主，他什么女人都敢要，什么事情都敢干，什么女人都喜欢，也都可能被他抛弃，但最终不还是让抱狗丫头香秀给收服了！

——女人希望和男人的爱情不但是贴身的，而且是永恒的。他应该像牛郎见织女那样，对自己保持永远的思念、热情和冲动，亘古不变。

——当然，男人要是经常能把这种爱情用各种手段（就像七发那样的文章样式或七律、七绝那样的诗歌形式）书写、制作、传播，那就更妙；他要是把这些东西再用七彩的音符谱成乐曲吟唱不休，那就是妙上加妙啦！

——尽管如此，女人对男人的感觉常常还是很混乱的，乱七八糟、七零八落、七上八下、七七八八一大堆，老是理不清。

——如果她的希望落空，如果她一旦发现男人犯了七出之错，她就会很干脆地说：对不起，我休了你！

我认为这大体就是女人寄托在"柒牌"上的心思。

三

再从词汇本身做点分析。现代汉语中与柒同音的字有：妻、期、欺、栖、漆、凄、萋等。谐音是中国文学创作和批评极其常见的手法。具有索隐癖的人当然会把这些同音字的涵义与"柒牌"联系起来，或者说把这些同音字的涵义，赋予柒牌西服。

柒牌就是妻牌。既然前面已经证明，西服等于男人，那么"妻"牌西服的意思就是：失去自己名字的男人，就叫"妻子的西服"。

而且，在这个特殊的西服里面，还包含着妻子的期望、期待、期盼，甚至期求；或者反过来说，丈夫要自觉履行自己的职责，不要使妻子的如许愿望落空。妻子可以欺负、欺瞒、欺蒙、欺侮、欺诈、欺压丈夫，但作为西服的丈夫，你不能如此对待你的妻子，否则，你这个西服就丧失了应有的使用价值（请想想电视剧《青衣》里的面瓜）。西服不被人穿，就等于男人没有了芳草萋萋的"栖"身处、"栖"息地，只能凄凄惨惨地四处飘零……展望未来，大概只有念老婆之"优""幽"，独怆然而泣下了——柒牌西服。

就在写这篇文章时，一个偶然的机会，我在中央电视台体育频道又听到"柒牌西服"的一个新广告：

男人，就应该对自己狠一点！

这是什么意思？西服再不合身，你也要下狠心穿上，就像当年小女子要缠脚，老妈子们（比如《三寸金莲》里那个潘妈）就是用这种口气说话的：女人，就得对自己（的脚）狠一点！你不狠，长大了没有人要！男人不狠狠地按女人的要求塑造自己，恐怕要做永远的光棍了！

假如男人接受了女人这个要求，转化为自己的自觉意识，他本人也会说，男人，就得对自己狠点。而且，他很可能是在遭受到女人的打击侮辱，欲诉无门，反抗无力而且还不得不接受女人的统治压迫之后，才有如此认识的。到这个份上，对自己狠就变成了自虐——我他妈真不是个东西！真没出息啊！由自虐还可能发展到自残自戕，从网上的社会新闻里我们可以看到，现在因两性关系发生矛盾冲突而自宫、自残、自杀的，男人要远远多于女人。当然，女人一恼之下，把男人的"命根子"割了去，这样的新闻，隔三岔五总能见于报端。

如果把这句广告词和上面的分析联系起来看，我更相信，这个柒牌西服的老板可能是个女的，要么就是一个女权主义者。还有一种可能是，写出这两句广告词的作者，可能是个女的，至少是女权主义者。

上面这句广告词之后，其实还有一句话，我一直没有注意，最近才听到，这句话是：

柒牌男装，让女人心动的男人！

这句话如此直白地说明了我想揭示的东西，我觉得上面的分析简直都白写了。

结论：上面的文字，是作者力图用语言学方法分析广告语文本的一个游戏之作。从常识出发看问题，这样的分析是过分的，即所谓的过度阐释，而过度阐释如果不是项庄舞剑，别有所图，那肯定有些无聊，可笑。事实上，理想的或纯粹的文本分析，常常会落入这样的陷阱之中。从这个意义上说，本文的写作也是如此。

2003 年 10 月 27 日初稿，11 月 25 日改定

工艺决定的经典图式
——海南黎族织锦艺术形式的生成

导言

海南黎族文化的精华，大致体现在两个方面。一是黎语的艺术形式——以神话传说、民间故事、歌谣、谜语与谚语等为主体的口传文学。另一个就是黎族织锦。[1] 黎锦这种独特的艺术样式，已成为中国乃至东方艺术百花园中的一枝奇葩。[2]

对黎族织锦的研究所在多有，但基本停留在对其基本图形的分类识别（五个黎族方言区的织锦各有不同的基本图案）、[3] 工艺本

---

[1] 黎族文化中工艺水平最高的是铜鼓铜锣和银饰品。但由于在海南未发现铜冶炼铸造的证据，因此一般认为铜鼓铜锣的成品可能来自岛外的广西贵州地区，不能视为黎族自己的创造。银饰品一般也来自汉区工匠的制作。

[2] 黎族之外，土家族和壮族也有和黎锦类似的织锦艺术，但有一些具体的差别。本文不拟讨论这种差别，只想以黎锦为案例，来考察一个可能具有普遍意义的美学问题，即工艺与特定审美范式的关系问题。

[3] 如陈耿、孙体雄的《黎族哈方言支系织锦图案揭秘》，《海南日报》2008年6月30日15版。

身的介绍、[1] 文化含义的诠释（图形所指代的具体事物）和审美、艺术价值的欣赏评价。[2]

考察传统黎族村寨的日常生活环境，视觉所及，从山水、飞禽走兽到建筑（船形茅屋）、渔猎工具、陶器以及简单的生活用具如炊具餐具等，其造型中几乎看不到极规整的标准直线，如房屋的梁柱、墙体、家具等。而直线的存在，尤其是建筑中水平与垂直直线的存在，在我看来，乃是一个社会具备成熟工艺的基本标志之一。（图：茅屋、工具、陶器）

---

[1] 如刘超强、达瑟编著的《黎锦织造工艺》，中国纺织出版社，2007。此书主要是作为织工教材，详细介绍了黎族织锦织造的主要工艺原理、编排技术和织造工艺流程，记录了去籽、弹花、纺线的工艺及织布工具，总结了黎族妇女错纱、配色、综线、絮花等织锦技术，印制并附有大量黎锦花纹图案。

[2] 周菁葆：《黎族织锦中的图案艺术》，《浙江纺织服装职业技术学院学报》，2007年第3期。

黎族生活中唯一有较多标准直线的，就是黎锦图案。

我的问题是：黎族对直线和几何图形的认知从何而来？或者说，黎锦中的这种直线，或由直线构成的三角形、菱形、矩形等几何图案，是如何形成的？

一般认为，黎族文化与广东、广西、贵州等地的少数民族文化有同源关系。广西桂林花山岩画造型和黎族织锦中的蛙纹很接近。如下图：

花山岩画

黎族蛙图腾

很显然，岩画图案中并不绝对是直线，而是方圆兼备，曲直糅合。

　　按照视觉艺术发展的一般规律和美学常识，曲线较直线更为复杂，更需要技巧，因而也更具艺术和审美价值。原始的鱼纹、蛙纹接近直线，但诸多民族由此图形发展出的鱼与龙的造型，大体上是曲线逐渐取代直线，直到最后几乎全部是曲线，看不见直线的表现了。这正是一般规律的表现。唯独黎族织锦，作为一种成熟的工艺，一直保持了由直线构成各种几何图形的形态。与岩画比，传统的或标准的黎锦图案明显缺乏曲线。这是颇有意味的现象。[1]

　　之所以如此，我认为与织锦工艺有根本关系。换言之，独特的织锦工艺，是黎锦基本艺术图式的形成与定型的决定性因素。甚至于，黎族纹身所采用的直线，很可能也是受了织锦的影响而不是来自古老的传统。

　　也就是说，黎锦工艺成熟后，它的造型，可能成为整个黎族审美形式的基本尺度，而被运用于黎锦以外的其他地方，如陶器和纹身上。（图：纹身）

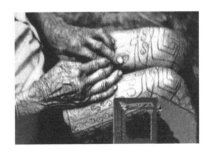

────────

　　[1]　当然，在采用新式织机后，现在的新型黎锦产品中已经有大量曲线图案。但这不是本文讨论的范围。黎族传统的龙被图案中也有大量曲线，但这种曲线并非勾织所成，而是在织锦上刺绣而成。龙被乃是纺织与刺绣两种工艺共同构成的艺术形式。

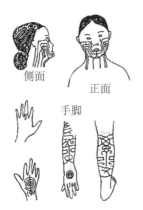

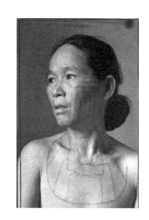

一　黎锦图式的基本特点

到目前为止，海南省已征集到的黎锦织物图案有 120 多种。[1] 这些图案大致可以分为四类：第一类为动植物形象，如牛鹿纹、鱼虾纹、草木纹等；第二类为人与生活环境的表现，如人舞纹、梯田纹、房屋纹、干栏纹、竹条纹、水波纹、山形纹等；第三类为线条和几何纹，如直线、三角形、菱形、矩形，以及这些线条和几何图形的组合变化；第四类为图腾造型，如青蛙纹、龙凤纹等。青蛙纹是黎族图腾崇拜的体现，而龙凤纹则显然是汉族图腾符号，主要出现在作为贡品的特殊黎锦"龙被"中。

上述四类图案中最常见、也最重要的，就是青蛙纹图案。关于黎族蛙崇拜，已经多有研究，[2] 因与本文论题无关，故不涉及。

---

[1] 黎锦基本图案，可参见符桂花主编，王昌海、王静编撰的《黎锦传统织锦》，海南出版社，2005 年版。

[2] 孙绍先、欧阳洁：《黎族蛙崇拜探源》，《新东方》，2008 年 09 期；黄友贤：《海南黎族蛙崇拜溯源》，《广西民族研究》，2008 年第 4 期。

其他图案的内容，只是涉及到对黎锦文化意义的解释，也与本文无关。

本文重点讨论的，是这些图案的构成方式。直观地看，可以发现黎锦图案造型的一个基本特征，就是直线——水平线、垂直线和近似 45 度和 30 度的斜线，由这三种线条进而构成各种几何图形：

V、A、W、△、▽、◇、□……

由这些几何图形的组合连缀，再组成各种比较复杂的图形。这种由各种直线变体构成的图形，排除了艺术中最为常见的圆润流畅的曲线。即使表现水波纹，也是由无数个 W 组合而成。下面的造型取自黎锦的经典图形，这一特征表现得至为明显。

二、 黎锦的工艺技术特征

黎锦有四大工艺，即纺、染、织、绣。我个人认为，其中纺、染两项，主要与黎族地区特定的纺染原料有关，在工艺上并无特殊性；绣的工艺，若与大陆发达的苏绣、湘绣、蜀绣等比，也无明显优势，相比之下，反而显得要粗糙得多。只有织的工艺，有非常鲜明的特色；黎锦的独特性，主要是通过独特的织布工具和技术来体现的。当然，比较粗疏的纺线技术也是构成黎锦工艺特色的条件之一，这一点，后文将有述及。

传统黎锦织造使用的是踞腰织机。这种人类历史上最古老的织布机，所使用方法是用足踩织机经线木棍，右手持打纬木刀打紧纬线，左手投纬引线。踞腰机没有机架，卷布轴的一端系于腰间，双足蹬住另一端的经轴并张紧织物，用分经棍将经纱按奇偶数分成两层，用提综杆提起经纱形成梭口，以骨针引纬，打纬刀打纬。

这种织机的特点是：织机的尺度即是人的尺度。其宽，限于两手能有效操控纬线（提花）；其长，则限于脚到腰的距离，超过这个距离，即无法保证经线的绷紧拉直。这个尺度决定了，传统的或标准的黎锦，其宽度与长度，不能超过人体可控的范围。与此相关的是，由于黎锦所用的纱线，其原料为木棉、野麻和棉花，纺线工具主要是手捻纺轮和脚踏纺车。这决定了黎族纺线只能是比较粗大的纱线，其技术指标无法和蚕丝相比。

由尺幅和纱线的规格，决定了黎锦在单位面积内经线、纬线的数量是有限的，这一点制约着黎锦的表现内容，它不可能达到现代纺织物图案那种细密精致的程度。

结论

我的看法是，正是黎锦古老而独特的纺织技术，决定了它的图案高度几何化的特征。

这一点可以借用"像素"这个技术概念来说明。通常所说的200万像素数码相机，最大影像分辨率是 $1600 \times 1200 = 192$ 万像素，也就是说，实际的有效像素就是192万。像素越高，最大输出的影像分辨率也越高。

用像素的概念来看黎锦，则大约是：用线很粗的黎锦，每平方厘米的经纬线数大约可以是20乘20，甚至10乘10，也就是400甚至100像素。这样，即使是表达曲线的图像，实际呈现在黎锦图案中就必然成为几何型。

我认为这就是黎锦图案定型为几何图案的根本原因。踞腰织机的"成像功能"只能是"超低像素"的，而"超低像素"就意味着图形的几何化，也就是俗语所说的"马赛克"效果。黎锦就是一种独特的古典"马赛克"视觉形式。

如果这个结论是正确的，那么我可以说，形式之美或形式艺术（即通常所说的工艺艺术）的抽象化定型，很大程度上取决于它所依赖的材料与工具，而与所谓内容未必有必然关联。换言之，不同内容，因为采用同一工艺和工具，最终可能用同一形式来表达。

2010 年 5 月 16 日于海口

原载《新东方》2012 年第 3 期

看上去不怎么美

——关于海南国际旅游岛

一

顾名思义，国际旅游岛是以国际游客为推销目标的。这个设想的潜台词是，国内民众消费程度低，海南挣不到国内同胞的钱，因此要以国际游客为销售对象。国际游客的要求是有国际标准的，因此海南必须建设成符合国际旅游标准的旅游设施和旅游项目，当然更要有符合国际标准的服务水准和人文素质。

但谁也说不清这个国际标准究竟是谁制定的。是世界旅游组织（WTO）吗？是联合国教科文组织吗？好像都不是。这个标准有多少条？具体指标是什么？就更不清楚了。既然国际旅游的标准不清，又如何来建设呢？

高人会说，虽然没有明确、具体的标准，但参照世界著名旅游胜地的经验和做法，大家对国际标准还是有大致共识的：便捷的交通和进出的方便（尤其是签证入关等程序要简便迅捷）；足够多的高级酒店以及相关设施；高标准的服务（热情友好、整洁卫生、语言交流顺畅等）；高水准的娱乐、消遣、服务项目（演艺、博彩等）；独特的自然风光和人文历史景观；本地人的独特生活方式（饮食、服饰、建筑、习俗等等）。具备这些条件，大体就可以满足国际游客的需求了。海南以前没有提出国际旅游岛的概念，但多少年来，大家其实就是大体按照这些条件来建设的。可是效果并不如人意。

二

为什么？我以为，问题出在：

其一，海南的资源禀赋并没有远超其他一些热带海滨地区的巨大比较优势。有些人不承认这一点，愿意极力鼓吹海南具有全世界最优越的旅游资源。他们不能客观冷静评估海南，一是因为一种深层的自卑心态作怪，总要强调海南一切都是最好的；二是因为某些人出于商业利益考虑，说大话"忽悠"大家。于是就出现这样的尴尬：我们自己总在标榜海南如何如何牛，但外界反应平平；我们的拼命鼓吹，并没有吸引来预想中那么多的国际游客。

其二，与此相关，海南珍贵的自然环境资源非但没有得到真正有效的保护，反而进一步遭到破坏。不要罗列数据，到市民每日光顾的菜市场看看百姓日常吃的海产品，就可以发现，跟二十年前相比，海南百姓享用的海产品的种类已经大幅减少，品质已经严重下降。山区的原始雨林，海滨的岸线植被，遭遇开发带来的毁灭性破坏。海南生态在持续恶化，至少，恶化的趋势还没有被遏制。这种现象，和人们期待中的优美自然的旅游环境，完全背道而驰。

其三，海南的经济实力不足以迅速建成符合欧美标准的旅游设施体系。由于本土经济实力不够，海南旅游开发的资本，要仰仗外来投入。这些资本的动机，从根本上与海南本土的发展意愿是不一致的；他们以直接的、短期的、高比率的收益为项目选择的根本原则，并不会从事具有长久社会发展价值的基础设施方面的投资。地方政府大多数情况下，要屈从于资本的意志和逻辑，用地方官员的话来说，只有让老板先有钱赚，地方政府才有可能在与资本的博弈中分得一杯羹，用于政府自己想发展的项目。不如此，仅凭国家有限的投资，海南的发展将永远处于滞后状态。屈从资本实力，导致海南的规划发展一直相当被动。海南大到城市，小到社区，随机，临时，多变，成为城乡规划与建设的常态。规划缺乏法规的严肃性和深谋远虑的长久性，是整个中国普遍存在的现象，但海南尤甚。这也是海南旅游开发建设二十多年而效果不理想的原因之一。有多少当初被看好、被鼓吹的旅游设施，而今已经废墟？似乎没有人统计过。

其四，海南的社会发育程度，尤其是文明程度尚不尽如人意。需要澄清的一点是，传统的、乡土的、具有鲜明地方民族文化色彩的生活方式，不等于不文明。在人烟稀少的五指山区，于林木草莽间随地大小便，不存在文明不文明的疑问；但在三亚街道边随地解手，显然不符合现代文明准则。问题是，街道上吐痰解手的行为，在海南的城市生活中并不罕见，而这样的行为习惯的改良，需要教育。需要让民众知道，在田野间大声说话，是必须的也是文明的；但在酒店大堂大声喧哗，在电影院音乐厅肆无忌惮打电话，就不能理解为地方文明特色因而也是合理的不容质疑的。

其五，文化、政治、政策等方面的限制。这方面的问题历来讨论最多。大家也都心知肚明。特殊服务业能否开放，被一些人视为决定海南国际旅游岛成败的关键。但这样的行业肯定是双刃剑。从短期经济效益来看，开放这些行业显然有巨大的利益可图。但从海南长远发展考虑，就未必妥当了。假如因为这些行业的开发，导致海南的淳朴民风急剧沦丧，导致社会发生深层的混乱，则显然非我们所乐见。更何况，现在的海南，其社会治安，包括吸毒的泛滥，暴力刑事案件的多发，已经是比较严重的社会问题。在这些问题未能获得有效治理之前，再开放上述那些带有"原罪"性质的行当，对海南的精神生态，无疑是雪上加霜。

三

海南旅游业发展不理想的原因，既如上所说，则今后该如何，我以为应当有超越传统路数的思考。

如前所说，海南国际旅游岛的预设目标是国际游客，而这个国际游客，主要是指欧美发达国家的旅游者。但"为国际人民服务"的定位和预设，现在看来，很有必要反思。甚至于，这样的预设，从一开始可能就错了。

其一，最近半个世纪以来，所谓国际旅游，实际上主要是发达富裕国家的人外出旅游。他们的旅游目的地有两类，一类是到其他发达富裕国家旅游，如美国人到欧洲、日本，欧洲人、日本人到美国等等；一种是到发展中国家旅游，如欧美人到非洲、亚洲旅游。海南多年来旅游业的发展设想，自然也是把目标锁定在富裕国家人身上的。但现在问题已经发生了变化。发达富裕国家，尤其是欧洲，由于陷入普遍性的比较长期的衰退，他们外出旅游的劲头已经

大不如前。他们好像没那么多钱外出挥霍了。除了经济衰退的原因
之外，低碳经济的概念，简朴生活的提倡，各种形式的国际交流的
日益丰富，甚至互联网的无远弗届和无所不包，也都对旅游目的地
起到了巨大的祛魅作用。对遥远东方和非洲的神秘感日渐消失，使
得以往那种体会异域风情的旅游冲动，在西方发达国家人当中，已
经不如以前那么强烈。地球上已经没有什么新鲜的东西值得那些富
足的人们向往乃至去游玩了！相比较之下，海南的自然和人文资
源，并没有多少在世界上独一无二的东西值得西方游客专门来观赏
游玩。欧美以外其他国家，更少有人把海南作为重要的旅游目的
地。现在来海南的外国游客，似乎以俄罗斯和中亚那些远离海洋的
内陆人为主了。极而言之，传统意义上的旅游，已经在转型，在退
潮，在遭遇反思。在此情势下，国际旅游岛向谁推销，能否推销出
去，已经成为疑问。

　　其二，发展旅游业对海南的意义究竟如何？迄今为止，来海南
旅游的客人，他们的消费，并没有给海南带来足可自豪的经济效
益。倒是旅游房地产成为了海南最大的支柱产业。海南各地政府推
广旅游的不懈努力，事实上是在为房地产开发商做广告。政府吆喝
的，是旅游；客人购买的，是房子。当几乎所有的地皮都变成豪华
地产后，海南卖什么呢？到那时，我们自豪的优良的自然环境，已
经被消灭得差不多了，万泉河边的自然风光，正在被无人居住的高
尚社区所取代。海口生态环境的急剧恶化，尤其空气质量的迅速下
降，更是一个危险的信号。三亚要重蹈海口的覆辙吗？东部各市县
目前正在复制海口三亚的发展模式，他们获得的是房子和税收，失
去的是不可再生的自然环境。到那时，海南的旅游，除了冬季的温
度，就没有任何优势可言了。

其三，发展的目的究竟何在？就算旅游能为海南带来巨大效益，我们也要问，这种 GDP 至上的发展主义，是否已经到了必须反思的地步？无需讨论任何深奥的理论问题，只需从一个简单的立场出发，提一个问题：海南是海南人的海南，因此海南的发展，首先是为了海南人过上更好的生活。海南首先是海南人自己的花园、度假村，然后才是中国人民乃至世界人民的花园、度假村。我们不能说，为了世界人民的福祉，我们自己住在臭气熏天的猪圈里，花园让给客人；更不能说，腾出地方来让客人折腾，他们把花园糟蹋成厕所猪圈后，我们数着手里有限的票子，然后宣布这厕所猪圈还不符合国际标准，我们再努力一次，把它恢复成花园、度假村，让"国际人"再来享受。这是否有点过于友好甚至到了犯贱的地步了？

其四，平心而论，海南旅游的优势，其实就在冬季的温暖气候。国内游客以北方尤其东北地区为主，也证明了这一点。至于说到良好的空气质量，那也是相对于国内大都市极为严重的污染而言的；海南的空气质量，并不比欧洲、美洲、澳洲以及非洲一些地方，以及亚洲某些地方更好。空气因此不能成为向欧美人推销海南的卖点。冬季固然是海南旅游的优势，但也是最大的限制，虽然为突破这个限制，三亚也曾打出过到三亚避暑的广告，但无论如何，夏季强烈日照的劣势，完全能抵消并不很高的气温优势。淡旺季之间最大的反差，导致旅游业的设施利用率永远处于一个比较低的水平。而这种低利用率，又正好是制约投资迅速收回的最大障碍。酒店业经验表明，只有冬季短期的高收费，才能弥补漫长夏季的亏损。于是我们看到，酒店建设的趋于高端，成为必然选择。而酒店业之外的其他房地产，则以卖出楼盘为最终目标。至于几年乃至若干年后，这些用于居住的公寓楼，究竟能处于一种怎样的状态，则完全不在开发商考虑之列。我卖楼后，哪管他洪水滔天！国际旅游岛概念提出后的房地产狂潮，完全是利用了多数国内人对海南气候特点的无知，对未来过于乐观的预期。这种狂炒的不能持久，是必然的。气候特征，决定了房地产业不能持续繁荣。房子不住人，成为摆设不要紧；要紧的是长期闲置的房子，在海南高温高湿的气候条件下，无人打理，会迅速腐坏。这才是海南房地产的致命缺陷。因此，为了本岛本省的长远利益，控制乃至限制房地产的无序扩张，疯狂发展，已经成为海南最紧迫的任务。目前这种疯狂透支土地和其他资源的做法，其严重后果，尚未为人认识，更未能成为社会舆论讨论的焦点问题。骄人的财政收入数据，掩盖了多少严重的问题？

四

基于以上的问题，我认为，无论是否标榜国际旅游岛的概念，海南都应该回到一个基于常识的发展观念，回到一个近乎自然的发展战略上来。

这个常识是，不能为发展而发展，过高的发展速度，并不能有效提升民众的生活质量和幸福指数。假如我们住平房更方便自在，就没有必要非建高楼不可；假如散布于社区的小商店更便宜更方便，就没有必要一定要热衷建超市；假如公共交通更便捷更节省，就没有必要一定要拥有私家车。假如……我觉得这是我们都明白的常识，但似乎多数人不愿意按常识生活，而更愿意按时尚，按潮流，按虚荣心生活，按摧残身体和自然的非理性方式生活。

在这个意义上，假如大家的生活态度和认识不改变，海南也没有希望。说到底，政府行为的最终驱动力，其实也来自民众欲望诉求的压力。一个地方发展快了，大家交口赞誉，几年没有变化，大家都说当政者无能。然而发展快就一定是好事吗？似乎没有多少人对此有质疑和反思。这个社会，很大程度上，已经被发展主义所绑架。发展速度，似乎成为一种至高的价值。政府如此，民众何尝不如此。谁不想持续不断地发财致富，持续不断地换房子车子。虽然真正有这能力的只是极少数人，但不妨碍多数人做这样的梦。

无数事实已经证明，人类历史上，任何形式的社会经济发展大跃进，都留下了无穷后患。"一万年太久，只争朝夕"的紧迫心理，不能成为社会发展的指导思想。现在有所谓的"慢城"概念，强调日常生活回归一种不依赖现代交通通信手段的缓慢的生活节奏。其实这个慢的观念，也应该贯彻到各个地区的发展战略当中来。

自从海南建省以来，所有关心海南发展的人士，从中央政府首脑到海南省各届书记省长市长县长，从旅游业界人士到学界专家，几乎没有人不曾思考、研究、设计、试验乃至实际运作过各种旅游项目，几乎所有人都清楚海南的旅游资源、海南的比较优势或劣势，存在的政策局限或发展瓶颈，成功的经验和失败的教训等等。但海南的旅游发展就是不如人意，甚至一定程度上还有衰退的可能和迹象。这个现象说明，海南旅游业的问题根本不是行业战略导向问题，更不是项目选择问题；而是人心问题、文化问题、发展观念问题，当然也是行政和政治问题。国际旅游岛概念的提出，不仅没有解决这些问题，反而进一步凸显了问题的严重性。

2010 年 12 月 19 日

天洗兵

南非世界杯评论小辑

纯粹狂欢的背后

　　世界杯开幕当晚，我在一家酒店和几位老球迷一起，混在年轻人当中凑热闹。这些年轻人是海南在线邀请的网友，大家一起看开幕式，看首场揭幕战，中间穿插各种小小的竞猜活动，气氛甚是热闹。开幕式结束后，海南在线的老总请海大曹锡仁教授谈谈如何看球。曹教授的说法出奇得简单：看球就是一个字，闹！可着劲闹，把自己生命的压抑、生活的郁闷借此机会释放出来，发泄出来，图个痛快，如此而已。

　　曹教授的高见，道出了当代世界各种狂欢活动的本质属性。世界杯这样的大型国际足球赛事，是各种狂欢中最普遍、最无个性的狂欢——它超越了政治、民族、宗教、语言、文化、艺术乃至生活的趣味，直接表达生命本能的冲动和激情。相比之下，专家们给足球细分出的各种风格，比如欧洲南北的差异，欧洲与美洲的不同，阿根廷与巴西的区别，等等，实在细微到可以忽略不计。硬说西班牙与意大利足球风格不同，我认为那大体上可以视为足球从业人员无话找话的谋生策略，当不得真。

　　足球的狂欢，是如此的纯粹，纯粹到接近空洞，空洞得令人诧异。在现场我才知道，参加活动的网友，彼此素不相识、职业、性格、趣味亦大有不同，但为了世界杯，走到一起来了。不止一个人当场笃定宣称自己是"伪球迷"——第一不懂足球，更不踢足球；第二没有偶像，因此也不是粉丝；第三平时根本不看足球，因此对足球没有兴趣。那么他们为何来狂欢？答曰：就是为凑热闹，寻开心。活动结束，大家各走各路，相忘于江湖，重逢于网上。如此而已。

这引起我的感慨。去今不远的上世纪 80 年代，足球还承载过太多太重的负担。中国球迷把对国家的希望寄托在足球上，爱足球是因为爱中国；好像国家的希望，就系于体育的盛衰。同样的道理，他们爱欧洲足球，是因为向往先进的欧洲文化。那时的足球明星，其实就是文化英雄。球迷为捍卫自己的偶像，和对立的球迷大打出手的事件层出不穷，足球冲突甚至可能演变成政治事件。

但时过境迁，现在我们知道，足球不过是依附于经济政治文化条件的一种大众娱乐，虽然足球经济其规模据说已经成为世界第十八大的经济体，虽然依附于足球的博彩业规模惊人——这需要另文来谈，虽然足球明星如贝利和普拉蒂尼可能成为政府官员，虽然世界杯歌曲可成为经典长久流行，但总体上看，足球对经济、政治、文化并无决定性作用。

三十年过去，老去的不仅仅是三代球星两代球迷，也老去了人们对足球的一往深情。足球蜕变成了纯粹的狂欢，我们似乎不再过分关注球星的一举一动，也不再斤斤计较所爱球队的胜负输赢，更不会为了捍卫自己的偶像而跟别人争执直拳脚相加。

那么，我们在乎的就是与金钱相关的输赢倍率么？足球狂欢纯粹到只剩下一种输赢概率的算计了？明天再说。

2010 年 6 月 11 日

回归本然的开幕式

昨天的开幕式引起一些人的不满，新浪体育有简永汉先生的评论说，这是三十二年来最差开幕式，而且很"杯具"。其证据是：开幕式艺术表演很一般，没有国际大牌歌星；交通混乱，中国足协掌门人因为道路拥堵长达四小时，没有赶上开幕式；发生诸多交通事故；抢劫事件时有发生，等等。这些混乱，固然是事实，但窃以为，简先生言过其实了。

在我看来，这样的开幕式很不错。它的简短轻松，正说明它仅仅是个开幕式，没有必要喧宾夺主，让文艺明星抢足球大腕的风头。开幕式的隆重或轻率、简或繁、优或劣，都不影响此后足球比赛的观赏价值，对南非本国足球水准也无任何影响。假如中国举办世界杯，而我们为此操持一个奥运会那样的开幕式，结果会如何？文艺演出很精彩，但中国足球仍然很烂，烂到了大家羞于提及的程度。这样的尴尬是我们愿意看见的吗？

南非人固然好客，但人家是把世界杯当成自己狂欢的节日来举办的，他们首先考虑的是自己球迷的感受，而非外国客人的印象。早前就有南非负责保安的官员公开说，他祈祷美国队第一轮出局，这样美国总统就没有必要来南非，他们的安保任务相应也会大大减轻。我无条件赞同这位官员的意见。南非人不指望美国总统一两天的礼节性访问能带来什么好处，也不在意国际舆论对自己国家的交通治安如何诟病。他们连美国总统都不在乎，还在乎一般访客的意见吗？这种以我为主的轻松心态，和某些国家遇到类似大型国际盛会时死要面子活受罪的做法形成鲜明对比。后者为了赢得国际的赞誉，不惜耗费巨额经费，不惜限制、管制本国民众的正常生活和出行，甚至不惜下令工厂停工以保持空气清洁……全社会为"共襄盛举"付出了极高昂的代价。相比之下，南非这种轻松的态度和做法更务实，更自然，更人性化。

尽管南非的社会治安令人担忧，而且已经有若干中国人被多次抢劫，但当事人包括中国领事，只是提醒看客们不要单独外出，不要晚上外出，不要摆阔炫富，要随身带点零钱应付劫道的好汉……我对这种从容心态甚感敬佩，更感自豪。毕竟，中国人见多识广，咱们都是读《水浒》长大的，梁山好汉靠打劫谋生，劫亦有道，留下买路钱，不伤你性命。南非的好汉继承了梁山的传统，不过手里的家伙更先进，藏身处是城市而非荒山野岭，如此而已。而且，跟每天世界各地发生的动辄死伤数十人的恐怖血案比起来，这种不取人性命的抢劫，简直太小儿科，太前现代，太不"时尚"了。游客被抢，失魂一刻，其惊悚、悲痛程度，可能远远赶不上在球场上看见自己的偶像比如梅西被人飞脚踹伤。

换句话说，真正的球迷，假如能以自己的被抢换取所钟爱的球队和球星的胜利，他可能会乐意做出一点小小的牺牲。世界杯的魅力之大，于此可见一斑。

2010 年 6 月 12 日

我为波狂的另一面

在酒吧看球，气氛之热烈，远非家中客厅所能比。酒吧气氛热烈的原因之一，却是因为那里有赌球的盘口可供球迷下注。我在昨天说足球狂欢在去除了意识形态的、民族主义的因素后成了纯粹的狂欢。但对于参与赌球者来说，这个狂欢并不纯粹，其中还有巨大的经济利益。

足球博彩到了何等规模？为写此文，我在百度搜索到 66300 个与"2010 年世界杯足球博彩"相关的页面，其中不少就是公开的赌博网站，号召大家现在投注。随意浏览，看到足球名人张斌写于 2008 年的一篇博文，介绍加拿大人德克兰·希尔的著作《假球：足球和有组织犯罪》，该书估计亚洲一年的合法与非法足球博彩业营业额总计高达 4500 亿美元。据 13 日《广州日报》报道，今年世界杯期间，全球博彩公司的赌球金额将达到 100 亿欧元。

在纯粹消遣的意义上，正当的足球博彩，是无伤大雅的乐事。在酒吧看球，没钱的投十块八块，有钱的押百八十块，增强对球赛结果的期待和悬念，使得看球更刺激，更有意思，大家玩得更投入一点，如此而已。比较原始的足球博彩，大致是如此诞生。如今小小百姓随意介入小玩一把，也无可厚非。这和无数中国老头老太坑麻将赌一两块钱，是同一性质的现象，你可以不屑，但无法谴责，也不必排斥。

问题在于，赌博公司和背后的黑社会势力利用了人们的这种赌博心理，将游戏性质的小小博彩发展成为控制比赛结果以谋取巨额利益的有组织犯罪。纯粹的足球，因此而变成了商业社会中一种畸形的文化产业。它于不知不觉之间，诱导球迷一步步从观赏比赛的消遣者变成了追逐金钱的赌徒。足球场内外的狂热气氛，因此而变味了。赌徒们的欣喜若狂和怒痛欲绝，显然不是因为足球的输赢，而是金钱的得失。这样的赌徒球迷已经没有对球星、球队的真感情，谁输谁赢并不重要，重要的是输赢跟我的押注是否一致。

于是，足球场就变成了赌博的轮盘，场上的球员，就是轮盘当中的骰子，庄家可以在场外操纵他们。足球运动员到底是大众心目中的明星、英雄，还是赌博公司老板手中的道具、玩偶？我想只有当事的球员对此最为清楚。这就像影视明星，在大众面前风光无限，但在背后却要忍气吞声，被投资商、制片人和导演等权势人物"潜规则"。

现代社会，政治、文化、艺术等领域的领袖、英雄、天才、知识精英们，已经被商业文化剥去了神圣性和神秘感，降低为凡夫俗子。在此之后，体育上的英雄、王者，也开始被"祛魅"，我们现在知道，他们也是很喜欢金钱的凡夫俗子一个。而这可能就是赌博盛行的恶果之一。

2010 年 6 月 13 日

足球与美女

英雄美人是大众文化的永恒主题。足球是当今大众文化的主流形式之一，足球明星与美女自然也就是几乎所有大众媒体的主要话题之一。只有卡卡、C罗、梅西、鲁尼，没有他们的妻子情人女友，整个足球运动几乎就是不完整的。所以世界杯一开始，网上就有系列照片展示这些球星和他们的女人如何如何。我也凑热闹来谈谈足球与女人。

按19世纪思想家卡莱尔那种文人气的标准，只有神灵、先知、杰出的诗人、有德行的教士、天才的文人、君主，才是英雄。按现在世俗文化的标准，如今的社会大致有四种英雄。一是政治精英，二是经济精英也就是老板，这两类精英对美女的吸引力，在于他们的政治和经济权力可以带来各方面的利益和好处。三是演艺明星，四是体育明星。前者形象俊朗，后者身体强壮。作为人的形象，这两类人对美女的吸引力可能更天然一些。假如体育明星而兼有英俊外貌，则这样的英雄就是双料的，商业估值明显高于单一的俊男演员或单一的足球大腕。贝克汉姆的足球技术显然不如罗纳尔迪尼奥，但他的商业身价远远高于小罗，原因即在此。

贪官包养美女主持的绯闻一经披露，舆论绝对不会放过口诛笔伐的机会。舆论不容忍贪官有情人，原因有二。一是从现代政治常识出发，官员必须廉洁，而包养情人正是不廉洁的主要表现之一。二是在公众内心深处，他们常常认为，能包养情人的官员，一则年龄偏大，二则形象欠佳，腐败官员中的青春帅哥毕竟罕见。老丑官员有美女情人，在大众看来，就是鲜花插在牛粪上，资源配置很不合理，让当看客的观众心里也很不爽。或者有人会说，这不是咸吃萝卜淡操心么，不是自己得不到的嫉恨么？也许是嫉妒心，但又不尽然。

从乔丹到科比，从罗纳尔多到鲁尼再到 C 罗，这些篮球足球天才风流韵事不断，却未见舆论如何贬斥攻击。绯闻不但不影响他们的前程，反而在提升他们的身价。大众对他们的宽容，其深层心理，就在于他们认同英雄美女这个男女关系模式。这个模式乃是人类亘古未变的人生理想。

这个理想的背后，则是更深层的生命本能在起作用。研究表明，一个人漂亮的外表，其实正是他遗传基因优秀的外在标志。我们爱美人帅哥，爱的与其说是他们的外表，不如说是他们的优良基因。换句话说，我们对足球大腕每日里发生的绯闻非但不排斥，甚至还表示理解和支持，说到底，就是因为我们内心深处希望他们能给人类创造出更优秀的后代，如此而已。

可是那些大爷们只图自己快活的居多，没有几个会去关心人类的后代是否更优秀，是否与自己有关。

2010 年 6 月 14 日

美人难过英雄关

上一次谈足球与美女，限于篇幅，许多问题只能点到为止，有看报的朋友认为我话说得不明白。再则近日比赛，沉闷的居多，没有多少有趣的话头，那就再作续篇，说点别的。

老话说，英雄难过美人关，意思是天大的英雄，一见美女就不能自已，荷尔蒙迅速分泌，心跳加速，血压升高，智力下降，用话本小说里的格式化语言描述这种状态，叫"人顿时就酥了半边"！美人计针对的主要就是这种英雄。貂蝉勾引吕布效果最佳，让她去招惹诸葛亮、关羽、庞统、鲁肃这样的人，估计没戏，至少难度要大很多很多。

现在我要说的是，还有另一种相反的情况，那就是美人难过英雄关。美女见了英雄更容易"顿时酥了半边"，或者干脆瘫软在地！这种现象古典文化里表现得不多，那是因为古典时代的文人很少关注女人自身的感受如何。但也不是没有。宋词中有不少就写女人的微妙心理。把这种文化现象，视为中国古代有女性主义存在的证据，也不为过。韦庄就曾写美女难过英雄关的现象，他的词有名句："骑马倚斜桥，满楼红袖招。"英雄美男子也是稀缺资源，是众多女人召唤追逐的目标也。

现在你看看世界杯，当梅西、C罗们上场触球，踢出一脚绝妙的弧线而且进了，全世界电视机前该有多少万的"红袖"，为他们心跳，为他们欢呼！我们知道，也看见过，众多女粉丝在看见自己的偶像时会出现种种状况：最轻的是大声尖叫，其次是冲上去请签名，求合影，更大胆的是强行拥抱接吻，极端的可能是就地晕厥过去，还得有人招呼120送她去医院。

改造韦庄的名句即是："驰骋秀球技，满场美眉招！"

这不就是美人难过英雄关么？道理是一样的。女人看见靓仔帅哥，生理、心理上会有种种奇异反应，和男人看美女差不多。采花大盗容易得手的最重要条件，是自身的形象有魅力。足球帅哥们无须费心思，自有美女投怀送抱，而且源源不绝。

无论足球运动与商业有多少关系，无论它被赌博集团如何操控，有一点不能改变，那就是足球运动乃是男人人性的一种表演，这种表演有多种内涵，其中之一，就是通过力量、速度、技巧、机谋的展示表演，在对抗中战胜对手，从而赢得美女们的芳心。现在大型体育比赛一定有足球宝贝、篮球宝贝之类活动，其根本目的，就是为了激发男人们讨好女人、彼此竞争的斗志。男人的这种雄性本能冲动源自远古。为美女而发动特洛伊战争的正当性，得到了希腊文化的认可并被记录在案。从那以后，为女人而战，其实就是人类文明史最有趣的主题之一。我们中国不也有吴三桂"冲冠一怒为红颜"的历史故事么？至于当代足球明星为争夺美女闹出的故事，那就更不知有多少了。

2010 年 6 月 15 日

世界杯上中国的事

本届世界杯开赛至今，除了中国人去看球发生的普通事件，与中国有关的新闻有两条。一是比赛用的足球是中国江西生产的。这也没什么稀奇，中国是世界工厂，中国生产的东西除了最尖端的技术产品，几乎无所不包，多一种皮球，和多一种玩具一样，稀松平常到大家懒得提及，甚至羞于提及，那毕竟是低端产品，没什么值得称道的。

第二条新闻，是以韦迪为首的中国足协官员去了南非看世界杯，而且韦迪先生还因为交通堵塞，没能赶上参加开幕式。我初看到这条新闻有点奇怪，本届世界杯，与中国足球几乎毫无关系，他们去干甚？

想了想，他们的使命无非有以下几种：一是考察如何举办世界杯。既然中国没有提出申请举办十多年以后的世界杯，则现在就去考察毫无意义，所以这一条不能成立。二是考察开幕式，以资借鉴。地球人都知道，中国是搞大型开幕式的绝对权威和专家，只有别人来取经的份，哪有中国人去学别人的道理，所以这条也不能成立。三是考察南非足球的体育基础设施。根据我的有限了解和从报上看到的消息，南非的体育场馆，无论从规模还是数量，也无论从质量还是豪奢程度，均无法与中国相比。所以这样的考察也无意义。四是考察南非的职业足球。伴随着南非经济的低迷，2001/02赛季南非联赛从18支裁员至16支。2004年的操纵比赛丑闻更深深打击了联赛，有超过40位足球业内人士被捕，包括球会老板、高层、裁判和助理裁判。这倒值得认真看看，看人家怎么处理足球腐败。我觉得这一条倒比较靠谱。但是否列入了中国足协的考察日程，那就非我所能知晓了。

当然，按照惯例，国际足联要邀请各国足协官员共赴盛会，这是最正当的理由。至于中国足协代表团的旅行费用，是国际足联支付还是中国纳税人掏腰包，则我等更无从知晓了。

虽然我赞同众多高人的意见：中国现在的足协其实可以撤销，中国足球运动由真正的民间人士去搞好了。但在现存体制还在运转的情况下，设身处地替韦迪先生着想，假如他此前不了解足球，那么走马上任，去南非看看足球，也算本职工作。了解一些各国国家队的情况，也许有助于中国自己下一步的足球规划。

我对韦迪先生的唯一建议是，假如他有时间，最好调查一下南非中小学生开展足球活动的情况。邓小平多少年前就有指示，足球要从娃娃抓起，但现在中国的娃娃很少玩足球，且不说全国，从海口看，身边的中小学操场上就很少看见孩子们踢足球。倒是偶尔听到高校有给大学生开设高尔夫课程的消息。而且我知道，海口就有一位全国有名的高尔夫少年选手，他还在上中学。小孩子何以不踢足球，需要另一篇文章来谈。

2010 年 6 月 16 日

有绿茵无球场的悲哀

中国青少年足球运动开展得极差，原因很多，诸如好静不好动的人格哲学，轻身体锻炼重知识的教育哲学，当然最直接、最重要的是科举式的应试教育彻底打压甚至取消了体育运动。目前中学里之所以还有体育课，根本目的还是为了应对高考——没有健康的身体，难以承受整个中学阶段极为繁重的课程！

正是由于这样的认识和现实压力，中小学从一开始就极度轻视体育设施。众所周知，中国大城市的中小学缺乏体育场所极为普遍，以致到了小学生需要到马路上去上操的程度，而且绝非个别现象。

往深里看，半个多世纪以来中国的教育，除了表面看见的先后受苏联、美国的影响，更深层还是中国传统的影响，尤其是现代革命精神对教育的影响最为直接。延安时代，条件极为艰苦，大家照样可以按照兴趣开展体育活动，似乎啥也没耽误。就体育而言，我们都知道，毛泽东一直倡导到大江大河去游泳，认为在游泳池不能真正学会游泳。虽然他的游泳暗指的是广义的革命活动，但他畅游长江的政治秀，对体育教育的影响却不可低估。那时的人们很自然地认为，有河流池塘的地方不充分利用，却要建设游泳池，岂不浪费！所以，正规的游泳池、足球场，在改革开放前的中国中学很罕见。经济条件不允许建正规设施固然是事实，但骨子里轻视这些东西则是决定性的。否则我们无法解释，何以经济条件比当代中国差很多的非洲穷国到处都有足球场，而中国繁华大城市足球场却难得一见。

直到最近这些年，无数惨痛的学生溺亡案例，才让我们有了比较务实、科学的认识：少年儿童在没有保护措施的情况下，在河流湖泊等自然水体中学游泳是多么危险的一件事。同样，在随便一片土地上踢球，身体受伤的危险远大于草坪。可是认识归认识，就算现在有了钱，我们发现早先的城市规划根本没有给学校留下建设足球场的空间，甚至现在好多大型社区的规划，常常就没有给学校预留土地，更谈不上体育设施，因此这些建成的极其豪华高档的社区却不适合人居。这是中国畸形城市化过程中最具讽刺意味的一个现象。

我曾在此前的一篇评论中提到，中国打高尔夫的人可能比踢足球的多。这也许不是事实。但有一个数据绝对有说服力，在中国许多城市，高尔夫球场所占的土地面积是足球场面积的数百倍。以海口为例，我们现在至少有五六个高尔夫球场供大家使用，还不包括练习场，但海口没有一个像样的公共足球场对公众开放。海口的大学、中学里有足球场，但这些球场，对内是摆设，很少有学生在上面踢球。对外不开放，因为学校负担不起管理维护的成本。鄙人服务的学校，去年新建的足球场对本校师生也不开放。真不知这球场建了要干啥。

2010 年 6 月 17 日

瓦瓦祖拉，额滴神！

作为伪球迷，笔者以为本届世界杯迄今为止，大家都是配角，都不算精彩，当然也谈不上成功。我认为至今只有一个成功者，一个主角，那就是被南非球迷广泛使用的助威神器，瓦瓦祖拉。

瓦瓦祖拉的超高分贝，令来自欧洲的大牌球员极不适应。C罗就公开表示对这玩意的头痛和厌恶。他15日晚的演出乏善可陈，窃以为就与瓦瓦祖拉的骚扰有关。不要说现场球员和观众，我们在电视机前，也能感受到瓦瓦祖拉令人恐怖的嗡嗡声，有人形容如马蜂窝。可南非门将库内竟然认为，他们比赛时瓦瓦祖拉的声音太小，他根本没听见，他认为声音应该更大才对。

我对此深表怀疑。我觉得这个库内是在开玩笑了。因为很明显，他说南非队比赛时看台上没有声音就不是事实。他说非洲人习惯这种声音，我不大相信，因为没有证据表明非洲人的耳膜构造与其他人种有明显不同。经验表明，炮兵常听大炮轰鸣的结果，是耳聋，而耳聋不能定义为听觉能力的强化。我更愿意相信，非洲球员很清楚，瓦瓦祖拉这玩意对非洲人是激励鼓舞，对其他地方的人就是干扰，因而总体上有利于非洲球队取得好成绩。

当大多数球队对瓦瓦祖拉提出抱怨，当许多人希望在球场禁止瓦瓦祖拉时，布拉特出来说话了。他说："我不赞成禁止南非球迷的音乐传统，难道你们愿意看到自己国家的看球习惯被禁止吗？"南非世界杯组委会发言人里奇·科洪都称，瓦瓦祖拉深深扎根于南非历史之中，来到南非的客人们应该去拥抱这里的传统，接受他们庆祝的方式。

这两位大佬的意见值得说两句。布拉特之所以如此表示，是因为身为国际足联主席，他要保持政治正确，白人绝对不能对黑非洲文化说三道四。世界杯显然不能脱离政治，但保持这样的政治正确，受伤害的是足球本身和全世界球迷的利益。尤其需要指出的是，不是所有国家的所有看球习惯都应该得到尊重。假如人们在球场看球时要狂饮啤酒大抽香烟，请问这样的习惯在公共场所禁止吸烟的欧洲得到尊重了吗？科洪都先生的要求，未免有点强人所难。客人是否尊重当地习惯，一要看客人自己的意愿，二要看这习惯是否与现代文明的基本规范相一致。任何文明国家都不能强制访客按自己的习惯行事。有的国家要求游客必须向他们的领袖致敬，这样的强制得到的评价如何，就无须多说了。窃以为科洪都先生有点文化上的傲慢和过度的自尊，而这种傲慢和自尊，其实正是长期遭受欧洲殖民者的欺凌压迫后的自然反弹。如此自尊，从骨子里看未尝不是自卑。

适当修正自己的习惯，尊重客人的习惯，乃是文明更为成熟、更为高明的表现。在抵御全球化过程中，强化地域文明的独特性，强化各民族自己文化风俗的独特价值，当然是正确的。但不能走向另一极端。过分的自尊自恋，只会导致自己特性的丧失而不是保持与强化。

最后说一句，世界杯的目的，是展示世界各国的足球，而不是

举办国的文化。后者顶多是足球的点缀。喧宾夺主的结果，是瓦瓦
祖拉大出风头。可是足球呢？

2010 年 6 月 17 日

因为偶然，所以神奇

魔术师刘谦表演时喜欢说，见证奇迹的时刻到了。世界杯到目前为止，我们还没看到有任何奇迹发生。这不奇怪，足球本身不会产生任何奇迹。它建立在非常现实的历史、经验、实力、规则、习惯的基础上，装神弄鬼，念咒做法，无助于球员和球队的成功。

但没有奇迹，却不等于没有偶然。没有偶然，也就没有足球的独特魅力。偶然可以分为两种，一是所谓带有必然的偶然，一是纯属意外的偶然。后者尤其能体现足球的神奇。

我们谁也不会相信，风度翩翩的西班牙斗牛士，能被小小的瑞士军刀屠戮；更无法相信，高卢雄鸡，竟然被墨西哥辣椒蛰得彻底雌伏。很明显，这两场胜利，确实有偶然因素。无论从哪个角度比较，法国、西班牙都比墨西哥、瑞士要强。但比赛结果不是刘谦玩的魔术奇迹，它是众目睽睽下铁一样的事实。我们会从这偶然中寻找必然的原因。比如，法国队教练的用人不当，没有威信，球员的四分五裂，等等，甚至高原、皮球、大喇叭，都可能是失败的原因……同样，评论家也能在西班牙的失败中找到必然原因。既明白了原因，就不感震撼惊奇。所谓虽出意料之外，却在情理之中也。

后一种偶然，是真正的偶然。假如凯塔不向希腊人动粗被红牌罚下，则尼日利亚的胜利几乎是必然的。所以当现场的"悲剧"发生时，两方教练、队员，观众，包括凯塔本人都惊呆了，谁也不会想到发生这样的事情。但它确实发生了。这就是足球场上最经典的意外——球员可能都不知道自己在下一分钟会做什么。自己尚且难以把握，何况对手！

同样的意外还有很多。韩国人显然无法理解，阿根廷人的第一个进球要经过韩国队员的腿来中转！要是纯粹的乌龙倒也罢了，偏偏此球责任不清，功罪难定。韩国当事人自己想检讨都没有足够理由。正是这个诡异的"准乌龙"，严重影响了韩国人的士气，导致后面的溃败。

正面的意外同样无数多。巴西人麦孔的零角度射门，如同八年前罗纳尔迪尼奥的著名吊射一样，完全是这个大师偶然的杰作。球员本人根本没有想到，他们那随便一脚，会成为足球史上的奇迹。由此又想到马拉多纳的"上帝之手"。当年他有意无意间一挥胳膊，碰球进网，媒体指责他不当得利，他回答那是上帝之手。这个回答之所以绝妙，在于老马说了实话——他根本没有想到那一挥会有如此严重而辉煌的后果。在他挥手的一刹那，如同凯塔飞腿的一瞬间，不是他们本人，是上帝在控制动作。对于无神论者来说，这个上帝，或许就是足球本身。它太神奇了，神奇得令人无话可说。

2010 年 6 月 18 日

全球化与足球前景

现在的足球发展，已不能用传统的、孤立的国别足球概念来观察。全球化在足球领域产生的影响极为巨大，足球的形态因此也不同以往。它早已是全世界的集体狂欢，是全世界的一项生意，也是全世界的一个政治活动。国际足联是当今世界最具影响力的国际组织之一，是一个规模可观的跨国公司，其威望、势力和财富，已经超过许多小国家。

稍微观察，即可知道，全球足球已经形成一种分工合作格局。具体如下：

欧洲人做老板。欧洲人在现有基础上将继续主导足球文化，输出足球理念，经营足球生意，大发足球横财。欧洲的足球生意无疑是全球最为发达也最为成熟的，它通过成熟的俱乐部运作模式，募集到了大量的资本（有众多上市公司），有钱就能吸引更多的明星，有明星才能吸引更多的观众，观众越多广告收入越高。收入越多，越能为足球投入更多发展资金，从而维持良性循环。欧洲人是世界足球公司的老板。

美洲人当设计师、技术员。美洲的足球技术全球第一，无人可敌。几乎所有的球王、艺术大师都出自巴西、阿根廷。现在欧洲各豪门俱乐部也多由巴西、阿根廷人唱主角，所谓欧洲式或英式足球风格，在南美人的技术面前，基本相当于未经驯化的蛮牛野马，遇到了捕食技艺高超的猎豹狮子，胜败一目了然。当然狮子也有打盹时，蛮牛更有顶翻猎豹的偶然成就。总体上，欧洲技术上的野蛮状态（以鲁尼为代表）要进化到美洲的水平，恐怕不是几十年能办到。美洲的技术对于未来的世界足球仍然具有关键作用。

非洲人当工人。非洲球员技术进展神速，但迄今为止，他们在欧洲俱乐部的角色，就是蓝领工人，每个俱乐部都有非洲球员冲锋陷阵，也出现了卡努、埃托奥、德罗巴这样的明星。但迄今为止，没有一个非洲球员成为欧洲著名豪门俱乐部举足轻重的核心老大，绝对一哥。本届世界杯证明：非洲人单打独斗堪称英豪，自己人组成球队则一盘散沙，难成大器。这种状况决定了非洲足球的蓝领地位和身份。

亚洲人成为投资商。本届世界杯，最大的两个赞助商是日本的索尼和韩国的现代。世界杯官方新闻发布会背景墙的正中位置，就是这两个公司的标志广告。亚洲公司投资世界杯才刚刚开始。中国的大小老板们，如今在炒房子、炒股票、炒煤矿、炒藏獒、炒大蒜绿豆……当他们炒腻这一切之后，前往欧洲炒炒足球俱乐部是完全可能的。赌球市场上，中国人是主力之一，而赌球，远没有炒俱乐部更刺激、更风光、更爱国当然也更能赚钱。

全世界人当看客和消费者，这话就不用多说了。唯一需要考虑的是，当我们去酒吧看球时，国际足联从我们的消费中，到底能分得多少利润。

2010 年 6 月 20 日

星光暗淡说欧洲

开赛以来，英国头牌球星鲁尼星光暗淡，他的最大新闻，居然是平均每天要吃掉 14 个牛肉汉堡。在讲究低碳经济成为时尚的时代，英格兰小胖的胃口实在太不合潮流了。假如他的食量和在场上的表现成正比，那也算物有所值。但这家伙太令人失望了。昔日蛮牛一般的壮汉，现今如此颠顶，是吃得太多了？看看精瘦的韩国、日本、朝鲜队员吧！泡菜酱汤提供的热量一样可以支持他们跑满全场而且斗志昂扬。可见食物丰盛对运动员来说，未必就是好事。置之死地而后生，半饥半饱最精神？这个问题可以留待营养学家来解释。

鲁尼的表现，强化了我此前的感觉，欧洲足球正在老去。正值运动生涯盛年而颇有英雄迟暮状态的欧洲明星，不止鲁尼一人，C 罗、鲍尔森、里贝里、哈维……似乎都要成为过气人物了，他们在世界杯上的表现，完全不能与其名声和辉煌的历史记录相匹配。球队的老大、核心、灵魂、领袖们表现如此糟糕，他们率领的球队大失水准，也就毫不足怪了。

有评论家说，欧洲球员打不起精神，是因为经济危机让他们的财富大幅缩水，因而心情郁闷，没有玩命搏杀的精气神了。确有一定的道理。但如果把眼界再放宽放远一些，很明显，欧洲文明整个都呈现不景气的样子。原先那种令全世界艳羡的福利制度，如今正在遭受严重挑战。欧洲人贪图享受，只顾向政府索取而不愿付出更多劳动的态度，导致政府为巴结选民而持续举债以维持高福利，于是寅吃卯粮，借钱消费，成为许多欧洲国家头痛的大问题。希腊债务危机爆发以来引发的连锁反应至今未见停止，而且还在恶化。还有更多的问题：高失业率，老龄化问题，高离婚率、低出生率导致的人口减少，为弥补劳动力不足而放宽的移民政策导致不同种族、宗教的冲突……

在此情境下，要希腊人、西班牙人、英国人、意大利人全身心去踢球、看球自然不现实。只愿享乐不愿勤奋努力的社会风气，不可能不影响球员。球场以外，我们听到的球星的绝大多数新闻，都与放纵享乐有关，而与足球本身无关，足可证明这一点。当年贝克汉姆还经常充当各种慈善、形象大使，如今上面提到的那些球星，好像没有谁向小贝学习，或者没有人请他们做点公益事业。这乃是足球最深刻的堕落。当足球脱离社会，脱离文明，脱离道德，只成为个人发财与享乐的工具，它的前景就难保乐观了。事实上，三十年来中国足球彻底堕落的根本原因，不也正在于此吗？

十年前那种激情四射、星光璀璨的欧洲足球，如今已然沦落。当亨利在替补席上回忆 12 年前法国夺冠的辉煌时刻，他会有何感想？浪漫的法兰西是欧洲的骄傲，如今法国人四分五裂内讧不已。那个多梅内克的一脸愁苦，十足就是个"杯具"形象。今夜，谁为法兰西、为欧洲哭泣？

2010 年 6 月 20 日

足球与地气

赛前没有人会重视巴拉圭、新西兰这样的边缘球队，他们到世界杯来，似乎只能当"陪太子读书"的角色，完成自己的陪衬使命后，就要早早打道回府，或者留下米当看客，给更牛的球队吹吹瓦瓦祖拉。

然而新西兰和巴拉圭的胜利表明，谁是牛腩，还真说不准。谁敢说下一场意大利一定能赢，而巴拉圭必输无疑？

至少，到目前为止，还看不出意大利和法国有一丁点儿冠军相，甚至连前世界冠军的风度也没有，法国人已经集体罢训对自己的领导法国足协表示抗议了。名嘴张路给球迷宽心说，意大利队历来慢热。他似乎相信这些罗马武士的后裔一定还会重振雄风。但卡纳瓦罗的糟糕表现，让我不禁要为张路的笃定捏一把汗。以里皮这条老狐狸对意大利队的透彻了解，他不会不明白每个球员的状态，在出线形势绝非明朗的重压下，他选择的，当然是最佳阵容。也就是说，他选择卡纳瓦罗，是因为没有人更值得信任。好像人才济济，却无人堪当大任，这就是意大利人的问题所在。

反观巴拉圭、新西兰，前者还有参加世界杯的经验，后者则干脆就是村里的大姑娘上花轿，生平头一回。虽然表情紧张，举止生涩，可一旦入了洞房，掀了盖头，却要令人刮目相看：没有缠脚，不施粉黛，不扭捏，不做作，自然健康，热烈勇敢，别有一番风情在也。这些新西兰小伙子，面对来自亚平宁半岛、欧洲文明渊薮罗马的这些大牌足坛老油条，没有畏惧胆怯，没有恐慌紧张，只有自信勇敢，坚定顽强，一往直前。他们给沉闷的本届世界杯带来了蓬勃朝气，令人眼前一亮。

按照中国堪舆学说的观点，一个地方的"地气"总会有用尽的时候。文明发展的中心因此会不断迁移，不会也绝不可能死守一地千年不动。中国文明中心由黄河上中游向东南移动就是这个规律的体现。一百年前，梁启超就说，西北和中原的地气已经衰竭，江南也开发过度。中国现代的希望在东南尤其在华南，因为这里开发晚，地气足，可以培育出堪当大任的人才。历史表明他的判断是对的。

由此发生的联想是，足球也有地气问题。足球在一个地方发展久了，自然会衰落。这里的人们可能对足球丧失了激情，厌倦了，懈怠了，麻木了。我认为意大利、英国大概就是这样的地方。而非洲、大洋洲就是地气充盈、有待开发的足球处女地。澳大利亚和新西兰纯净甜美的空气、水和牛奶，养育出来的小伙子们应该比老欧洲人更有活力和激情。

由此我们也可以推论：乒乓王国原先在欧洲，后来转到了亚洲尤其是中国，中国现在是世界乒乓球的绝对统治者，但我们看得很清楚，国人对它已经开始厌倦了。一旦这个厌倦情绪普遍化，它在中国半世纪的长盛不衰，大约就不会持续太久了。

2010 年 6 月 21 日

勿让足球太沉重

朝鲜大比分败于葡萄牙，出乎很多人的意料。因为和巴西的对抗表明，朝鲜队本不是任人宰割的鱼腩。但"杯具"性的结局已然确定。原因何在？搜索新闻报道，值得关注的有两条：

一是出征世界杯前夕，朝鲜队队员们在朝鲜最高人民会议常任委员会副委员长杨亨燮和劳动党中央书记金仲麟的接见后，曾写下"血书"，抱着必死的决心发誓一定要在世界杯赛场上取得胜利。

二是以往朝鲜队比赛都是录播，在听到国内将直播本场比赛的消息后，主帅金正勋受到了很大的压力，因此他改变了原有的防守战术，将自己的防线向前压了一些，并指挥球员积极地攻了出去。

我相信这两条消息当不是杜撰。朝鲜球员在如此重压下发挥失常，可以理解。

这就说到足球与政治的关系了。体育不能脱离政治，这是常识。处理球员与俱乐部、教练与球员、球员与球员之间的权力和利益关系的行为，就是所谓的足球政治。竞选国际足联主席，更是十足的政治行为。足球政治是非常正常的社会现象。

但政治足球有所不同。它指的是足球丧失自身的诉求和价值，转而成为激发民众国家主义情绪的工具，成为政治生活的一种特殊表现。这样的政治化必然导致足球本身的异化，其结果我们已经看到。

足球和其他体育项目一样，有自身的目的和价值：第一是强身健体。第二是愉悦自己也愉悦公众，所谓狂欢，所谓闹腾是也。第三是通过竞争游戏，培养勇敢顽强奋发向上的人的精神，所谓"更快、更高、更强"是也。第四是通过运动的速度、技巧和耐力，展示人类身心合一的健康与美丽，比赛中的一切竞争、攻击乃至搏杀，都不过是达到这一目的的手段而已，这是体育应追求的最高境界。

但是举目望去，体育被经济、政治目的异化的现象无所不在。为了取胜牟取巨大利益，相当多的运动员服用兴奋剂，自行车、游泳、长跑、举重等项目是此类违规行为的重灾区。为了通过体育成就展现国家强盛这一政治目的，前东德曾长期、系统、大规模地组织运动员服用兴奋剂，东德的竞技体育因此一度相当辉煌。后来这些运动员的身体都受到了伤害，这一国家行为，也成为东德的历史污点之一。

运动员一般无疑都是极为爱国的，为国争光、报效国家几乎是他们的天然诉求。但当体育失去自身目的，成为达到某种政治目的的工具时，就必然给运动员造成极大心理压力。郎平当年坚辞国家女排教练一职，就是无法承受国人的期待压力。运动员和教练在这种压力下，或极度亢奋，或极度紧张，或神经兮兮、战战兢兢、患得患失，常见一脸的愁苦和压抑，唯独没有轻松自在的游戏心态。于是最终的失败也就成为必然。高度紧张也许有助于偶尔成功，但绝难持久。

2010 年 6 月 22 日

足球看罢说判官

阿根廷击败希腊后，老马心情不错，在记者招待会上保持大帅一贯风格，出言无忌，话头之一，是批评裁判对阿根廷不公，说梅西差点被踢死。话虽夸张，也有事实依据。梅西的遭遇乃是历来大牌球员的共同遭遇，不足为奇。防守者不照顾你照顾谁？但他因此说裁判不公，则有失公正。国际足联负责裁判工作的官员阿兰达21日表示，国际足联对裁判的表现"非常、非常满意"。

作为普通观众，我本人有同感。个别场次可能裁判过于抢眼，黄牌乱飞，但总体上，裁判并未干扰比赛的正常进行。衡量裁判好坏的一个尺度，就是看他在场上的抢眼程度。假如我们没有感觉到裁判的存在而比赛圆满结束，那这裁判一定是最优秀的。这个道理，可以拿我们的身体打比方。当你意识不到你身体的存在时，你一定非常健康；而当你无时无刻不在关注五脏六腑中的某个器官，觉得很不舒服甚至疼痛，那就麻烦了，你身体肯定有问题了。

同样的道理，这个地球上那些最少新闻的国家，一定是治理得最好、百姓生活最幸福的国家。北欧的丹麦、瑞典、挪威、芬兰就是如此。我们对这些国家的认识如此之少，就是因为那里很少有或几乎没有矿难、腐败、社会动乱、暴力凶杀这些烂事，没有新闻，也就不为人知。相反，每天新闻里出现的加沙、阿富汗、伊拉克等等这些地方，百姓水深火热……如今这个世界，新闻曝光率几乎可以和痛苦指数划等号。官员最怕被新闻关注，以致有人悲叹他们成了弱势群体。官员之弱，弱在害怕"被新闻"。

同样的道理，当一个国家法官的活动仅限于诉讼活动本身，除此之外的社会公众生活中根本没有法官的身影，几乎完全不为人知，若如此，这个国家的法制大概就是有保证的。我们谁听说过美国法官的贪污绯闻以及他们私生活的各种小道消息？

回到足球，国际足联有很多事情办得不怎么好，但裁判工作一项，历来很少问题。这并非国际足联的管理水平特别高，而是欧洲历史悠久而且优秀的法制传统给足球裁判提供了一个极好的法律文化环境。对于欧洲人来说，他们成为足球裁判只需要两个基本条件：第一要有足够好的身体，跑满全场，弄不好还要比球员更能跑；第二，熟悉足球规则并有临场的判断力和勇气。至于具体的法律意识和知识，那几乎就是融化在他们血液中的东西，无须刻意培养。

欧洲足球文化最令人钦佩的，其实就是场上的执法之严和守法之自觉。裁判也是人，他们的误判也经常发生，但欧洲球员一般都尊重裁判的判决，顶多当时发泄一点不满，事后绝无记仇之说。不对裁判提异议，无条件尊重判决，乃是欧洲教练、球员、俱乐部和足球协会共同尊奉的最重要的职业伦理之一。正是这种对法律的高度信任，决定了裁判工作的独立、尊严和高水平。而这样的裁判，反过来保证、推动了足球本身的发展。

2010 年 6 月 23 日

配角唱大戏

没有谁敢想斯洛伐克人能战胜意大利人，斯洛伐克人不敢想，意大利人就更不用想了。

斯洛伐克人是以配角的自我定位来到南非的，本场比赛，他们最大的希望是争取个平局，勉强能混进十六强就心满意足了。但他们没有想到意大利人是如此颟顸，如此迟钝，如此缓慢，如此没有精气神。斯洛伐克人的斗志与其说是被意大利所激发，不如说是对手宽容放纵的结果——原来罗马蓝衣军团不过尔尔，既然你们要把表演的主角拱手相让，那就对不起了，兄弟们，咱们放开手脚干！斯洛伐克人激情四溢，他们的疯狂奔跑，他们的处处抢先，他们的拼死争夺，把体力和技术潜能发挥到了百分之二百的超高水平，加上幸运女神的眷顾，最终完成了一场近乎伟大的演出。斯洛伐克人的表现证明，球场上还有另外一种真理：胜利是胜利之源，成功是成功之母。用俗话说就是"人来疯"，踢顺了，一顺百顺，一路凯歌。

反观意大利人，在这些以罗马文明正统自居的意大利人眼里，斯洛伐克人，那不就是比日耳曼人、撒克逊人、高卢人落后的斯拉夫世界中的一个小国么？他们有什么？他们能干什么？老迈的意大利人以为，他们随便对付 90 分钟，也能把这个小小对手打发回家。顶多大家平局收场，也是你回家，我留下继续玩。但意大利大腕们直到最后二十分钟才恍然大悟，这个世界变了，对手不是低眉顺眼俯首帖耳的奴隶，他们要成为角斗场上最终的胜利者。但浪子回头金不换的觉悟是有时间限制的，过了这个点，你就是回头，也无岸可上。意大利人应该明白，历史没有假如。球场上的无情法则是一失足成千古恨。所以里皮只能以承担一切责任来做总结。

本场比赛最后二十分钟的精彩表演将足球的魅力展现无遗：胜负的天平随时倾斜，谁敢说意大利一定必败无异？谁敢说斯洛伐克不会再进一球？谁敢说，最后一分钟不会出现黄油手，乌龙秀，不会出现致命的上帝之手或十二码线上的要命点球？全世界球迷的心，在那一刻，提到了嗓子眼。你追我赶的进球，使悬念留到了最后。而斯洛伐克守门员最后关头死抱足球赖在网窝里耗时间的举动，则呈现了足球英雄的另一面——小小不言的小家子气乃至无赖相。但这并没有给英雄抹黑，那不过是美女脸上的雀斑，好汉胸前的黑痣而已。足球就是这样，才真正精彩。

同一场比赛，对胜利者是进行曲、英雄颂，对失败者则是挽歌、悼亡词。当斯洛伐克人在球场上忘情狂欢时，意大利人正在更衣间哭泣。男儿有泪不轻弹，只因未到输球时——他们彻底输掉了拥抱大力神杯的希望。而且可以预见，这一场失败的痛苦是如此深重，如此伤元气，以致我要大胆预断，上届冠军意大利人，在未来三届十二年内，没有重新夺冠的希望。

2010 年 6 月 25 日

职业足球与国家足球

十六强出炉，南北美洲 7 席，欧洲 6 席，亚洲 2 席，非洲 1 席。欧美主导世界足球的格局未见改变。世人抱有很高期望的非洲，基本上铩羽而归，未有理想表现。亚洲则东亚崛起，西亚沦落，南亚本来无足轻重，不说也罢。值得说说的还是欧洲。

全球化特别是欧洲一体化的迅速推进，显然是考虑欧洲足球的一个大前提。在这个大前提下，有两点需要强调。第一，欧洲大多是中小国家，彼此联系紧密，且有共同的希腊—基督教文化传统，因此，欧洲人的国家意识，远未有如日本、韩国那样强烈。第二，在欧洲，"国家足球"的影响力要小于俱乐部足球，对于球员尤其如此。球员代表国家出战，更多是出于荣誉的考虑和爱国主义、民族感情的需要。为俱乐部踢球，则与自己的切身利益密切相关。一个球员可以不代表国家队出战，由此可能背上不爱国的骂名，损失主要是情感和精神上的，不影响"钱途"。但他不可以不服从俱乐部命令，因为有合同在身，俱乐部决定你的经济收益和职业前途。所以，当国家利益与俱乐部利益发生冲突时，球员通常要以俱乐部的利益（也即自己的利益）为重。球员如此，教练也如此。卡佩罗选择执教俱乐部还是某个国家队，关键因素是看谁出价高，而与他的国籍和民族感情关系不大。

有人抨击说，意大利的失败，是因为外籍球员抢占了俱乐部的大量位置，本国球员无法得到锻炼提高，国家队的衰微自然无法避免。但很显然，意大利人无法关起国门来提高自己的足球水平，没有美洲球员加盟，球市能否维持都是一个问题。正如以前曾经说过的，欧洲福利国家，已然成为懒汉的天堂，他们可以不劳而获，又何必像非洲球员那样去卖命。假如意大利俱乐部驱逐美洲球员，腾出位置，他们能找到新一代的马尔蒂尼、巴乔、皮耶罗、维埃里、英扎吉吗？

更深一层看，法国队史无前例的分崩离析，背后的根本原因，乃是移民球员日益成为法国队的主体，而他们与法国传统足球势力未能融合无间，矛盾遂由此发生、积累，造成教练与球员、足协与球员之间深刻的分歧，直到无可遏制的大爆发。为什么非洲裔球员可以不顾国家颜面，蔑视教练，悍然采取罢训、发表声明等对抗法国足协等极端行为？为什么齐达内、亨利这些成名已久的江湖老大，并未出来站在国家立场指责"肇事球员"？

在欧洲豪门俱乐部，来自不同国家的球员彼此之间同样存在因民族、文化背景不同而形成的矛盾，但这些矛盾并没有对俱乐部的运行造成多大影响，根本原因，在于大家是一个经济利益共同体，彼此需要容忍克制。国家队不是利益共同体，只是个临时性的荣誉共同体，所以法国球员可以不在乎，可以豁出去。

2010 年 6 月 26 日

天洗兵

韩国、乌拉圭争夺八强席位的生死战，在滂沱大雨中进行，比赛时韩国也是各地有雨，180万红魔在韩国各地冒雨观战助威。当时脑海里冒出一个词，"天洗兵"。

这个词历史堪称悠久。周武王伐纣进军途中，突遇暴风雨，大风摧折旗杆，大雨三天不停。武王忧惧，姜尚（太公）宽慰说："旗杆折为三，启示应把大军分为三队；大雨不停，是天洗兵，上天洗清了我们的浊气，即可更加奋勇向前。"于是周军继续前进，天亮前赶到商都朝歌西南郊外的牧野，击败了纣王。

由这个词，发生一点更有意思的联想。周灭商后，商朝遗臣箕子率五千遗民东迁至朝鲜半岛，建立了箕氏侯国。朝鲜半岛有文献记载的历史实始于此。说现在的朝鲜人、韩国人是商人的后裔，也无不可。更离奇的是，有些人，比如王大有先生，就坚持认为，美洲印第安人其实也是殷商灭亡后迁移去美洲的殷人的后代。他们之所以叫印第安人，是因为远离故土后，彼此相见的问候语是"殷地安？"长此以往，这个问候语居然就成了这群人的代称，最后成了一个大民族的名称。这个说法没得到学术界的普遍认可，只能说是一种假设。但不是完全没有依据，人类学研究和 DNA 比对表明，印第安人是黄种人，他们的祖先确实是从亚洲迁徙过去的。

于是就有更有趣的联想，韩国人和乌拉圭之战，不就成了殷人后裔的"兄弟阋墙"了么？牵强吗？也许。但说到底也没错。人类大同的理想本来就是，四海之内皆兄弟也。何况韩乌都和殷商有点若有若无的历史联系。

历史学家刘刚认为，殷商人其实很浪漫，有激情，那个人人咒骂的亡国之君纣，其实是个多情、浪漫、勇敢的男子汉。他宁愿自焚于鹿台而不向武王投降，足可敬佩。韩国人的激情大家有目共睹，乌拉圭人的浪漫激情更有过之而无不及。两家激情碰撞，若无"天洗兵"，恐怕要火星四溅，不知会闹出什么事来。老天浇湿了韩国人的火气，180万韩国红魔也算平静接受了失败的结局，而且对自己国家队的痴心不改。这种强烈的民族主义情绪，对韩国足球的良性发展，几乎是利弊参半。利在士气以民气为基础，全民的热情成为足球运动发展的最有利条件。弊在足球的游戏性质可能异化，成为宣泄民族主义情绪的舞台，从而给球员、教练形成巨大压力，导致在场上的演出失常。朝鲜队的惨败原因，此前已经说过了。

所幸韩国人没有重蹈覆辙。虽然他们失败了，虽然也有球员痛哭失声，但总体看，韩国队更成熟了。天洗兵，不能限于老天下雨。对于足球运动来说，另一层面的"天洗兵"，是球迷、球员养成基本的文明理性，平和对待球场上的胜败。就此而言，韩国人赢了，当然，他们的技术仍有待提高。

2010 年 6 月 27 日

技术手段有助公正

英德之战、阿墨之战，均出现重大误判，引发世界舆论一片哗然。平心而论，两次误判并未对比赛结果形成决定性影响，德国对英格兰、阿根廷对墨西哥的优势明显，前者领先三球，后者领先两球获得最终胜利。假如全场只有一个进球，而这个进球"被冤案"了，被无效了，则无法想象全球球迷该作如何反应。

裁判出错的地方不止进球一个环节。越位、手球、铲球、冲撞、拖延时间、出言不逊、举止不雅等等，都有裁判独立裁量的自由空间，处罚的轻重，难以绝对客观公正。很多情况下，意识到对甲方过严了，稍后或稍微宽容，或同样严厉对待乙方，总之是可以"找补"回来，从而维持总体的公正平衡。明乎此，我们对裁判一些无伤大雅的误判，抱有同情的理解和宽容。所谓裁判也是人，是人就有可能犯错误，误判乃是足球本身必要的、无法排除的元素，等等说法，因此成为替裁判辩护的依据。

很显然，这样的说法，不合逻辑，经不住推敲。从广义的法律观念出发，裁判的判决要以事实为依据，以法规为准绳；只有在事实不清楚、法规不精密完备的情况下，裁判的自由裁量才是合理的。在缺乏精密计时设备的时代，短跑的计时靠秒表，而秒表要人来控制，为了减少裁判的自由裁量甚至舞弊，必须由多位裁判同时计时，最终以平均值计算成绩，虽不准确，却公正。现在有了精确的电子计时装置，百米跑的速度可以精确到百分之一秒，运动员撞线的差距可以厘米来衡量，技术进步导致了最公正的速度裁判。裁判在这里的作用大大降低，甚至几乎可以不用裁判。短跑发令目前还由人工控制，而起跑违例，就成了短跑竞赛中唯一有争议的环节，假如有一天这个环节也用电子设备取代人工，短跑的裁判就完全科学化了。

同样的道理，足球的进球、越位，完全可以用电子眼来判断。目前使用这样的设备没有任何技术上的困难。国际足联对电子裁判技术的排斥，是一个很令人不解的现象。表面上看，他们维护的是足球的人文性，是人的主观意志在足球中的地位；他们要抵制的，是冷漠的没有人情味的技术设备对人的统治。但正如人们已经指出的，假如裁判严重的主观错误，最终导致足球竞赛失去客观公正的结局，裁判就走向了这个职业的反面，成为足球的障碍、祸害。

减少乃至消除裁判主观误差的途径有两条。一是尽可能多使用技术手段帮助裁判。一是取消某些过时陈规，比如越位。现在的越位犯规标准极为严格，结果导致很多精彩进球因为越位被吹掉了。我本人主张彻底取消越位这个概念。前锋为什么不可以在对方球门处傍着守门员，等后卫输送炮弹？假如没有越位的规定，每场进球至少可以在目前水平上翻两番，达到场均进球八到十个，那样的比赛就更好看了，而且少了很多关于裁判的无谓争吵。

2010 年 6 月 28 日

假战争与准艺术

赞美足球的方式之一，是把它表扬成一门高超的艺术。在最宽泛的意义上使用艺术一词，这样说当然没有错。战争还是一门艺术呢。如果杀人都是艺术，则世界上几乎没有什么不是艺术。但很显然，我们通常说的艺术，肯定与残暴的战争没多大关系。

人们在谈论巴西足球时，尤其喜欢扯到艺术，比如说巴西球员就是桑巴舞者。美洲人爱跳舞是不假，桑巴是巴西的民族舞蹈更没有错。但这样的形容时间长了，就给人比较可疑的感觉。昨天巴西大胜智利，当天《光明日报》有文章，说巴西足球的华丽脚法源自舞蹈。除了桑巴舞，巴西还有一种更奇特的舞蹈叫"Ginga"。这种舞蹈的主要动作都是由脚来完成的，而其来源则更为奇特：非洲奴隶双手被绑，只能有脚来反抗，久而久之就成为舞蹈，这舞蹈为后来巴西足球的精准脚法提供了优秀基因。我对此说法有点怀疑。舞蹈与足球的关系不是如此简单。爱尔兰是踢踏舞之国，我们没有见爱尔兰足球受此影响，独树一帜。

足球与舞蹈有共同点。在巴西人那里，舞蹈也好，足球也罢，不过是表达生命激情的不同形式而已。就此而言，足球是艺术。我们老祖宗有论艺术名言："情动于中而形于言，言之不足，故嗟叹之，嗟叹之不足，故咏歌之，咏歌之不足，不知手之舞之，足之蹈之也。"把这个"足之蹈之"改成"足之蹈球"，就能说明足球抒发生命激情的本质特点了。我设想，中国古代的足球"蹴鞠"，可能就是足之蹈之发展的结果。这种由艺术发展而来的体育项目，很容易导向我们常说的"花拳绣腿"，中看不中用。

与偏重个人技艺表演的蹴鞠不同，现代足球侧重于双方的对抗。与其说它是艺术，不如说更像战争，准确说是战争的模拟戏仿：球队叫"军团"，驰骋球场叫沙场征战，阿根廷教练马拉多纳被称为马大帅，阵容安排是排兵布阵，前锋进入对方区域叫杀入敌阵，带球过人叫过关斩将，攻入一球叫下一城，一脚踢飞了叫高射炮，大力射门叫轰，守门员表现优秀叫力保城门不失，最后时刻进球叫绝杀……足球语言，几乎是战争语言的照搬。

这种准战争竞技，比之一般的艺术表演，显然更具激发人生命热情的功能，更具有社会的普遍性。而这种效果的产生，不是靠技巧的表演。身体冲撞，人仰马翻，挥汗如雨，头破血流，由此激荡而出的生命激情，才是最具煽惑力的。足球的最大魅力在于此。在美国橄榄球运动远比足球更具吸引力，原因也在于此。

巴西人的足球不是花拳绣腿。他们的动作其实很朴素简单，没有多少很花巧的东西。他们总能让对手显得蠢笨拙劣，一脸狼狈，自己则举重若轻，游刃有余，闲庭信步，四两拨千斤。在这个意义上，巴西足球是一种不战（对抗）而屈人之兵的假战争，准艺术。

2010 年 6 月 29 日

无趣的功利足球

昨日两战结束，八强产生。从最后结果看，没有太大意外，大体正常。巴西、阿根廷、西班牙、德国、荷兰、乌拉圭六支队伍，众望所归，异议不大。八强战不能没有非洲人出众的足球技术表演，加纳的存在，符合球迷的心愿。

唯独巴拉圭点球取胜，窃以为是上帝掷错了骰子。若设想最合理结果，我宁愿让墨西哥和葡萄牙再战一场，胜者取代巴拉圭进八强。

要说的是日本巴拉圭一战。本场比赛，水平之低，进程之沉闷无趣，堪称本届世界杯之最。有人开玩笑说简直就是中超搬到了南非！话虽刻薄，倒也合乎实际。

错杀精英而保留庸才，乃是社会常情，足球亦不能幸免。无论分组如何精心设计，最后总有不该走的先走了，不该留的留了下来。对于巴拉圭来说，进八强当然是天大的荣誉，是他们奋斗的成就，对此我们应该表示祝贺，虽然这祝贺纯属外交辞令。对球迷来说，我们辛苦熬夜，总不会是为了尊重足球，尊重球场上的弱势群体而忍受毫无观赏价值的一场闷战吧？正常情况下，即使铁杆球迷看到自己的球队踢得太烂，他也要发嘘声表示不满，甚至要退场表示抗议。

但我们在电视机前无法表示对日本和巴拉圭的不满。他们为了晋级，无论踢得多么丑陋都在所不惜，简直到了毫无荣誉感，没有羞耻心的地步。两队遵循一个共同的原则：我吞蛋不要紧，要紧的是你也要吞蛋。双方先满足于吞蛋，然后再做机会主义者，看有没有空隙偷袭得手。偷袭不成，最后就赌点球，让上帝来掷骰子。本场比赛，堪称功利主义足球的经典。

日本队早先几场比赛的优秀表现，赢得了很多人的赞誉，以为亚洲足球由此而上升了一大台阶，可以和欧洲二流强队平起平坐云云。本人不敢苟同这样乐观的评价。窃以为，从身体条件、技术、足球意识乃至球感来衡量，日本足球还有韩国足球，仍与欧洲二流有距离。这还不重要，重要的是，深入骨髓的功利主义态度，乃是影响亚洲足球健康发展的深层原因。当赢球成为至高无上的目标时，足球就异化得有怪相了。想赢怕输的心态，导致日本人前后的表现几乎有云泥之别。技不如人，死也应该死得壮烈勇猛啊！可惜日本人让我们失望了。

硬着头皮看完这场超级闷战，突然想起铩羽而归的意大利人、法国人、英格兰人。这些欧洲老牌帝国主义足球强国纵有千般不好，万般丑陋，但有一条肯定比后起之秀要强，那就是他们的功利主义心态相对要轻得多，老欧洲人输了也伤心哭泣，可他们在场上还没有那么不顾颜面地把保守主义贯彻到让人耻笑的地步。

2010 年 6 月 30 日

"球人"马大帅

比赛到了收官阶段，回顾这些赛事，好像没有什么特别值得一提的事。

负面的倒有，法国队内讧、罢训、惨败能算一件事？作为丑闻，当然也值得记一笔。裁判的误判能算件事？但这样的事情每届都有，不算稀奇，尤其是，如果和国内裁判的贪胆包天、肆意妄为相比，世界杯上裁判的误判，简直轻微得可以忽略不计，甚至可以说，这样的误判，只不过是整体公正裁判的一点陪衬而已。就好比，铺天盖地震耳欲聋的瓦瓦祖拉声中，冒出一段《马赛曲》或《星条旗永不落》，绝对不能改变球场上的整体音调气氛。

正面看，能进入史册的经典战役，似乎还没有。类似马拉多纳当年上帝之手那样的奇迹也未上演，更未有黑马横空出世，甚至连个"黑驹"都没见。朝鲜的郑大世算个"黑驹"吗？我看还算不上。他让我们记住的，与其说是球技，不如说是眼泪。但绿茵场是准战场，只相信实力，也许还相信一点运气，但就是不相信眼泪。长歌当哭，是在惨败之后，比如英国人；未战而先自哭成了泪人，何其不祥也！

迄今为止，本届世界杯最值得一说的，还是马拉多纳。他比所有球员都更有魅力，当然比其他任何教练都更吸引眼球。我觉得拿日本冈田武史教练的形象表情跟老马比较一下，很有意思。戴眼镜的冈田沉静文雅，不苟言笑，总让我想起中国抗战老电影里驻守某个县城的日军小队长。他要是哇哩哇啦大叫一气，也许日本球员的斗志会更昂扬？冈田太沉静了，沉静得让人以为他有什么阴谋，结果啥也没有。最后一战，他的沉静我们只能诠释为无奈。

可是你看老马，他的激情，他的易冲动，他的喜怒皆形于色，他的手舞足蹈，他的踮着脚拥抱亲吻大个子球员，都让所有观众喜欢，感动，觉得这个家伙真是好可爱啊！他比所有球员都更狂放，更有生命活力。

老马今年 50 岁，正是中国所谓的知天命之年。老马的天命是什么？是足球。他获得球王的封号已经有几十年，但这个头衔使他无法与贝利区别开来。贝利当球王在先，老马顶多也只能算继任者，而且贝利还在活动，相当于太上皇角色，老马不能独享球王的尊荣。

我觉得老马当球王是弄错了角色。准确地说，老马其实是个"球人"。为球而生的人，被球疯魔的人，为球痛苦的人，因球荣耀的人。足球的灵性，足球的霸道，足球的暴力，足球的诡诈，足球的美丽，足球的丑陋，足球的肮脏，足球的虚伪，足球的神圣高贵尊严，足球的粗俗低贱草根，足球的阳春白雪，足球的下里巴人……足球的一切，都能在马拉多纳的足球生涯中得到细致入微、淋漓尽致的体现。你要认识足球吗？请看马拉多纳。你要理解马拉多纳吗？请先喜欢足球。

足球是人的游戏，与王无关。

2010 年 7 月 1 日

球而优之后

　　阿根廷德国之战爆发在即，对马拉多纳执教力的怀疑与批评也随之升温。老马当大帅没有多久，世界杯之前没有骄人战绩，世界杯尚未经受生死考验，他能笑到最后吗？这怀疑是合理的。老马优势明显，超旺的全球人气，在晚辈球员中无可撼动的威望，浑不吝的超牛性格，当然还有丰富的踢球经验，加上不怵任何对手的如云猛将，这是他取胜的资本。但老马的劣势在于，缺乏指挥决定性大赛的基本经验，调配球员的谋略也许比不上那些老狐狸。而且，最要命的是，他可能一激动就失去理智，冲动之下的某个决定，也许就断送了球队的前程。

　　即便老马捧得了大力神，也不能保证他的主帅的位置能长期坐下去。这个疯狂的老顽童，看谁不顺眼就要开骂；他敢骂国际足联，自然更敢骂阿根廷足协；他敢蔑视贝利，蔑视阿根廷人自然更不在话下。凭这没遮拦的一张嘴，他的帅位就是兔子的尾巴。他今日和众徒弟关系极好，不能保证一直好下去。明星球队，本来就是个性张扬，行为嚣张，荷尔蒙分泌极端旺盛的暴力团伙。长期看，这些人需要圆滑老辣、刚柔相济的人物（如弗格森）来收服，老马跟他们时间长了，一定要同性相斥。

从历史看，60 年代以来，那些天才超级球星，基本都没有成为超级教练。贝利、尤西比奥、亚辛、查尔顿、贝肯鲍尔、克鲁伊夫、基冈、鲁梅尼格、普拉蒂尼、范巴斯滕、古利特、里杰卡尔德、菲戈、齐达内……他们当中相当多的人也曾经当过一段时间的教练，甚至是国家队教练，但没有一个成为弗格森、温格那样的教练。原因也简单，天才球星的独特经验，对普通球员，不具指导意义；天才对球的理解，也和普通球员明显不同；天才球员独特甚至怪异的个性，不适合当教练。杰出的教练，往往是那些踢球时比较平庸普通，但能全面理解足球，有足球智慧，能与众人相处，具有人格魅力的人。教练与明星的区别，是帅与将的区别。

足球超级明星，在其职业生涯的辉煌期之后，除了执教，一般会有几种出路：

球而优则官。贝利官至巴西体育部长，贝肯鲍尔、普拉蒂尼如今是欧洲足坛最为显赫的官员，后者正准备竞选欧足联主席。

球而优则伤。范巴斯滕早早告别足球，是因为伤病。人们现在担心梅西的受伤不是没有道理，天妒英才，足球的类似悲剧所在多有。

球而优则毒。马拉多纳曾经吸毒，老马的队友卡尼吉亚因吸毒毁了自己，加斯科因酗酒葬送了前程。

球而优则嫖。罗纳尔多、罗纳尔迪尼奥沉溺色欲不能自拔，否则，我们在这届世界杯上能看到他们的身影。

更多的优秀球员退役后，渐渐淡出人们的视线，无声无息消失于时间深处。只有在回顾历史时，他们的名字才被提及。

2010 年 7 月 2 日

激将法与深蓝色

据资深球迷说，伪球迷只看球的好坏，没有自己的偶像球队。真球迷认定一个球队，一爱到底乃至到死，无论偶像球踢得多烂，失败得多惨，都不改初衷。我一直自封为伪球迷，因为本人似乎没有特别喜欢的偶像球队。但昨晚巴西队失败后，我才发现自己很喜欢巴西，对荷兰则毫无感觉。巴西早早出局，让我怅然若有所失。我断然认为，这是本届比赛的最大遗憾和"冤案"!

喜欢巴西可以有许多理由，但为了像一个真球迷，就无须自我论证了。喜欢本来就不该有理由。

想说说巴西为什么失败。场上的具体表现，诸多专家在第一时间已经有很多分析，无须我饶舌。找到的两个原因如下：

其一，邓加上了荷兰人的当。赛前克鲁伊夫臭贬巴西人，说他们丢掉自己的伟大传统，现在的球踢得很难看，一点都不美。邓加没有识破荷兰人的阴谋。他虽身为教头，血性却与狠踹荷兰人的梅洛不相上下，声称要用好看的足球回击克鲁伊夫。于是巴西队一上场就开始华丽无比的进攻表演，有声有色，率先进球精妙绝伦。原以为巴西人就此乘胜追击，顺利拿下比赛，却不料小伙子们杀得兴起，想更勇猛，更漂亮，更多进球。梅洛的乌龙，完全是因为用力过度。他若不争抢，守门员会毫无危险地拿到那个球。没有这个乌龙，巴西人会气定神闲，从容将荷兰人斩于马下。也就是说，假如邓加不上激将法的当，巴西人稳当一点，含蓄一点，保守一点，打防守反击，哪里会有荷兰人的机会！邓教练，你还是太嫩了啊！克鲁伊夫和范马尔维克，乃是两个老狐狸也。荷兰人兼有德国人的阴沉理性和意大利人的善变狡猾，小邓不察，痛失好局。巴西人要痛责他，势所必然，理所当然。

其二，巴西人穿错了衣服。巴西人出场，我一看不是熟悉的明亮黄色——那是中国帝王专用色。深蓝色上衣，就让人意外，感觉不爽。巴西足球是非常明亮的足球，没有黄色，这个明亮的色彩没有了，当然要影响情绪。事后回顾，才发现这个深蓝色果然大大不妙也。印象中，没有巴西人穿蓝色比赛获胜的事情。尤其重要的是，本届世界杯，穿深蓝球衣的队，无一例外都很惨——法国、意大利小组出局，日本勉强进了十六强，却被最烂的巴拉圭踢回国。深蓝是忧郁色，热闹非凡的、绿黄红相间的、瓦瓦祖拉的南非世界杯，不待见深蓝军团！深蓝，是本届比赛的倒霉色也。

据说巴西人历来都注重占卜，赛前有种种神秘的祷告。印象中，罗纳尔多的时代巴西人甚至还曾经请巫师做法。也许巴西人太自信了，没有听说他们在南非玩神秘的把戏。大概谁也没想到他们会失败在颜色上！

本人的总结不是神秘主义，是统计出的结果，很简单，但无法反驳。谓予不信，请问上帝。

2010 年 7 月 3 日

大戏已演完

德国队狂灌四球，把马拉多纳打发回家了。看台上，德国总理默克尔和布拉特喜笑颜开。他们两人说了什么，因为瓦瓦祖拉声音太大，我们听不清。据口型专家分析，默克尔只是反复说太漂亮了，太漂亮了，我太高兴了。布拉特的话比较经典，他说：美女总理啊，世界是亚洲的，也是非洲的，更是美洲的，但是归根到底，还是我们欧洲的。哈哈哈。

德阿之战，事实上成了本届世界杯的终结。大戏到此演完。剩下的比赛已经无关紧要，冠军的归属，失去了悬念。荷兰人和德国人，几乎就是一国人，兄弟相争没有意思。我们本来期待的，是巴西、阿根廷与德国、荷兰的死磕。但巴西人、阿根廷人演砸了，欧洲人笑到了最后。

所以当赛后有人问德国主教练勒夫的感想时，已然冷静下来的他，没有谈足球，倒是对网上曝光他大抠鼻孔的事颇为不满。据口型专家分析，勒夫当时说，鼻炎、鼻窦炎、鼻窦癌都是因为鼻腔空间不够，而且污染严重，鼻子要健康，一定要需要经常开掘清理，头脑才清醒。按照他的逻辑，输球的老马，肯定头脑不够清醒。抠鼻孔是隐蔽的个人事务，抠到了公共场合，无论如何，我们不能说是雅事。

马拉多纳说了啥？原来老马在德国人攻入第三个进球时，感叹了一句，口型专家不太熟悉西班牙语，只能模拟他的发声，这声音很像两句中国方言。一句是陕西话，额滴神！一句是河南话，德国鬼子，恁牛！除了这话，据今日媒体报道，老马在更衣室与众弟子痛哭失声，他还暗示要辞去主教练。老马辞职后，他下一个动作是什么？他还会引起世人的关注吗？老马前些日子和贝利掐架，说贝利早该进博物馆了。我感觉，本届比赛，意味着马拉多纳时代的彻底终结。他以什么身份继续出现在世人眼前，已经不重要了。巴西、阿根廷双双出局，以成败论英雄的人们，臭贬他们，棋圣老聂居然说阿根廷队就是一堆垃圾。这话就太过了。阿根廷人的超凡技艺，他们的狂放激情，他们的粗鲁风格，都是我们这个平庸压抑、拘谨呆板的时代所需要的。我相信，阿根廷足球会开创一个后马拉多纳时代。他们必将再度雄起，以新的面貌。

有人说德国足球已然深得南美足球的真传，德国已然转型，传统意义上的简单的猛冲猛打，长传冲吊的欧洲打法已经过时。窃以为如此说未免简单。德国足球的精髓，是强调集体，个人永远服从于集体。德国足球确实有高效率，但相比南美，缺乏赏心悦目的个性美感。德国球员的表情总是凝重得过头，给人感觉他们不是在玩游戏，而是在打仗，而且生死攸关。

表情沉重的胜利和率性随意的失败，这是欧洲和美洲的区别。

2010 年 7 月 4 日

国际足联牛过了头

"高卢有雄鸡，一鸣未惊人。上演窝里斗，天下传丑闻。尼日利亚鹰，一飞没冲天。铩羽落荒回，总统放怒言。"各位，这诗说的事，地球人都知道。法国人回国后，国民议会召集这群斗鸡调查失败原因，法国足协主席引咎辞职。尼国总统宣布群鹰歇翅，整训两年，其间禁止参加国际比赛。国际足联先是强硬表示，坚决反对法国政府干预足协工作，不能容忍政府更换足协领导。7月2日，国际足联又最后通牒，限尼政府48小时内改变决定。法国政府未妥协。直到7月5日，尼国政府也未正面回应，亦未见国际足联宣布如何惩处尼日利亚。

国际足联真牛，它竟敢"警告""最后通牒"主权国家政府！它认为，各国足球应由足协负责，政府不得干涉。国际足联的牛气，来自全球化浪潮的鼓荡。近几十年来，非政府国际组织对主权国家的影响日益扩大，介入各国事务的程度越来越深。主要国际组织如国际货币基金组织、世界贸易组织等，明显受大国的控制影响。但类似国际奥委会、世界卫生组织这些与政治关系不大的组织，却不是哪几国的玩偶。它们本身已经成为超国家主体，不但有独霸的专业势力范围，更有自己巨大的经济利益，它们与企业结成利益共同体时，对世界的影响就相当巨大。去年甲流爆发以来，就有人指责世卫组织受疫苗生产商操控，夸大疫情，给后者创造了巨大利润空间。

国际足联也是这样的组织，它与跨国公司和各国足协结成了利益联盟。如果国际足联是跨国公司，则各国足协就是分公司，或是加盟的经销商、连锁超市。

问题是，各国足协并非与国家无关的纯民间组织，即便它不花政府一分钱，即便它完全由国际足联供养，也仍有强烈主权身份和国家色彩。至少现阶段，无法想象，各国足协领导可径直由国际足联任命。足协可以与政府无关，但民众因足球而产生的情绪，却与政府有很大关系。政府本是代表民意的机关，政府无视民意，它还是个合法、合格的政府吗？百姓声讨足协无能，政府能视若不见吗？

国际足联干预各国足球事务的表态，只能引起人们的反感。足球虽然无界，球员不能无国家。这个世界迄今为止，还没有无国籍的足球明星。郑大世所以哭，不就是因为他前不久才给自己找到归属吗！足球可以是"普天同庆"，但意大利、英格兰、法国、巴西、阿根廷以及其他失败者，不会为本届夺冠的国家来一个普天同庆。

当然，无论谁夺冠，国际足联都会赚很多钱，而且好像还给大家分一杯羹。朝鲜人不是也抱了近千万美元回家么？

国际足联很嚣张地指手画脚一番，最终只能无奈接受现实。因为它明白，它还没强大到挑战各国政府权威、左右各国政治的程度。

2010 年 7 月 5 日

给中国足协的建议

昨天说国际足联对法国和尼日利亚指手画脚，颇有干涉之嫌。今日想到，中国足协换领导如走马灯，咋没听见布拉特说一个不字呢？整顿球员、教练、裁判已经动用了几乎所有程序和手段，咋没听说国际足联表示关切呢？

粗粗猜想，无非两个原因。一，中国太大，而且正在"崛起"，崛起的国家惹不起。国际足联的生意再大，大不过崛起中国的GDP；势力再大，大不过大陆、台湾外加遍布全球的华人加在一起的人多势众。欺软怕硬，乃是这个世界的"公理"，布拉特想必心知肚明。二，中国足球太烂，烂到避之唯恐不及的程度，懒得理你。中国足协谁上任，都是阿斗扶阿斗的游戏，看得人心烦，这样的足球当然没有市场。没有市场，老布为啥要关心？你以为国际足联真关心中国足球的发展啊？

所以，依在下之见，中国足球要想有点出息，千万不要在意外界如何反应——人家根本不在乎。更不要整天讨论究竟该学谁。中国足球需要解决的不是踢球的风格方法战略战术，而是最基础、最原始的问题。窃以为目前有四件事可做。

一，取消国家队。中国现在的水平不配组建国家队。如于心不忍，就弄个集训队，在尼日利亚做法的基础上，变本加厉，卧薪尝胆，十年不出国门一步，自己跟自己练，像朝鲜那样。要让球员彻底忘了路易威登啥模样，五星酒店啥滋味，要让他们知道编织袋是最好的行李包，牛肉拉面一碗白菜饺子一盘，是最对得起爹娘父老的美食。当然，这样的球员只能是出身贫苦，富家子弟拿钱买国家队球衣的事绝对不能容忍，也不会再有。球员要是有能力到欧洲去混，全力支持，但国家不出一分钱，那是球员和俱乐部的事。

二，撤销现在的中国足协。原足协负责青少年足球的部门，划归教育部体育司，负责大中小学的足球培训和组织学生足球联赛。全民运动意义上的足球，只能通过学校来展开。中国足球超级烂的原因之一，就是球员文化程度太低造成的。足协其余人马要么改行，继续当公务员，要么"变性"，自谋出路去俱乐部。

三，为职业联赛正名。如维持现有联赛，且保留目前名称，则请在"超级"后面加个"烂"字——"中国足球超级烂联赛"，简称"中超烂"。非如此，不足以激发球员和俱乐部知耻而后勇的精神斗志。何时去掉"烂"字，要看是否有进步；即使有进步，务实的话，可以进步成"中国足球职业低级联赛"，低级比烂要好。和欧洲比，中国现在的水平，连人家社区业余队可能都不如。因此准确定位只能是低级。

四，选举彻头彻尾的民间足协。由各职业俱乐部选举足协主席，提请国家体委备案认可批准。由足协负责而商业化足球的组织、竞赛、规划、发展。有这样一个基础，再来谈足球的技术问题，才可能比较靠谱。

2010 年 7 月 6 日

气氛与气候

南非现在是冬季，天很冷，足球很热。法国输给墨西哥那个夜晚，布隆方丹自由州球场最低温度是零下 10.3 度，打破了南非有气象记录以来 6 月份最低气温的纪录。南非输给乌拉圭那场比赛当天夜里，约翰内斯堡的最低气温降到零下 3.2 度，也刷新了当地历史最低气温纪录。7 月 7 日气温没查到，但昨晚荷兰乌拉圭之战，场边上教练替补队员们身穿羽绒服，可见气温之低。幸亏有强劲的瓦瓦祖拉，它巨大声浪造成的空气摩擦，至少可以使体育场温度提高 5 度！

中国现在气温奇高，许多城市也创造了新的高温纪录。但足球很冷，虽然是世界杯。而且是天气越来越热，足球越来越冷。媒体上关于世界杯的报道评论很热闹，光看报纸，你会以为大家都在看球，可到酒吧转转，就知道公共场合看球的人之少，出乎意料。笔者最近常去的一个酒吧，唯一一次爆满，是巴西荷兰之战那天晚上。此后每况愈下，昨晚只有五个球迷，服务员倒有六个。也许那些服务员是困了，东倒西歪，无事可做，也不看银幕上的足球比赛。

一边是冷中热，一边是热中冷。强烈反差，令人感慨。80 年代初期，中国球迷是爱屋及乌，因为爱中国足球，所以爱世界足球。

现在是恨铁不成钢，因为冷对中国足球，顺带连国外足球也冷谈了许多。没有自家人参与的比赛，看起来要深度投入也难。再热的气候，都不能温暖中国球迷的心。他们的心，早冷了。

犹记许多年前，有个著名球迷取名罗西，舆论叫他球迷皇帝。这家伙当年辞职离婚弃家不顾，专门追随中国队，球队踢到哪，他就跟到哪，而且有一帮追随者。笔者曾写评论感慨，欧美出产球王，中国出产球迷皇帝！皇帝后来没了消息。我觉得中国足球最对不起的，就是这位罗西先生了。

而今，可有如此痴情、勇敢、"愚蠢"的球迷？中国足球伤透了球迷的心，没有了人心支持的足球，变成纸糊的，而且是湿的，一阵微风，都可吹破，哪里需要用脚来踢！现在的球迷，如早前说过的，好像都变成了赌徒，大家只关心输赢，很少关心足球本身。

出了酒吧，路过龙昆路，看见路边还有人在吃宵夜，吃宵夜的人比看足球的人多。

临出酒吧，看见还有个球迷坐在那里，没有要走的意思。莫非他是个超级球迷？回家心有所感，戏仿李清照名作《声声慢》，送给那位不相识的朋友。他让我突然想起了遥远的罗西。

声声慢·赠痴情球迷并遥寄球迷皇帝罗西

寻寻觅觅，冷冷清清，凄凄惨惨戚戚。持续高温时候，最难将息。三杯两罐啤酒，怎敌他夜深人稀？球进了，虽开心，却是人家把式。

满地烟头堆积，憔悴损，只想长卧不起。守着电视独自，难寻欢喜！现场球迷男女，吹喇叭，轰暖寒宇，这光景，怎一个美字了得！

2010 年 7 月 7 日

乌鸦与章鱼

这个题目让人想起童话或伊索寓言。乌鸦当然是指贝利。大家都知道，几十年来，凡被贝利相中的球队，几乎百分百出局；他看好谁谁倒霉，他的赞词就是咒语。章鱼保罗不声不响，两年来也成了德国最伟大的预言家。它"鱼眼"青睐的队，几乎百分百胜利。这次章鱼保罗和乌鸦贝利非常意外地一致看好西班牙，西班牙果然赢了。

乌鸦预测准确是偶然，章鱼预测失误是偶然。乌鸦说胜利，那就意味着失败；章鱼说胜利，那可就真是胜利。理性至上的民族，盛产哲学家的民族，技术精湛到极致不相信任何偶然例外的民族，居然有人弄出一个离我们灵长类极为遥远的软体动物当预言家，真让人倒抽一口凉气。历来，世界杯预言家都被偶然玩于股掌之上。偶然本是世界杯的真神。这次，章鱼保罗战胜了偶然，成了最大的神！德国有人傻了，气疯了，扬言要杀了保罗先生涮火锅。但这肯定不是勒夫的主意，他还是很冷静的。既然是神，岂能煮了吃？

我估计，欧洲的生意精们已经在索斯比办公室里商量如何拍卖保罗先生了！德国人肯卖吗？假如卖，我设想，理想买家，应该是贝利先生。他把保罗先生养起来，按它的指示发布世界杯预测，乌鸦没准真会变成了凤凰。但这不大可能。第一，保罗到巴西水土不服，容易发生"文化休克症"（Culture Shock）。第二，德国人哪里愿意把自己的神卖给对手？第三，贝利以球王之尊，会向章鱼服输当它的学生和传声筒？！而且，据马大帅意见，贝利早该进博物馆了。乌鸦要成为历史的标本吗？这也许只是老马的一个预测？只要世界杯存在，就有预言家出场。乌鸦和章鱼，都是心存畏惧和困惑的我们制造出来的。没有预言的世界杯，是无趣的世界杯；没有预言的世界，更是无趣到可怕的世界。

　　劲朗舒展的德国人，被斗牛士耍弄 90 分钟，输得心服口服。他们承认西班牙人比自己踢得好。我对德国人的态度深表敬佩。有些队输了球总要找原因，阴谋论，内定论，误判论，意外论，当然最常见的是不服输论，把失败当作胜利来给自己找点安慰。相比之下，德国人赛后的态度很绅士，很君子。我不太喜欢德国足球，对他们刻板冷漠的表情也小有微词，但我喜欢德国人的这种态度。心悦诚服地认输，乃是大将风度。敢于担当历史罪错，更是伟人气概。前西德总理勃兰特曾到奥斯维辛集中营向犹太罹难者下跪认罪，而勃兰特与纳粹并无任何瓜葛。他为德国赢得了世界的尊敬。我们中国足球要有进步，最应该学习的，倒是德国人的这种态度。中国人什么时候敢于面对历史下"罪己诏"，中国才能算真正地进步。到了这一天，小小足球，又何足道哉！

2010 年 7 月 8 日

兴奋剂消失了？

6月29日，国际足联曾宣布，本届世界杯，尚未见球员服用兴奋剂被检出，世界杯是干净的。如今过去了二十天，仍未见有球员涉嫌。世界杯继续干净。这多少有点意外。看看足球中的性是如此高扬，足球中的赌是如此疯狂，与这两样孪生的"毒"，却独独不见踪影，能不感到意外吗？

假如世界杯真如此干净，那我要为国际足联投一票，为南非叫一声好。兴奋剂是如此泛滥，以致不得不怀疑这种纯洁的真实性。南非不是毒品的禁区，球员并非可以一朝之间断绝了那一口爱好。那为什么没有出现毒品丑闻？无非有如下原因：

组委会确实查得很严，球员比赛期间，不敢以身试法。世界杯不是一般赛事，它事关国家颜面，谁敢胆大妄为，恐怕会被国人唾沫淹死。而且，吸毒的概率通常与比赛进程相一致，小组赛期间如果无人吸，到后来就更无人吸了。队伍越来越少，剩下四强时，已经与冠军很近，谁愿意为了一时快感，放弃终身难遇的巨大荣誉。所以，到了半决赛阶段，世界杯就与毒品绝缘了。当年马拉多纳犯事，不就是在小组赛阶段吗？

与此相应的另一种更大可能是，除非资深瘾君子，一般有此嗜好的球员，完全可以在比赛结束后大过其瘾而无受检测之虞。今日不抽，不等于明日后日不抽。离开世界杯更可以大抽特抽也。

但这都不是最重要的。重要的是，现在兴奋剂的"升级换代"快，花样翻新多，检测机构圈定的兴奋剂品种总是落后于新产品的开发上市。甚至可以说，兴奋剂无处不在，防不胜防。

反过来看，世界杯有无兴奋剂，实际取决于检测机构规定的兴奋剂范围。范围收窄，被查出的可能小；范围扩大，危险系数变大。范围大小，全在人的掌握。而这个掌握，又与技术手段有关，新毒品常常是查不出来的。说到底，如法国哲学家德里达断言的，兴奋剂是一个政治的和道德的概念，不是科学概念。兴奋剂本来就没有，也不可能有一个客观、恒定的标准。《不列颠百科全书》没有毒品这个词条，就是因为无法界定毒品的性质和范围。假如以刺激人的神经系统促其兴奋这种功能来界定兴奋剂，可以想见，连咖啡、烟、酒、茶都可能是兴奋剂。很显然，人们无法接受这样的定义。在体育竞赛中服用兴奋剂，之所以要受到谴责和惩处，一是它对人体有伤害；二是这种行为的性质，是用不正当手段借助外力增强自己的体能，对他人不公平。尤其后者，乃竞技体育组织者大力打击兴奋剂泛滥的根本动力。

就世界杯而言，最好的情况是，全体参与者把足球比赛当作唯一的"兴奋剂"，从中感到兴奋快乐，将大麻、古柯、摇头丸之类拒于千里之外。足球能做到这一点吗？也许世界杯会给我们肯定的答复。

2010 年 7 月 9 日

布拉特闭幕词（中国山寨版）

各位总统先生，国王陛下，各位来宾，各位赌博公司老板，各位广告公司代表，各位裁判，各位足坛大佬大腕大爷大少以及你们的夫人太太小蜜小情人，女士们先生们：

咱们的世界杯就要结束了。本次世界杯，在以祖玛总统为核心的南非政府的全力关怀下，在南非群众的大力支持下，在广大非洲人民瓦瓦祖拉的热情鼓励下，在世界各国人民的热情参与下，在国际足联的正确领导下，在章鱼先生的准确预测下，取得了极其圆满的成功，成就空前绝后，创造了一个新的世界杯得主。我代表全体参与者、国际足联和我自己，向全体参与者，向国际足联，当然也向我自己，表示热烈的祝贺！向以上提到的各位和全体世界人民以及我本人，表示衷心的感谢！

各位：世界杯，可真不容易啊。没钱，大家不来玩啊。有钱，一贯最不尿国际社会的国家都会来。所以，我的第一项工作就是找钱。谢天谢地，虽然世界经济又闹危机又现萧条，大家腰包里都缺钱，不过一说世界杯，老板们还是愿意付款，为啥？大家觉得这个世界没有啥好玩的，好玩就剩足球了。没有四年一次的足球盛会，真不知道这个世界维持下去还有啥意思！

有人说国际足联主席比总统还牛。我老布不敢妄自菲薄。咱至少比小国总统牛点。萨科奇先生感觉过于良好，竟要更换法国足协领导。我先公开警告，又背后表示，换人可以，把金球奖评选权拿来！这生意成了，不亏是吧？尼日利亚队，败了也就败了，下次再来，无伤大雅。尼总统居然要禁国家队出国比赛，这不坏大家生意么？你以为你是谁啊？我一个最后通牒，他不也得收回成命！我今儿把话撂这儿，赶明儿谁再敢叫板，咱们就比比看谁狠。不就是钱嘛！小穷国家换个总统花不了太多钱。以前国际足联没钱，现在这个游戏还玩得起。你看，玩足球玩到政治上去了，容易吗？！

各位，这世界杯的第三不容易是大家都想得大力神，都想拿金杯取悦国民，给自己加分。可那玩意只有一个。你们不知道，我老布为做各国的工作，死掉了几百万脑细胞，脱掉了几千根白头发，现在就剩后脑勺几撮毛了，悲哀啊！

第四不容易，你们知道，要对付裁判和背后的赌博公司，这些家伙常跟我们的设想不一致。他们不配合，比赛就可能彻底失控，闹出大乱子。等臭屎一大堆再去擦屁股就来不及了。所以搞定这些钱迷心窍的家伙可不容易呢。

闹心事多了。兴奋剂，误判，红牌，处罚，背后都得讨价还价。烦着呐各位！不要以为主席位子风光无限，我早干烦了。但为了足球，为了人类，我决定继续奋斗。请你们再投我一票。说白了，支持我就是支持你们自己，咱们是一伙的。

话说得有点直，有点多，不好意思。我的嘴巴要是和梅西的脚丫子一样简洁灵巧，那就好了。我会努力的。谢谢大家！

2010 年 7 月 11 日

世界杯英雄赞弹联

阿根廷

天欲败我，非战之罪；

人多爱他，因球之魂。

巴西

不可思议麦孔进球，增添五星灿烂；

莫名其妙梅洛踹人，断送锦绣前程。

德国

勒夫解透西班牙，教头临阵无计；

保罗钟情德意志，章鱼最后变心。

荷兰

矮罗本胜利秀白腚，郁金香绽放是橙衣。

法国

荒嬉之旅，一试竟败绩中国；

内讧群鸡，三战均遗笑南非。

英格兰
格林黄油手矫健，绵延光荣传统；
鲁尼肉牛身笨拙，开创颠顸队风。

意大利
罗马军团英雄迟暮，
米兰银狐壮志难酬。

西班牙
斗牛士惊艳世界，
巴萨人笑傲群雄。

希腊
雅典远征特洛伊，球场拒绝木马计；
南非赞赏斯巴达，堤喀不爱雷哈哥。
（堤喀，希腊幸运女神）

日本
东瀛倭刀，难在万人阵中，取上将首级；
扶桑神箭，可于百步之外，建不世奇功。

韩国
太极图无虎，饿虎下山半饱返；

八卦象有龙，飞龙在天待来时。

朝鲜
郑大世一哭名扬天下，
朝鲜队三战震撼祖国。

乌拉圭
弗兰一柱擎天，麾下兄弟多见帅崽；
六战九度破门，古老冠军重振雄威。

墨西哥
马奎斯，苏亚雷斯，这"斯"们个个厉害；
托拉多，瓜尔达多，叫"多"的人人了得。

斯洛伐克
罗马人曾经目为奴隶，
意大利今日自惭形秽。

斯洛文尼亚
英雄？狗熊？终场时一大脚定乾坤，美利坚牛仔仰天狂笑；
喜剧？悲剧？结束前半分钟见分晓，斯拉夫牧人低头痛哭。

尼日利亚
四年一飞欲冲天，
三轮折翅饮恨归。

瑞士

手艺精湛造钟匠，

脚法粗糙劳力士。

加纳

黑星耀天下，

绿衣震欧洲。

南非

钻石王国，有人中钻王曼德拉；

生命天堂，跳足球舞蹈似桑巴。

丹麦

童话王子败走南非，无关气候；

美人鱼像走红中国，有益文明。

葡萄牙

葡萄本无牙，咬人口软，遗恨沙场；

C罗非大罗，临阵脚乱，折损英名。

美国

棒球冰球篮球都是我们喜爱的球，也能玩好足球；

白人黑人黄人都是我们欢迎的人，尤其尊崇球人。

新西兰

南岛大绵羊，撞人比狼狠；

足球新西兰，辉煌还要等。

澳大利亚

澳洲袋鼠奔放有余，

维尔贝克智慧不足。

智利

贝尔萨疯狂赢尊敬，

苏亚佐勇猛未建功。

喀麦隆

独中两元，埃托奥雄风犹在；

连输三场，非洲狮黯然神伤。

巴拉圭

观球说历史，奇拉维特传奇不再；

煮酒论英雄，巴尔德斯略逊一筹。

洪都拉斯

无明星炫耀，如是而已；

凭战绩入围，到此为止。

科特迪瓦

瓦瓦祖拉助威，非洲大象回天无力；

亚亚图雷效命，巴萨球星徒唤奈何。

塞尔维亚

此国"奇"才盛，

本届庸人多。

阿尔及利亚

有多少法国英豪，故乡在此；

赖数代本土杰士，成就今朝。

2010 年 7 月 12 日

足球，干脆别玩了！

　　没有哪一项体育运动像足球这样让中国的官员劳神，百姓生气。多少年来，我们把不想的办法都想了，不花的钱都花了，不使的招也使了，草地上那个皮球就是不听中国人的脚使唤。

　　1995年中国队再次兵败吉隆坡后，看见球迷们痛不欲生的表情，我想他们应该去法院告中国足协一状，定它个渎职罪。后来再一想，也觉得好笑，你就是把体委主任足协主席判几年刑也于事无补。法院的判决，不会使中国那个总是处于漏气状态的足球鼓起来。如果真这么干了，那伍绍祖、袁伟民可就太冤枉了。严格说来，中国足协不但无罪，而且有功。这个功就是在尝试了换领导、撤教练、请洋教头、派留学生、引进外援、组织联赛、搞俱乐部制、办商业比赛以及体能测试、注册转会等一切手段和措施后，证明中国足球还真玩不转。简言之，中国足协的功劳就是证明这个组织的绝大部分工作几乎是徒劳的，因为中国足球不进反退，每况愈下了。中国足球的不争气，证明它有严重的先天缺陷，非上述手段所能弥补。

　　先说精神上的毛病。从"文革"后恢复足球运动开始，我们就给足球赋予了很大很多很重的理想、感情和历史使命，足球成了一项带有神圣色彩的玩艺儿。从教练到球员，一看见足球，就不由自主地神经紧张，直至小腿抽筋浑身哆嗦，好像胆小的奴才见皇帝主子，全没了主张和勇气。球迷则群情激昂，比参与足球博彩不知紧张多少倍。特别值得一提的是电视评论员尤其是宋世雄先生，他大概是个一提到足球就激动万分的热血青年，总处在亢奋状态，以至于到了现在，在不必激动的场合和时间里，他的面部肌肉似乎也按惯性运作，比如他近来主持 CCTV 乒乓球擂台赛，就是如此。当然，报纸杂志乃至作家艺术家也为足球投入了很大的激情。我相信，再过十年看八十年代初关于中国足球的报道和报告文学一类文字，年轻人不大能理解当年人们为何如此激动。在这样一种时代氛围里，足球命令我们：只许胜，不许败，因为我代表国家的形象，民族的希望……

正因为足球过于神圣、伟大、沉重，一般人踢不动，所以谈球看球评球的很多，踢球的却极少。所以欧美出产球王、足球皇帝，我们却出产球迷皇帝。这可能与中国传统文化中君子动口不动手（脚）的习惯有关，与喜欢当看客的民族心理有关。球迷皇帝罗西常年累月四处奔走，声音沙哑，恨泪长流，为的啥？为了中国足球。中国足球又为啥？当然是为国争光。这个逻辑成了足球界人士和广大球迷的集体无意识。

问题就出在这"争光"二字上。我们非要把足球跟爱国连在一起，好像不争足球这口气，我们就活不成。跟其他许多体育项目一样，足球本来是大众体育游戏之一种，凭兴趣去玩球，在此基础上才能发展成个人的终生事业或半生事业，才能有商业上成功的可能，而这种功利性的成功又会反过来刺激影响青少年的兴趣爱好，从而为足球人才的培养形成良好雄厚的社会基础。中国少年儿童有多少真正喜欢足球，对此我未作调查不敢妄言。但我们的真实情况是，很多中国儿童不一定知道足球好玩，但知道足球能为国争光。尽管谁都明白足球是有广泛群众基础的运动，但为了用最简捷快速的方式在足球场上战胜对手表现爱国情怀和长中国志气，中国足球界还是把主要精力放在培养国家队特别是娃娃国家队上。几十个娃娃被送到巴西，作为未来国家队加以特殊培养。这种做法好像选拔几十个智力超常的儿童关在普林斯顿研究所里准备让他们长大了去摘诺贝尔奖一样，都是可笑到极点的荒唐行为。

我以为，在足球问题上，不妨彻底点，来个阿Q主义——我们踢不好，是因为我们根本不爱玩那个玩艺儿！踢足球没劲，咱不玩了，谁爱玩谁玩去，咱们愿意看了给他们捧捧场，不愿看了，搓麻将下围棋都挺好，干嘛事事都跟着人家凑热闹！老是处于垫底状态，是不是有受虐狂的倾向啊？为国争光老争不上，反而每次弄个鼻青脸肿垂头丧气回来，却又何苦呢？

美国人足球踢得臭，乒乓球打得臭，羽毛球更臭，没见人家因此自惭形秽或者全民感觉受了羞辱。如果美国人对体育有太多爱国争光的诉求，努力在一切项目上称霸，以它的财力和人民良好的身体素质，花点钱请教练培养一小批羽毛球、乒乓球国手也不是做不到。但美国人没这么做。美国人也曾想发展足球，一动念头，就把球王贝利给弄去了，结果也没把美国足球煽起来。如果美国佬忽发奇想再搞一场足球革命，把意大利赛场上的"高脚"们悉数劫往美国也不是没有可能。但美国人没这么做。为什么？他们就是不太喜欢足球，没有兴趣跟别人在自己不喜欢的领域里争高下。

中国呢？中国的情况比较怪，大家似乎很喜欢足球，可就是玩不好。那么这里的问题便是：一、这种喜欢有假；二、确实是真喜欢，但心有余力不足。假喜欢的因素已经讲过了。即把足球当作表达爱国情的媒介，把喜欢看等同于喜欢踢，因此造成了假象，好像全国热爱足球。现在我们来看看，心有余力不足是怎么回事。

据说足球上不去是因为经济基础差，没有足够的球场，群众足球运动受到限制。这显然没有说服力。非洲一些国家比中国穷得多，而且战乱不断，怎么一会儿米拉，一会儿维阿，风头出尽。可见穷不是足球水平低的原因。

又据说中国足球历史太短，所以差距大，这话也难以服人。非洲足球历史未见得比我们长，人家玩得很好；中国许多其他项目历史也不见得比足球长，照样达到了世界水平。可见足球水平与历史长短关系不大。

其实，中国人玩不好足球，原因很简单，我们的体质很可能不适宜进行这种身体接触、直接对抗的运动。这也是许多人早就说过的大实话，和美国人不够轻巧灵敏因而玩不好乒乓球是一个道理。任何一个尊重事实的人都应该承认，中国足球运动员跟欧美人对阵，差不多都像糟豆腐干似的"不堪一撞"，说他们弱不禁风也不为过。中国人玩不了橄榄球的原因也在于此。中国不开展橄榄球运动，算是明智之举。类似情形在篮球中也能看到。我们的球员虽然也能有两米高，但中国人长到这么高，行动已经笨拙得毫无美感可言了。像穆铁柱、郑海霞这样的巨人，成为运动员完全是体育民族主义精神的需要，对他们本人来讲，从事这种运动在生理上基本是一种痛苦的体验，是一种艰辛的劳作而不是愉快的游戏。我相信只要看几场 NBA 比赛的人，会同意本人这一判断。现在舆论普遍认为中国球员体能差是训练不够，运动量不足，我以为这只是次要原因。根本原因还是种族遗传基因使我们的肌肉骨骼先天的薄弱，体育界人士如果在这一点上不坚持实事求是，那真是中国体育的不幸。

我不反对开展足球运动，也不反对体育运动中难免的集体荣誉感——尽管这种荣誉感常常有点狭隘。我只是认为足球也应像其他许多运动一样，要回归自然状态。能到什么水平就是什么水平，根本不必定什么勉为其难的战略目标，更无必要把娱乐游戏变成政治任务。中国要参加国际比赛，可以参照田径界的办法，全国联赛冠军自然代表国家出征，不必勉为其难组织什么国家队。我现在看见国家队主教练戚务生先生的愁苦面容就替他难受。

附记：

《足球》一文写完不到半年，中国队再一次兵败在阿联酋举行的亚洲杯，算是对我的观点的又一次证明。事后据说戚务生先生一度萌生退意，传媒要他下台的呼声也不低。但戚先生最终还是没有辞职，他还要为中国足球的崛起奋斗。这种精神着实可嘉。戚先生也只能勉为其难地继续操练了。他的悲壮，不下于诸葛亮的辅佐刘禅，如果他有诸葛亮的才干的话。此后，为备战世界杯预选赛，从巴西招回了健力宝青年队的几个主力，传媒说这几个青年人很不错。在今年初举行的中美足球友谊赛上，中国队在美国队阵容不整的情况下，也没有踢出多少威风来，尽管有健力宝队的新锐助阵。最近的传媒又开始批评中国足协在昆明搞春训的种种具体做法，什么体能测试不当，处罚球员过重，新闻封锁过严等等。在我看来，足协也好，传媒也好，都不过是隔靴搔痒而已，都是在继续为足球的不灵提供证明。当然，我对中国队在即将举行的世界杯外围赛上的前景肯定不抱乐观态度。

原载《天涯》1997 年第 3 期

雾失楼台

心情速写

海岸轻逸

无论心情有多沉重，一到海边，人就会变得轻松许多。比较而言，山，更容易让人感到重力、重量，因而产生心理上的沉重之感。流行语说，"压力山大"，没有人说压力海大。深海水压极高，当然能压死人，但那是深海。海边，平缓的沙滩水清且浅，可以看见海底的礁石、珊瑚、游走的鱼虾，让人欣喜不已，比如亚龙湾、蜈支洲岛。礁石悬崖构成的海边，则惊涛拍岸，卷雪千堆，壮阔之美，让人浮想联翩，神游域外，思越千载，比如儋州俄蔓的龙门激浪、三亚的大小洞天、铜鼓岭的石头公园。但这不会让人感觉沉重。

海岸是轻逸的。司空图把诗的风格分为二十四种，其中之一，叫飘逸。他形容飘逸是"御风蓬叶，泛彼无垠。如不可执，如将有闻。识者已领，期之愈分"。我觉得用来形容海岸景色也是恰当的。海浪可见不可执，涛声可闻无所知。

现代商业文明语境中，海岸几乎就是浪漫、轻松、愉快、休闲、富足、幸福乃至奢侈、高大上的同义语。各类广告里的明星美女名流，各种私人影像里的大小白领老人小孩，他们秀形象选择的背景，十有八九是海岸沙滩，原因即在此。海岸沙滩秀，秀给谁看呢？给那些没在海边的人看，这做派姿态本身就暗示某种优越感、成功感。这种感觉当然谈不上深刻沉重，它只能是轻逸之美。

但最能体现轻逸之美的海岸，我觉得应该是有帆板、帆船、冲浪、风筝冲浪者活动的海岸。这些海上的点缀，让平面的海，变成立体的，让安静的海，变成飞动的，让单色的海，变成多彩的。望洋兴叹的郁闷，临水起愁的伤感，在这动感的海岸边，消失得无影无踪。

意大利作家卡尔维诺说，小说就是要写出一种轻逸之美，我们读小说希望愉快轻松而不是沉重郁闷。但轻逸并不等于轻浮空虚没有深刻内容。用轻来表现重，那才叫本事。生命中不可承受的，往往不是重，是某种奇特的轻，米兰·昆德拉如是说。我觉得这也适用于形容海岸。

海岸让人不能承受的轻，在何时何处？狂潮来袭？月黑风高？朝霞灿烂？夕照辉煌？天海迷蒙？似乎都不是。让人不能承受的轻，是拍岸细浪制造的单调重复，日复一日；是辽远涛声传达的寥落寂静，千里万里；是蓝天碧水涂抹的迷惘混沌，以一种不易觉察的青光，笼罩了一切。

海岸激发了情绪，调节了情感，陶醉了心灵。它也消融了方向，淹没了思想，酝酿了难以言说的精神困顿与痛苦。

海岸是历史的杀手，哲学的坟茔，小说的死敌。它只钟情于浪漫的诗和散淡的文。

2015 年 4 月 23 日

六月看云

　　摄影家多年前告诉我，在海南拍照片的最佳季节是六七月间，这个时间空气最为透明清晰，照片效果最好。我听了没啥感觉，既然不摄影，空气清晰度与我无关焉。

　　也许是心境的缘故，去年底以来，我有了每天早晚散步的闲暇，有了注意天气的闲心，这才注意到，与冬季比，海南六月的天空，确实有透亮到底的美妙感觉。这时的云彩，显现出无比丰富的层次和色调。尤其朝九晚五的那几个小时，云彩霞光的千变万化，其神奇妙曼，非文字所能形容。可惜我不是摄影师，也没有比较靠谱的相机，所以常常望云兴叹，要是能全拍下来该多好啊！

　　海南的云，和青藏高原或新疆的云有明显不同。高原的天是深蓝的天，高原的云是雪白的云，对比强烈。高原云朵块头似乎更大，瞬间变化则相对小，容易给人亘古不变的永恒之感。海南的云是海洋边的云，大概是空气中水分更多海风更频的缘故，这里的云更为柔软绵纱，更为丰富细腻，色调不太强烈，变化也更为迅速，尤其是阴天的时候，云的层次色调，几乎无限丰富，请最高级的水墨画家来画，怕也不能表现其万一。

　　看云的最佳位置，我以为有二。一为高山之巅。从古到今，登泰山、黄山，一大看点，就是日出时的云蒸霞蔚，其壮观景象，有无数诗文为证。高山看云，往往有人在云间乃至云上，云从脚下飞飘而过，顿时便有飘飘欲仙之感，这是古人最喜欢的一种体验。今日旅游大军，虽也登山看云，却罕见对云彩的描摹叙述，原因之一，当然是人人手持相机，无须吃力不讨好地用文字表达了。

第二个位置在飞机上，这是现代人独有的体验，古人无此幸运。飞机上看云，最震撼的是，当飞机从云海云山中穿过，我们看见的仿佛真是另一世界，云山不断被击穿，飞机不停在颤抖震动，云团飞速从飞机边掠过，真是惊心动魄。若是早晨傍晚飞行，则可见极为壮丽的朝霞晚霞，天际线上下，分成截然不同的两种色彩，或者干脆就没有天际线，天空一片混沌，宇宙寥廓，地老天荒，空旷得让人心生无限悲哀，真所谓念天地之悠悠，叹人生之微渺，独怆然而泣下！我有时想，在飞机上看见的这景色，其实本是上帝的专利，非凡人所应见。但现代的飞机技术，让我们凡夫俗子有僭越而见世界本相的机会。问题是，我们看见了，但想到了什么？我们有上帝飞临人间的悲悯情怀么？

无论如何，我深信，一个没有坐过飞机的现代人，他看天地世界的方式和观点，是有局限的。同样的道理，生活在全球化时代，但没有全球旅行经验的人，他看很多事情和问题的态度、观点，怕也是有局限的。

2014 年 7 月 10 日

涉水万泉

　　海南以海名世，这是大陆人的印象或想象。久居海南的人，知道本岛的江河湖泊，更是了得。湖且不说，小点的河也不说，南渡江、昌化江、万泉河号称海南三大河流，其水量之丰沛，水质之优良自不必说，单论水道之蜿蜒跌宕多姿，两岸风光之婀娜旖旎，不要说文字，就是无数照片，怕也难秀其美于万一。

　　这三大江河，我都曾去过源头，且有从南渡江源头白沙县南开乡高峰村顺流而下的徒步经历（当然没走到入海口）。但要说对沿岸风景的体会记录，还真没有。前不久，陪北京、上海、深圳等地朋友，从定安穿过母瑞山经石壁到万泉湖，才第一次明白，这美丽湖泊乃旧日之牛路岭水库也，自惭未能与时俱进，不知改名事。更赞叹这名字改得果然好。万泉成湖，多么美妙。是否有万泉不重要，众多山溪汇集成大河，短短一百多公里浩瀚入海，这景观确乎为国内大河所未有。

　　且说我等从大坝乘船到库尾，舍船登岸，就见溪水从巨石坡喧泄而下，石白水亮，天蓝树碧，未行几步，人已在画中矣。没人愿意循规蹈矩沿路走。到此处，不一遍遍跳上纤尘无染的大石头，不一次次淌过透亮见底的山溪水，岂不白来了！于是众人大呼小叫，在石头水流间尽情折腾开了。

继续前行。不大山谷间，清泉石上流。石是水之床，水是石之被。再前行，河谷变成一大石坡。看上去，大石头立起来，就是山峰；躺倒了，就是大床。溪水立起来，就是瀑布，喧闹不已；躺倒了，就是一泓镜水，文静无语。有人不慎滑到水中，变成落汤鸡；有人四仰八叉躺在大石头上，望天发呆恨不得长睡不起！有人以瀑布为背景，疯狂拍照秀美丽；有人拍了不算完，还要赶紧发微信——这是现今旅游人的标配动作。有人阻止道：不要发，这等地方，最好不要让太多人知道！

游赏山水如同青年人谈恋爱，情到深处就自私，且有极矛盾的心理：既想独占独享，又想展示给别人，获得另一种骄傲满足。喜欢海南的人，心里一直很纠结：想让更多人知道海南之美，我们因此而自豪而开心；但又怕来人太多，俺家的风景被破坏难以长存，岂不痛苦死！从前一点看，我常常觉得对海南宣传不够，不充分，不彻底。从后一点看，又唯恐人家知道了一窝蜂涌来——其实某种程度上，海南已经被旅游大军破坏得很厉害了。所以我有一怪论调：不要怕媒体曝出海南旅游的负面新闻，负面新闻多了，外地人不敢来了，我们不就清净了，干净了，安静了，更幸福了？！

自私吗？短视吗？谁知道呢！

2015 年 1 月 22 日

羊山骑行

　　海口几乎到处都可以骑车游观。假如你坐飞机带自行车到海口，出机场就可以有两条骑行路线。一条是经美兰到演丰、红树林一带，渔村掩映在椰树林中，任你徜徉，来精神了，也可以从曲口渡海到铺前，然后再经翁田到龙楼最后抵达八门湾东郊椰林。这一路的妙处是可以充分欣赏椰树林的风姿，椰子水的甘甜，椰子肉的脆香，当然，还有文昌鸡的妙不可言。

　　另一条路线是从灵山镇开始，在南渡江边骑行，经滨江路到海甸岛，从白沙门到世纪大桥，再经滨海大道西行，一直到盈滨半岛，这几十公里的滨江临海路线，土红色自行车道与色彩缤纷的草坪花木，绿树蓝天，碧水白云，构成一幅幅连绵不绝的画面，令人叹为观止。谁当今日黄公望，绘我海南胜景图？

　　但我还得说，这两条路线，仍略嫌平庸。红树林、东郊椰林的人居环境、卫生状况差强人意，滨海大道西海岸除了热带元素独秀一枝，景观总体不见得比厦门、大连类似区域高明许多。

　　海口骑行最神奇的区域，我以为是羊山地区。羊山方圆数百公里，少说也有上百村庄。以永兴镇为原点，随便向四周任一方向走，不多远，就能进入火山石筑成的村子。这些村庄，布局依据地形自然形成，火山石太大太多的地方，人就绕开一点；有点平地，就开垦了种庄稼；种不了庄稼的石头堆里，就种上荔枝树。村子之间小路如蜘蛛网，可以任意穿行。难走的地方往往有精彩的风景。从观澜湖大道边的西湖娘娘庙到博昌村，有便道通行，路两侧是原始古老的荔枝园。骑行在这里，灿烂阳光下，万籁俱寂。不时有鸟无声掠过。微风是唯一的声音。黝黑的火山石沉默无语。车轮颠簸间产生的震动，提醒骑行人，你穿越到了远古洪荒时代。在这万年黑石阵中，人太渺小，太短暂。想开点，兄弟，没啥大不了的，慢慢走吧。古石堆里，你不可能成为滨海风景线上的追风少年。

于是就随便骑进了一个石头村。村名可能叫美柳，美玉，美眉，美梅，美社，美儒……总之喜欢有个美字。莫非这些村里娇娃如云？也许曾经是。现在她们多是七老八十的资深美女了。村子会有一个规整、古朴、庄重的石头门，这些门很低调稳重，绝无众多凯旋门那么夸张。有些门两旁有对联。石门内外，多有数百年古树，遮护村庄。树下有小小土地庙，庙口有焚香的痕迹。入村有宗祠，宗祠里有祖先牌位。祠前有戏台、学校或村民聚会议事休闲的小小广场。在此小憩，发现自然与历史，都凝聚在老人们的满脸沧桑里。他们的步履蹒跚，刺激你赶紧逃走。离开途中，不妨摘把荔枝。没有荔枝的季节，摘个木瓜。路过的村里阿公，看这骑车的窃贼，开心笑了。

就这样，走了一村又一村，乐此不疲，直到黄昏，直到下一个骑行的日子。

2014 年 11 月 17 日

看台风

对海南人来说，台风不稀奇。但今年文昌、海口遭遇的超强台风威马逊，却令许多人惊呼：太恐怖了！台风期间，我不在岛上。灾后回来，看到海口无数大树惨遭狂风蹂躏，或捋光枝叶，或连根拔起，或斩首，或折腰，怎一个肃杀惨烈所能形容！我所住小区，苦心经营三四年，本已绿树成荫，现在，几乎所有树都没了枝叶没了头！恍然以为是北方冬天的荒野景象。想起一句老话：树犹如此，人何以堪！所幸海口市民基本平安无事。比起云南鲁甸地震，十七级的威马逊还算手下留情，虽然财产损失不一定比鲁甸地震小。

地震只有灾难，没有益处。台风不一样，它带来灾难，但也带来生命所必须的巨量降水，它在摧毁生命的同时又在滋润生命。酷热的夏季，台风也是最好的降温手段，一年台风太少甚至没有台风光临，我们不得热死?！更何况，树倒了，过几年还会再长起来，不会导致植物的种族灭绝。所以，我们热带海岛人，对台风真是有点爱恨交加。

大概四五年前，也是这个季节，台风从文昌一路杀将过来，中心经过海口时正是下午。在家避风有点无聊，我家领导突然来了兴致，说我们去看台风！这建议正中鄙人下怀，于是开了车就往西海岸奔。上了龙昆路还没啥感觉，到了滨海大道，风正吼得急，但见万绿园一带的大树已经横倒马路上，车无法通行。所幸路熟，绕来绕去，终于到了西秀海滩。海边的椰子树疯了一样大幅度摇摆，海上灰蒙蒙雾茫茫巨浪翻滚，一无所见。路上更没有一辆汽车。我们在风中摇晃前行，勉强到了贵族游艇会，停车，走到海边，人在风中站立不稳。走近岸边，浪头大概有四五米高。我的印象，平时亲眼所见的浪高，远低于气象预报的高度，预报说浪高 3 米，我们肉眼目测，最多也就 2 米吧。不知是我们的错觉还是预报另有标准。最震撼的是椰子树。平时椰子树枝叶四散下垂，现在所有枝叶都被吹向西，树变成了一面面迎风招展的绿色大旗，猎猎作响，真是英武飒爽之极！

每次台风后，其他树倒了很多，椰子树却很少折服投降。

那次看台风回来，过了很久，与朋友聊天说起。他们惊呼：疯了，去看台风?!

台风不能看么？

我不知道威马逊能不能看。至少，那次台风慈悲为怀，没把我们刮到琼州海峡里去。

海南旅游生意不好做。我倒有个建议，可以设个有点刺激的旅游项目：台风季节来海南看台风！当然，保险是要买足的。

梁启超当年挑中国人的诸多毛病，其中一条就是缺乏冒险精神。看台风是冒险吗？人可以登极高雪山，看烟火冲天的活火山，当然也可以看台风，不是么？

2014 年 8 月 25 日

雾失楼台

进入 2014 年，海口史无前例地遭遇雾霾，网友在微博里晒出图片，惊呼"海口陷落！"

这情景出乎所有人的预料。海口也雾霾，怎么会?！但雾霾确实发生了。按古老的经验，太阳一出雾即消散，但如今太阳强光拿雾霾一点办法也没有。就在我写此文的 2014 年 1 月 7 日上午 10 时，太阳才勉强穿透雾霾，将温暖洒落地面。然而稍微抬头看，高楼仍在雾霾中。雾失楼台，霾迷津渡。我们一直引以为自豪的绿色宝岛，晴朗海口，莫非从今而后，要成为永远的历史记忆?

我们确实进入了地球村的时代，任何个人任何地区，都无法自外于这个大潮流、大趋势、大环境。我们不制造灰尘，大陆的灰尘会来照顾你，我们不要核电，日本福岛核污染的尘埃也可能南下万里飘到海南！何况我们自己也确实是雾霾制造者之一。

绿色，事实上成为了这个时代几乎最大的国际政治问题之一。与此相比，其他一些次要问题真是"弱爆了"！海南以外的事情我们管不了，海南本土的事情，我们要是也不管，那就无疑于自暴自弃，甚至无疑于自绝自杀了。

道理很简单，海南太小，没有纵深，没有回旋余地，稍有破坏，大都是不可逆的，无法补救。身为海南人，我们对此环境危机应当有比其他地方人更为敏感与强烈的反应和应对。但迄今为止，我还没有看到政府对海口空气污染急剧恶化有何对策。我所能想到的最紧要的有三条，一是对海口大量建筑工地扬尘实施严厉管控。二是尽快立法，限制海口机动车过快增长。设想一下，假如全国的工地扬尘和煤炭消耗能大幅降低，海口的雾霾大概也会消散。三是与此相关，绿色出行。所谓绿色出行，本意是出行要尽量减少能源与资源的消耗，如此而已。但人既要出行，就必然要消耗。所以最好的绿色出行是步行，其次是自行车，再次是公交。实在无奈了，再去开私家车。

从最极端的意义上说，真正绿色的出行是宅在家里哪儿也别去。人本身是地球环境最大的污染源。从我们海南的经验就可证明这一点：但凡有村庄集镇的地方，就程度不同地肮脏不堪；没有人烟的荒郊原野，则绿意盎然，干净纯洁。假如城市和乡村干净了，整个环境自然也就成为绿色的了。

但如何能做到？答案其实也简单。每个人要是能对环境与健康的密切关系有清醒认识，能节制自己的消费欲望，能自觉节约能源资源，则环境自然会逐渐好转。自然之友组织的发起创建人梁从诫先生，到哪里都不用纸巾，坚持用手绢擦汗擦手。我们海南能有几人做到这一点？能有几个家庭主妇到菜市场不用塑料袋？

说到底，毁坏环境的不是别人，是我们自己的懒惰、贪婪，是我们喜欢舒适方便的人性。

2014 年 1 月 7 日

摆渡

　　海岸渔民的生活，除了出海的郑重祭祀和归航的纵酒欢歌，平日里生活是单调的，期盼渔船归来，收拾修补渔船渔具，然后呢？好像没有太多好说的。

　　最能给渔村带来活跃气氛的，是渔港边的摆渡码头。渔港多在河口海湾里，没有桥的时代，海湾两边人来往，要靠摆渡。赶集做小生意的，进城办事的，走亲访友的，教书上学的，都在渡船上相遇。渡船成了渔村人了解外界最便捷的信息渠道。开船的老大，是最掌握情况的百事通，要了解本地的民情风俗、逸闻趣事乃至各种凶险案件，找这样的船家最靠谱。

　　渡船上遇到的多是本村或对岸村庄的熟人，一旦有陌生人出现在船上，气氛就不同了。陌生人成了大家关注猜测的重点，本来热闹的闲话聊天，也因为有了陌生人，而变得有些拘谨了。

　　海南原先最大的渡口应该是海口南渡江的渡口。南渡江上大桥横跨越来越多，渡江就成了过去的记忆。文昌清澜港到东郊椰林的渡船，随着大桥的建成，也消失了。

　　海南现存的摆渡，最有趣味的，我以为是从演丰镇的曲口到对岸的铺前。首先这个曲口就不太好找。外地人到演丰镇，还得在遮天蔽日的椰树林和弯曲村庄小道上走半天，才能到渡口。曲口的渡船不大，上不了汽车，味道就更纯正一些。不像清澜港，渡船可以上汽车，就像移动的公路码头，感觉差很多。上得船，却并不直行横渡，铺前在斜斜的东北方向，这样水上走的时间就要多一些，外地人可以从容欣赏岸边的红树林和水中的渔网，天上的白鹭、海鸥。上了铺前的码头，那一条骑楼小街，整齐安静，街边并不喧闹的店铺，尤其是铺前风味的小吃店，店里堆放的新鲜的鲎，都是海口很少见的，恍然以为到了很遥远的另外一个世界。其实这个小街和海口的直线距离不过二十多公里。尤其值得一提的是，铺前直对的东营，直线距离不过一两公里，但渡口并不设在东营，因为东营原先没有到海口的便捷公路。现在铺前大桥快修成了，以后去铺前无须从曲口坐船。海南的传统风光又要减损一点了。

我对这个摆渡印象深刻。有一年和几位摄影记者从曲口去铺前采风。上得船，身穿大红 T 恤，胸前吊几台大相机的记者似乎对其余人有威慑作用，船上的空气顿时紧张凝重起来。全船竟无一人说话，大家默默看两岸风景。但很明显，当地人的眼光是散漫随意的，他们注意的重点是船上的陌生人。记者的兴奋点则不在人而在水、在岸、在远方的码头。这样的隔膜，所幸被发动机吼叫的声音打破了。船快到岸时，一阵忙乱，这时，大家的情绪、节奏和步调才似乎一致起来。上了岸，各自走散。我们在街上溜达时，同船来的那些人消失了，没有谁在意他们去了哪里。

回程船上人很少，我更没有在意，是否有人与我们同来同回，坐同一条船。

2013 年 9 月 27 日

帆船

说到现在的帆船，我有个看法：这个物件同时代表两样东西：理想与财富，而拥有者只能是亿万富豪。这样的亿万富豪，既令世人艳羡，又不无质疑和鄙夷。由人而船，停泊在中国各地幽静码头栈桥边"高大上"的帆船，在收获尊敬与艳羡目光的同时，也在遭遇冷落与敌视。

古代的帆船是人类最重要的远距离交通工具之一。那时的帆，并无多少诗意。到了唐代，士大夫阶层奔走仕途，旅途遥远，旅程同时往往就意味着仕途，于是船帆就成了人生大事业的象征。李白曰："长风破浪会有时，直挂云帆济沧海。"王湾曰："潮平两岸阔，风正一帆悬。"杜甫曰："挂帆早发刘郎浦，疾风飒飒昏亭午。"白居易曰："烟渚云帆处处通，飘然舟似入虚空。"刘禹锡曰："大艑高帆一百尺，新声促柱十三弦。"又曰："沉舟侧畔千帆过，病树前头万木春。"杜荀鹤曰："一帆程歇九秋时，漠漠芦花拂浪飞。"……

蒸汽机发明后，帆船逐渐退出历史舞台。如今的帆船，已不再承担运输任务，而只作为体育运动和休闲享受的专用设备存在。所以它的尺寸不必太大，十几二十米的帆船就已经足够富豪们享受了。但历史与文化赋予帆船的象征意味仍然存在，而且被富豪所接受。正是在这个意义上，拥有帆船，就似乎等于拥有理想，或理想的生活。飞机就差点事。飞机固然也承载人类的理想，但比起帆船来，它与更多更复杂的高科技相关，与速度相关，与危险和冒险相关。惟其如此，我们通常感觉，拥有飞机者的富豪也就是富豪，顶多是喜欢炫富炫酷的富豪。但拥有帆船者有点不一样，帆船与远大里程，纯洁视野，勇敢精神，浪漫情怀，神秘动机相关，当然也与有限度的挑战冒险相关。惟其如此，人们对帆船拥有者似乎多了一些难以言说的暧昧态度。

这个暧昧就在于，人们对上述这些精神价值一般是给予充分肯定的。问题在于，如今的帆船又是巨富的象征，而巨富之人，在当今中国文化语境中，其道德水准和精神境界，往往颇受质疑。当巨富之人的财富来源颇多暧昧意味时，这种质疑就更有力了。于是就出现这样的情景：扬帆远航的富豪，其行为其生活方式值得肯定、欣赏、赞扬、羡慕，但他的聚财能力，他的财富来源，他的道德素养却在遭遇质疑。甚至于，我们常常会产生这样的判断：某位老板某次扬帆远航归来，码头边迎接他的也许是手铐而非鲜花。这不是羡慕嫉妒恨，是根据现实中发迹暴富者出事的概率得出的合理推测与想象。

雾霾笼罩的中国，船帆难得洁白似雪。

2014 年 3 月 28 日

追风破浪

老车的一天是从中午开始的。十二点左右，他起床，洗漱，瞄一眼手机，看看今天的风向风力，当然兼及国内外大新闻。老婆端来早点，叫它午餐也可以。老车吃饭不讲究，也吃得不多。这从他消瘦如铁、黝黑似铁的肤色身材就能看得出。老车吃完了，踢一双红黑相间的丁字拖，下楼，看看天，若晴，阳光不烈，他就骑摩托，深灰色且造型威猛的宝马摩托，跟他的肤色很搭。在南海大道上向西驰过，速度并不快，显出老江湖低调的做派。要是天气不宜人或下雨，他就开车，车是比较陈旧的丰田越野，他喜欢简称80。80从金盘开到西海岸，印象海南岛剧场东侧几间小平房是老车的窝。这窝有个正规名称，海南省风筝冲浪协会。老车是会长。协会成立已经两年，除了数百名爱好者，没人知道，网上例外。

经过多年的迅猛发展，全国玩风筝冲浪的人已有两千多。对于中国来说，这个数字寒酸得有些伟大了。但那又怎样？老车自得其乐。他竖起招兵买马的大旗，欢迎爱好者加入。没有风，没人来时，他就跟几个痴迷的会员，傻坐着看眼前的海，看风筝冲浪视频。有风时就张了风筝下水，或者教新来者操控风筝；要知道这玩意是有风险的，掌握不好，也许风筝会带了你漂到海上去。

十一月初，世界职业风筝冲浪巡回赛最后一站的比赛，就在这里举行。老车的儿子，十二岁的辛巴，是年龄最小的参赛选手。老车希望儿子能成为中国的顶尖玩家。

老车痴迷此道，已有三年多。他远离了令人厌烦的职场工作，放弃了其他的爱好，专心致志玩风筝冲浪。有意思吗？老车说，没啥意思，就是日子过得极其简单，而且刺激，好玩，啥也不用想。

看似单调乏味的海岸生活，就这样日复一日。老车研究了海南岛的风情。西海岸没风时，去文昌高隆湾；高隆湾风不够，去木兰湾；当然还可以去博鳌，去日月湾、南燕湾、石梅湾、蜈支洲岛边的小海。然后还有昌江棋子湾……据老车的日本朋友米川的研究，海南岛环岛一圈，可以玩冲浪的海滩不下百处。老车说一大半他还没去过。

正常情况下，老车和他的伙伴，天黑前就"收工"了。"收工"后或各回各家，或纠集起来吃大排档喝啤酒直到深夜，然后回家，上网，看看国际风筝冲浪视频，精彩的就顺手转发到微信朋友圈。老车说中国人的水平还很差，需要努力多年，才可能达到国际一流。年近五十的老车，已没有争雄天下的豪情，所以他更放松。

我说，风筝冲浪是中国人发明的，早在唐代。老车不信。我说有李白诗为证："长风破浪会有时，直挂云帆济沧海。"这不就是风筝冲浪的现实主义描写吗？你看唐代人多牛。咱们要有历史自信啊！

老车半天不吭声，末了说，风来了，起风筝！

2014 年 11 月 28 日

懒散的后海

"后"是一个充满暧昧色彩的字眼。后宫、后妃、后院、后妈、后村、后山……居然也有后海。中国著名的后海，肯定是北京的后海。那个地方原来是王公大臣扎堆居住的地方，充满傲慢、奢侈、神秘、暧昧色彩，后来改建成酒吧饭馆，近乎灯红酒绿的商业区，神秘味道消失殆尽，而暧昧色彩依然。北京的后海是相对于前海而言，无非两个连在一起的人工湖而已。前海西街有著名的恭王府、辅仁大学旧址等等，1990 年前后，有几年我经常去中国艺术研究院混吃混住。这个研究院就占据着恭王府。现在艺术研究院搬走了，我也有二十多年没去过那地方。倒是后海一带，去吃过几次饭。

很少人知道，三亚除了亚龙湾、大东海、三亚湾、天涯海角、南山大小洞天之外，也有自己的后海。这个后海就在蜈支洲岛码头背后或边上。几十户渔民的小小渔村就叫后海村。蜈支洲岛成为旅游热点很多年后，后海仍然无人关注。但最近几年情况有了变化。后海实际上成为三亚最为时尚又相当低调的一个隐蔽所在。套用一句时髦的网络语，亚龙湾高端大气上档次，小小的后海自然就是低调朴素有内涵了。

如今的后海，常住了二三十个洋闲人，他们以相当便宜的价格租了渔民的房子，住下来，玩海，玩传统的冲浪，玩时尚的风筝冲浪。没人关注这些洋闲人来自哪国哪洲，何方神圣，从事何种职业。本地玩家们只知道他们不事生产，似乎没有工作，十有八九靠本国的失业救济金维持后海的生活。他们吃最便宜的饭，住最简单的房，有风的日子就下海，晚上几瓶啤酒甚至没有啤酒打发时间，无风的日子或风太大的日子，他们可能搭车去日月湾或东方，找另外一处海滩继续玩。有些人走了又回来，有些人走了再无踪影，大家彼此相忘于后海。

洋闲人吸引了一群土闲人。中国现在也有人喜欢上了这种无所事事一心一意让海风吹走一天天时光的生活。没有目的，没有意义，没有使命感，没有成就感，就是玩，为玩而玩。玩得没钱吃饭玩不下去了，就背包走人，挣点钱再接着玩。

这样的人，越来越多。西藏、新疆、云南，以及世界上很多很多地方，游走着越来越多无所事事的驴友，玩是他们的生活也是他们的事业更是他们的职业。自人类有史以来，从未有过如此多的人，有如此多的闲暇时光，如此潇洒从容地打发日子，而且是如此自豪。因为社会舆论对于他们，给予了从未有过的宽容、支持乃至赞美。不事生产地长期游玩，成了最正当最时尚的职业。这职业没有门槛，不需培训，无须职业认证许可，随时随地为一切准备入行者敞开天地一般广阔的大门。你只要不想工作只想玩，就可以上路了。上路的闲人只需要饿肚子的勇气，野外露宿的勇气，求搭便车的勇气，蹭饭蹭床板的勇气。有了勇气，你可以走遍天下。

小小的蜈支洲岛后海，给海南旅游展示了别一种可能。

2013 年 10 月 25 日

海南的鸟

　　很小的时候看过一个记录片,《鸟岛》,从此知道一些小岛上有很多鸟。青海湖有鸟岛,烟台有鸟岛,沈阳有鸟岛,大连、千岛湖、湖北陆水湖、贵州红枫湖、广东新会、浙江洞头、湖南衡南、武汉东湖、西藏阿里,甚至北京的红螺湖也有鸟岛。国外著名的则有新西兰奥克兰鸟岛,秘鲁利马鸟岛,塞班岛鸟岛,等等,不著名的就更多了。

　　中文很奇妙,山上有鸟就是"岛"。而岛则在水中。可见,凡有岛,必有鸟。鸟爱岛,一则因为安全,安全生存,安全繁育。二则因为有水喝,有足够食物,日子过得富足写意。你看南极"岛"上的企鹅,悠闲从容到了懒得飞翔的地步。

　　我们海南本岛有很多鸟,作为离岛的西沙南沙诸多岛礁,也有很多鸟。查百度知道,1960 年至 1974 年,广东省昆虫研究所与中山大学,历时 14 年,对海南岛的鸟类进行全面调查,共记录鸟类 344 种。现在不知还幸存多少。我们日常所能见的,最多是白鹭、鹩哥、戴胜,以及多种叫不上名字的小鸟。这些小鸟每天早晨在窗外树上叽叽喳喳,跳来跳去,仿佛要叫睡懒觉的人起床。除了企鹅,我相信大多数鸟是动物中最勤快的生命。而且很奇怪,叫得最欢快的，往往是那些身材娇小的鸟，大鸟往往沉默寡言，比如秃鹫、雄鹰。

中国最伟大的鸟是鲲鹏，但谁也没见过；最高贵的鸟是凤凰，也是从未有人见过。最普通的鸟是鸡，那是我们的美餐。

古人崇拜鸟与崇拜太阳密切相连，从四川的三星堆、金沙遗址到美洲玛雅文明，太阳鸟形象极为普遍。中国神话传说中射日的后羿，大概就是个射猎大鸟的高手。太阳与鸟唯一的共同点是，他们都在人类不能企及的天空自由行动。太阳给人带来温暖光明。鸟能带来什么？梦想。原始部落酋长头上常插一把羽毛，那是他们灵魂能随时飞天的象征吧？

鸟寄托了人类飞离大地的最大梦想，飞机就是这个梦想的实现。在现代人类一切伟大发明中，飞机应当居于首位。它使我们可以遨游天空。人只有"飞天"，才能谈得上真正的自由。

但奇妙的是，"鸟"也是骂人的话。古代鸟与屌同音。而屌是男性生殖器。如果你知道生殖器崇拜是远古人类的普遍现象，就应该明白，鸟与屌在远古都很神圣伟大，根本没有猥亵下流的含义。当性在中古时代成为禁忌后，生殖器才与丑陋、肮脏、下流、猥亵、卑劣等负面价值联系在了一起，最终被逐出高雅文化领域。与之相应，鸟成了骂人的词，鸟的地位似乎也大幅下降，麻雀成了害虫，乌鸦象征灾难，猫头鹰代表黑暗……只剩凤凰孤独陪伴龙，仙鹤孤独象征长寿了。

现代城市里，鸟是偶然出现的精灵。少数家庭把鸟当宠物养。讽刺的是，当男女生殖器们逐渐获得更多自由时，笼子里的鹩哥、八哥、金丝雀、金刚鹦鹉们却在失去自由。现代社会有许多悖谬现象，这是其中之一。

2014 年 2 月 9 日

文昌鸡

人类驯养来食用的禽畜中，鸡是最具"普世价值"的一种。印度人因尊崇牛而不吃牛肉，中国相当部分南方人因嫌腥膻而不吃北方的牛羊肉，全世界伊斯兰文明则彻底拒绝猪肉。但没有听说哪个民族拒绝鸡肉。

自从食品安全成为一个问题以来，营养学家们推荐的肉食中，鸡肉也是好于牛羊猪肉的。鸡者，吉利之美食也！

说到海南，四大名吃也好，十大风味也好，文昌鸡总是无疑义排在第一位的。按理，海南以生产海鲜著称，海鲜的名头，应该比文昌鸡响亮才对。天下何处无鸡，文昌鸡有啥稀罕的？它哪里有龙虾鲍鱼高级金贵名头响亮！

但海南人偏偏就是最钟情于鸡！

对此，初来海南的人不大容易理解。我也曾经不理解。二十多年过去，如今成了地道的岛民，慢慢也自以为明白了文昌鸡何以备受推崇。

文昌鸡之所以享有盛名，首先当然是因为它有独特的肉质和味道，美食家们已经用精彩细微的笔触，无数次描述了这种神奇的肉如何作用于我们的味蕾肠胃乃至心灵！高级吃货们之所以高级，就在于他们不但有精微的舌尖，而且善于从美食物质中发现微妙优雅的精神！换言之，吃货们的舌头和大脑之间的联络，要比平庸如我辈灵敏得多！

这且不说。文昌鸡受推崇，窃以为颇有文化上的缘由。众所周知，海南汉族的先祖多为中原人。中原人古代饮食中原本没有海鲜啥事。孔子时代中原人吃鱼，大多也是江河湖泊里的，离海比较远。先秦百越之地的人们当然多吃鱼虾，但因为中原文明对这些文身断发之人颇有文化上的歧视，名之曰蛮夷。理所当然，蛮夷的食品自然也具野蛮属性，由此而被轻看、低看，实属自然。鸡则不同，它很早就已经是高级文明中的符号之一。《诗经》里的《风雨》《鸡鸣》《君子于役》等都写到鸡。最著名的句子莫过"风雨如晦，鸡鸣不已"。毛泽东更有"雄鸡一唱天下白"的著名诗句。鸡鸣是黎明、未来、唤醒、启蒙的同义语。十二生肖里有鸡，但没有虾蟹鱼鳖。由此可证，鸡在中国的文化地位要远高于虾蟹鱼鳖。海南人过年祭祀一定要有鸡，就是这个道理。你给祖宗牌位前供上龙虾鲍鱼显然不合传统规矩。

中国各地美食差不多都有一鸡：符离集烧鸡、道口烧鸡、德州扒鸡大名鼎鼎，其余地方的名鸡就更多了，什么黄焖鸡、红烧鸡、烤鸡、卤鸡、叫花鸡、口水鸡、荷叶鸡、猪肚海马芦荟鸡、汽锅鸡、油淋鸡、脆皮香酥粉蒸鸡、贵妃鸡、纸包鸡、栗子香菇辣子鸡……以鸡为主料的菜式无所不在、五花八门，令食客几乎无所适从。但这一切，遇到朴素大方的文昌鸡全都要败下阵来，俯首称臣！谓予不信，请到文昌鸡的家乡来吃一口！

2013 年 11 月 21 日

水果的吃相

在海南吃水果，有具体的习惯或技术传统需要学习，比如蘸盐撒辣椒面之类，那是为了吃出最美妙的味道。至于吃相如何，似乎无人在意。

我发现吃相是个值得一说的问题，源于前不久与一江南才女的闲聊。她极其喜欢海南，每年总会来好几次。我想当然以为，喜欢海南的人自然喜欢热带水果。没想到她说，喜欢海南的饮食，但不喜欢海南的水果。问为什么，答曰：一，味道太浓烈；二，吃起来比较麻烦。对前者，我不敢苟同。盖人之于味，有不同嗜焉。如同恋爱，有人喜欢含蓄温馨，有人喜欢腻乎乎甜蜜蜜，有人喜欢轰轰烈烈强刺激，难有高下优劣之别；何况海南水果并非都是浓香型，清香淡雅者有的是。对后者，于我心有戚戚焉。比如芒果，尤其个头比较大的，你拿在手里真不知怎么办。削皮，去核，切块，似乎是常规的处理办法，但请想象，假如你手里无刀，怎么吃一个大芒果？直接啃？你不得弄个两手是非，一脸官司?！女大学生们两三块钱买一个削去皮的木瓜，站在街边大快朵颐，弄得满手满脸黄酱乎乎，您说这吃相，是否有点对不住观众？

我相信，对于注意仪表风度的淑女们来说，公众场合吃芒果木瓜，大概是一件比较难堪的事。由此想到，享受海南的热带水果，可以按舌唇间的文明程度，划分为不同等级，供研究海南文化的人和服务业人士参考。

第一类，好剥皮易去壳，吃相可以达到文明优雅程度的，如龙眼、荔枝、山竹、红毛丹、黄皮、小西红柿（不喜欢圣女果这个恶俗名称）。这类水果多少具有点贵族范儿，唯一的缺点是，常温下不耐放，好像未经训练的贵族少爷，沉不住气，很快就烂掉发酸了。

第二类，气味浓烈口感甜腻，有欠清爽的，除了芒果，香蕉、木瓜、菠萝蜜、榴莲都属此类。吃这些东西，第一要剥皮切块，菠萝蜜、榴莲更是非刀莫办。第二要准备足够的纸巾，或选择离洗手间近的地方，否则会很狼狈。而且尤为重要的是，它们的气味常让某些人受不了。榴莲、菠萝蜜不允许带上飞机，就是一个很妙的象征：它们的味道太"霸气"，妨碍他人呼吸"自由"，因此要被现代文明拒之舱外。这可太冤了。菠萝蜜还是很好吃的，要不怎叫热带水果之王呢？

第三类，不费力吃不了，甚至必须用很暴力的手段才能获得清新、清香、清爽的享受。我说的是椰子。喝椰子你得先使大砍刀。在路边喝椰子，首先欣赏的是摊主砍椰子。再瘦弱的女子，抢起砍刀来，那风姿，难道不是一位响当当的女汉子？椰子水有极为特殊的味道，就我所见，还没有人能精确描述这种特殊。我以为，椰子在清香中，有极其微妙不易觉察的暴力气息或铁血味道。因为，它被砍杀过了。君子远庖厨，我们要从容优雅地喝椰子，最好不要看见是怎么砍开的。

2014 年 5 月 29 日

月饼与月亮

中秋节几乎成为当今恶俗文化的代名词。

本来一个普通的月饼，生生给制造成豪华乃至超豪华礼品，其间怪相百出，涵义只有一个，月饼是用来送人情、巴结领导、维持关系的有效手段。故无良商家挖空心思，设计制作豪华其外，普通其中的礼品月饼，以满足这一要求。中秋前一个月，满街的礼品月饼就开始了它们的旅行：从工厂到商场，从商场到大领导家，从大领导家到小领导家、医生家、教师家，再由这些人家到普通人家，然后部分被留下来吃掉，部分被小贩收走，部分回流到月饼制造商厂房里，粉碎成下一年制造月饼的馅料。送月饼这一仪式，现在也进化成了送月饼票，而月饼票是可以买卖的。君不见，每年商家发送月饼的店门口，就有人在收购月饼票么。

中秋节给了我们一个送礼拉关系的充足理由。其实社会的腐化堕落正是在这不经意间逐渐发生的。中秋要送月饼吗？要送。过去是送亲戚，现在是送领导送关系户。过去的月饼是吃的，现在的月饼是看的。看的背后含义丰富。看见别人送来一盒豪华月饼，有何感受？好吃的？豪华食品，可以炫耀给别人看？再送人，落个人情？大包装里有没有其他更值钱的东西或者干脆就有钱包在里头？

你尽可以展开想象。但你并不在意月饼好不好吃。以食品质量和美食家口感来评价现在的月饼，从根本上就错了。月饼的美食和固有文化含义已经被抽空，它被赋予了一种浮华、腐化时代特有的文化象征意味：你可能喜欢有很多人送你月饼，但你并不在意送礼者的用心——他们的用心太简单无聊，根本不值得珍惜和认真对待。你可能喜欢月饼的包装，但却厌恶月饼的味道——能收到很多月饼的人，十有八九已然是厌食症患者，或大多有糖尿病。从批判的立场看，月饼已经变成一种新鲜的霉变食品，甚至就是甜蜜的毒药。

中秋节的文化仪式，除了吃月饼，最重要的就是赏月。但现在的赏月也无趣得很。大城市遇上雾霾天气，白天太阳都看不见，哪里谈得上赏月。所以很多人为了赏月，不得不驾车跑很远的路去城市以外的地方。但这样刻意的赏月怎么看怎么别扭，一点美感都没有。本来赏月是很随意的事，自家庭院自家月，举杯相邀无人知。现在成群结队浩浩荡荡，像去过狂欢节。到了有月亮的地方也是唱歌、跳舞、喝酒，卿卿我我，早把月亮忘了。

月亮被忘记，是因为现代天文杀死了嫦娥吴刚桂树，人类登月更等于宣布了月亮不再有神秘美感。有此科学结论打底，你再吟诵月亮之美，也给人虚伪矫情的感觉。

中秋和月亮只活在古典诗文里。而在中秋节吟诵历代咏月诗，其实和送月饼看月亮一样，都不再真实，不再自然，不再具有李白苏东坡时代的文化意味和艺术美感。

中秋节，严格意义上，仅仅是一个回忆而已，不过也罢。

2013 年 8 月 2 日

海南的热

　　以地球视野看，海南怎么说也不过弹丸之地。这个弹丸之地任何自以为独特神奇的东西，在全球视野中可能都没啥了不起。真正属于海南独特的东西，其实少之又少。但若把海南看做一个完整自足的世界，则千姿百态的多样性也确实令人称奇。比如各地的粉，在外来人看都差不多，但本地人会告诉你，抱罗粉和万宁粉汤，有天壤之别，灵山镇腌粉和博爱路腌粉，根本就不是一回事。即使标准的海南粉，琼菜王和琼菜坊做的就太不一样了！又比如猪脚饭，这美食到处都有，但定安翰林镇猪脚和海口水巷口猪脚能是一个味道吗？切！

　　热也一样。本岛各地的热情热相大有不同。

　　东方、乐东沿海少水荒漠地带的热，我称之为燥热：那里各种浓厚的甜味叫你上火。东方乐东何以甜？芒果菠萝之外，女人风情万种，男人性情火爆，才是叫人上火的根本！东方乐东其实很像湖南人。现在你该明白，为什么要把湖南卫视叫芒果台。

　　南下到三亚，真正的热带了。放眼望去，碧海蓝天，寡云少雨，一切都亮闪闪。三亚的热具有强烈的视觉性，该称之为亮热。明亮的阳光不但灼伤你的皮肤，还要直抵灵魂深处，阳光下一切善恶美丑都无所遁形。亮热把三亚塑造成一个透明的城市，稍微有点事就闹得满城风雨全国风雨乃至全球风雨。这透明很好，最符合改革开放拥抱世界的真精神，世界了解三亚一定是立体的全面的阴阳美丑并存的，因而也是最真实的。感谢阳光。从审美来看，三亚的透明就像泳装世界小姐一样，美固然美，少了点含蓄。

从三亚到保亭七仙岭，可享受另一种热，闷热。保亭提出的口号是做三亚的后花园。这个后花园有海南最好的温泉七仙岭，这个山窝深处的世外桃源，平素难得有风，除了冬季短时间，一年中大多有闷闷的感觉。夏季在此泡温泉，那就是户外桑拿了。如此天然桑拿浴，估计全国没有第二家吧。

海口新埠岛有个新开发楼盘取了好名字，海南之心。其实海南的心在五指山。住宿五指山，早上起来，望窗外连绵起伏的翠绿，想起杜甫的名句："千家山郭静朝晖，日日江楼坐翠微。"我们坐在翠微中干啥？发傻。发傻的人感觉不到热。如果说五指山有热，那也是温热，温热还是热吗？五指山有海南避暑胜地之誉，但迄今去的人不多。原因在我看来，是那里缺乏精神性的东西。偌大一山城，居然没有一座寺庙。南山寺、永庆寺、玉蟾宫、博鳌禅寺，本应建在远离尘嚣的高山之上。

从五指山下来到屯昌一带，山峰远去，水流不来，太阳顶头，大道绵绵。夏天行走在这一带，人会变得迟钝发木，热而迟钝，当称之为钝热。屯昌这个地名的意思是，你屯得住才能昌，可能当年屯军的士兵不安于军旅生涯？而今四方人来，屯城飞速扩展，连绵的新楼盘组成新城区，给人新的刺激，也许从此不再"钝"，屯昌将昌也。

定安海口石山地区，蓝天绿树下有别的地方没有的黑乎乎的火山石，和用火山石砌成的民居。这些黑色石又长满青苔、荒草、小树、野花，生命的冷寂与顽强鲜艳都聚集在一起。在永兴一带骑车走慢道是极好的享受，进入古老石墙分割成的荔枝园，有回到远古洪荒时代的错觉。那里的树木石头乃至累累硕果，都散发一种苍凉古老的郁勃之气。这里的热，似乎来自亿万年前。无以名之，就叫老热吧。这个老，显然不是东北人常说的那个意思。

到了海口，一进市区水泥丛林，毫无疑问，酷热！但且慢，一到下午暴雨倾盆，海口就由酷而爽了。有爽热这个说法吗？没有就算我的发明。海口的热还有很可恶的一面，它来得突然而且变化多端，而且好走极端。三月有可能出现将近四十度的极端天气，让三亚的热彻底甘拜下风。也可能在五月凉爽得让五指山嫉妒。这种变化多端，根本无从掌握。一言以蔽之，乱热！海口如果有混乱的一面，乱热的气候不能辞其咎。酷、爽、乱，海口热带风情之三味也。

还没有完。到东郊看椰子树，体会椰风海韵，感受到文昌的热就是一种不温不火的文热。海边热，树下凉。田里热，屋里凉。做工热，读书凉。现在生意热，文化凉？凉热之间，有文昌鸡。文昌鸡不就是文火煮出来的吗？文火最能锻炼真将军。文昌孔庙墙壁上满是将军照片而较少文人学士，好像在说明，先文盛而后武昌。武昌后繁荣啥呢？工商业？不须问，且前行。

从文昌南下到琼海，此地风大雨多，田园葱郁，民风淳厚。琼海的热就是一种润风吹来的熏热，有淡淡的香气氤氲弥漫，不信你到万泉河边闻闻！这股香气向南吹到万宁，变成一种槟榔、胡椒、小米椒散发的辣热！万宁人的火爆，即由此而来。

你以为我忘了儋州临高？没有，儋州的热是一种骚热，这种骚不是秀性感那个意义上的骚，是文人骚客的骚。儋州空气里弥漫的调声，儋州家家户户大门上的对联，告诉我们这个地方甚至比文昌还热爱文化，还更有风情。虽然近现代以来儋州似乎没有涌现更多才俊之士，但儋州有苏东坡就足以傲视海南。说到底，文化不就是个吃老本的事么？

　　总而言之，海南是一个很热的地方。也许有人要问，说了半天，多数地方都不凉快啊，夏天难熬啊。除了五指山，就没有凉快地方了？

　　请古人回答您吧：心静自然凉。

　　海南其实很凉快，只要你静下心来。

2013 年 6 月 7 日

海南岛的小与大

有朋友骑摩托车，沿海岸线绕海南岛一周，费时八天。回到海口感叹：海南岛真大！

我听了第一反应有点意外，这老兄可是有走遍新疆西藏的丰富旅行经验，所谓见过大世面，有大陆情怀和开阔眼光的人，他怎么会觉得海南岛大?！继而想想，觉得他的感叹其实很真实，很有意味。

站在世界地图前看海南岛，真是名副其实地小，弹丸之地而已。但真要走入岛内，三万两千多平方公里的面积，够你走一辈子！我来海南二十多年，腿脚还算勤快，但也只走到各县市的各个乡镇；下面的行政村，自然村，去过的大概不到百分之一。设想我要是专业行走，余生要走遍海南每一个村庄，恐怕都没有可能。除非弄个飞机坐上，飞临每个村庄！但飞机的高高在上，与步履的亲及其地，那感觉完全不同。

为什么要走遍每一个村庄，每一处海滩？有必要吗？不觉得千篇一律单调乏味吗？四十年前流行一首歌，叫《毛主席走遍祖国大地》，儿时我相信这歌唱的是真的。我也相信走遍天下，不仅仅是领导人应该做的，即使是普通人，老祖宗也要求我们既要读万卷书，更要走万里路。此即所谓天下主义的情怀也。但是这个高调唱得久了以后，行万里路往往成为虚言。后来略作考究，就发现很多地方，比如新疆、西藏、青海这些极其辽阔的地方，毛主席就没去过；当然，他也没来过海南岛。他常去的地方就那么几个：杭州、武汉、长沙、上海，以及京广铁路、京沪铁路沿线一些地方，当然，成都、庐山、北戴河这些地方，因为开会的缘故也是要去的。普通人也是如此，比如我飞一趟美国，十足的万里，回来可以豪情万丈地宣称遨游了世界。但这万里之行跟我们徒步从海口走到文昌比，还是显得有些"虚无缥缈"，所谓不接地气也。

用自己的脚步丈量世界，这是最接地气的旅行。我相信任何有价值的社会学考察，都不能轻视、排斥徒步行走的重要性。就科学考察而言，由于卫星技术的发达，以前靠人亲临现场的工作（比如地质考察），现在可以由卫星承担相当部分。但就人文历史而言，我们的脚步比高分辨度的卫星要可靠得多。道理很简单，卫星不能解读人的表情和肢体语言。

脚步丈量的世界总是有限的。这是事实也是局限。但就目前现状而言，我们最缺乏的可能就是徒步认识我们的社会，我们的家乡，我们的文化，以及我们自己。人只有回归到自己，你会发现，小小的世界其实很大。因为你在微观里看到的是与自己相关的东西，所以你会觉得小小的海南岛其实很大，大到我们远没有认识它的面目。

2015 年 8 月 28 日

候鸟与艺术

冬季，到海南岛来的各色候鸟中，有一些神秘的群落。富商巨贾、退休大佬、明星名流自不必说，近年更有各色仁波切，也频频弘法到了海南。这些人多住在高级酒店、度假村，当然不会跟一般旅游团挤在一起，跑到天涯海角的大石头边照相留念，或站在沙滩海浪间秀肚腩。他们的行踪隐秘乃至诡异，一般民众不知道。

海南的繁荣，如同海南的物价一样，很大程度上是这些豪客给悄悄推高的。因此，从理论上来说，我们本岛居民对他们的态度应该是爱恨交加。他们不来，我们的旅游经济没戏；他们来了，我们的物价蹭蹭往上窜！

外人或者以为，海南的旅游不是靠少数有钱有势人消费支撑的，普通工薪阶层才是旅游消费的主力军，但这判断不靠谱。这些普通游客比我们本岛居民更抠门。证据就是，海口本地居民对高昂菜价向来安之若素，倒是北京来客向省长上书诉苦菜价太贵！

我们面对高物价，与其说是无奈，不如说是心态好。菜贵？大不了少吃乃至不吃，何至于着急生气还给省长上书，至于吗?！就算菜确实很贵，比北京贵很多，但我们有全国最优异的空气质量，最纯净甜美的饮用水，北京有吗？没有。北京只有雾霾，爆表的雾霾！这就远远抵消了高物价的负面效应，所以我们过得很安逸，很快活，很知足。

这知足当中，有另一因素，常为人所忽视。

候鸟群落中，有一个规模不小的艺术家群落。近二十年来，越来越多的大陆画家、音乐家、作家在海南过冬，有些人干脆全年常住海南，甚至早早做好了终老海南的打算。逐一列举这些艺术家大名会增加说服力，但同时也有增加文稿字数混稿费的嫌疑，而且为版面篇幅所不容。只举一个例证：本省几年前就专门成立了一个旅琼文艺家协会，协会有多少成员我不知道，但他们办画展、开音乐会、搞诗歌朗诵、文艺表演、名家签名售书，颇有些红火热闹。更有一些低调先生，悄无声息的创办博物馆、艺术馆、画室、工作室……这些多少有些神秘雅致的场所，在本地人文学者艺术家的大力支持下，日盛一日。海南的人文环境已经今非昔比了。

我们不光有最好的空气、阳光、沙滩和纯净的江河泉水，我们也有各种各样的文学艺术活动。这样的安逸，我觉得连最安逸的杭州、成都也比不上，因为那里的人民也为雾霾所苦！

但很显然，海南的文学艺术活动形式还不够多样，内容还不够丰富，活动的数量和持续性较差，尤其夏季相当寂寞。这个短板能否克服？不知道。

假如海口、三亚一年四季都有戏曲、话剧、画展、影展、音乐会、诗歌朗诵以及各种类型和内容的艺术展览，海南大概就接近真正的国际化旅游胜地了。

2015 年 12 月 3 日

南渡江源记

　　这是个很久的心愿。到了成行时，王军说，我们是否该有个采访的计划？我想想，自己原本就是想来一次无目的漫游，要什么计划！结果说出口来却成了：不抱成见地直接面对事实，可能更能认识清楚对象，现象学就是这么认为的。王军当然不会按我的谬论去做事。他是要拿出文章和照片供报纸用的，不能像我这样随意。而我，说白了，就是想去见识见识最本真最"原始"——这个字眼现在是很可疑的——的黎族人的生活状况。同行的车爱军，大概想法跟我差不多，到处"虾球传"几乎就是他的职业。但他知道准备野营露宿必须带的东西，当然还有一大堆食品。

　　我们的面包车到了南开乡就不能继续了，剩下的路只有越野车才能开过去。王军给白沙县的领导打电话，要求派个车来送我们上去。等车的时候，四处转悠，乡政府旁边就是一个村子。混乱的房屋，肮脏的街道，到处乱跑的猪狗鸡鸭，零散的椰子，荔枝树，芭蕉，木棉，以及各种叫不上名字的荒草藤蔓，路边偶尔有一丛三角梅，开得正红艳。有个邮电所，里面有已经废弃的老式电话转接台，还有一部古老的黑色胶木的电话机。这里其实已经没有电话业务，只负责邮件和报刊的收发，各村的邮件并不直接送达，要村里来人时带回。问原因，邮电所只有一个人，像高峰村这样偏远的村子，一个月邮递员能去一次就不错了。马书记说，上面到乡里来的干部很少，高峰村更是很少有人上去，据说现任县委书记去过一次，那是高峰村人见过的最大的官了。姓马的乡党委书记安排我们在乡政府的小食堂吃午饭。我们进去时有十来个人正在吃，一问，他们是白沙县各乡税务所的人，县里组织他们到各乡检查税收情况，等于是自己查自己，到乡里无非招待他们吃一顿而已。

下午三点，白沙县的车来了。我们急忙上车往高峰村赶。路是出奇地难走。途中有一段路尚好，问司机，知道是有家公司承包了数万亩山林，是他们开辟的道路。过了这一段，再往高峰村走，路越来越难走，偶尔有摩托车和小型拖拉机和我们照面。路两旁都是次生林和灌木，没有见到大树。

到高峰村已经傍晚了，司机卸下我们，径自返回白沙，我估计他回去大约得到晚上八九点了。第一个小村子其实就是几座茅屋，横七竖八，散落在山凹里，茅屋外到处都是垃圾污水，根本不是想象中的干净优美的山村。村长家的茅屋比较大，正当路，他招待我们的晚餐是现杀一只鸭，煮一点米饭，一碗青菜。村长说他家这个村子叫方红，里面还有两个村一个叫方老，还有一个我们没有记住名字，这三个村子合称高峰村，组成一个村委会，支书在里面那个村。我们在茅屋里看村长、主任、村长老婆几个人忙碌准备晚餐。鸭子去毛后放在地上，垫一块纸板就是案子，斩成大块放进锅里煮，锅是铁锅，架在三块石头上，下面是一根长近两米、胳膊粗的树干在燃烧，茅屋里除了这个灶，还有一张床，床是块木板，有席子，席子上有看不清颜色的蚊帐和被子，此外几无家当，中间的房梁上，挂一支土造猎枪，村长说已经不让打猎了。村长个子不高，但很结实，浓眉大眼，鼻梁高挺，面部线条清晰有力，皮肤黝黑，是标准的黎族汉子形象。吃饭时陪客有五六人，都是这村里的头面人物，有个主任是复员军人，形象同样极为英俊挺拔。令我略感惊奇的是，他们大致都能讲普通话，交流起来没有任何困难。问原因，说是小时侯都上过几年学，看来教育的效果还是有的，至少能和外部世界交流。

我们被安排住在村小学的空闲教师宿舍。由村长家往里走，涉水过河，上数米高的一山间平台，即到学校。安顿住下来，天已经全黑了。万籁俱寂，开始还有河滩里小型发电机的声音，后来发电机不响了，整个世界就彻底没有了声息，当然也没有任何光亮，黑暗令习惯了城市夜色的人感到恐怖，稍后又觉得极惬意，因为有漫天星斗出现。

高峰村委会在大山褶绉的最深处，褶绉层层叠叠，几乎数不清。但近深远淡，层次是分明的。天亮即起，吃点零食，就到方老村去。这个村子比前面的大点，有一栋瓦房，房前面有一块空地，停着一台手扶拖拉机，正是村委会主任的家。主任兼任党支部书记，墙壁上有一片红油漆写的字，罗列的是建设先进党支部的条件。在这篇文字的旁边，挂着牛角、毛发、绳子、红布条等物，靠墙还有一个皮鼓。请教主任，他解释说是做法事的道具，随手还给我们敲了几下鼓。询问之下，才知道他还是本村的道公。村民有病或有疑难事情，都要找他解决。他说，这些事情本来都是他父亲做，现在传给他。他其实就是当年的洞主的后代，他的几个职务都是世袭的。

离开主任家，我们挨家挨户一路看过去，发现几乎每家茅棚里都有电视机、DVD播放机。很奇怪不通电更没有电视信号的地方，这洋玩意能用吗？村民回答说，不能用，小河沟里的发电机只能满足最低亮度的照明，而且极不稳定，电视根本没看过。如此偏僻地方，年轻人同样要追逐时尚。

一路看过去，每家的情形都差不多。老年妇女面部都有纹身。年轻人则三五成群闲逛，一片空地上，栽了个简陋的篮球架，几个年轻人光了脚在打球。

碰上一个小伙子，自称毕业于儋州卫校，因为欠了学校的钱，没有领到毕业证，不能行医，只好在村里呆着，谁家有个头痛脑热，他还可以给看看。他说正好有个女人病了，并不严重，但出不了山，也没钱买药，拖了好些日子，越来越严重了。他带我们去看，昏暗的茅棚里，女人躺在竹床上，脸色蜡黄，眼神散乱。小医生说，可能不行了。这家的其他人表情平静或者说干脆就是木然。我想这要在城市里，大家不知要紧张成啥样了。他们坦然平静的神情，初令我不解，继而则释然。几乎与世隔绝的贫穷生活，使人们对很多事情只能接受、忍受而无改变的可能和希望。他们只能平静对待。而且很可能，他们对生死的态度，跟城市人有所不同。

我们和村长、主任探讨一个问题，如此偏远地方，修路通电需要巨额投资，而高峰村人口稀少，这样的投资建设是否划算？他们说，政府早在50年代末和70年代两次将他们迁出大山，安置在靠海平坦的邦溪，但他们不适应外面的生活，又回到了高峰村。他们在此居住上百年，故土难离。

傍晚我们回到学校，吃了点自己带的食物，一夜酣睡。第三天，王军要急于赶回报社发稿，找了辆摩托车带他出山。我和车爱军则决定顺南渡江徒步走出去。沿江而下，从早晨9点一直走到下午6点，总算到了南开乡。

几天后，《海南日报》以整版篇幅发表了王军的报道，配了不少照片。这个报道引起了省领导的重视，一个副省长带队前往考察，不久，政府拨款修通了南开乡到高峰村的公路，通了电。五年后，我和车爱军邀请了作家刘齐重访高峰村，汽车一路畅通无阻。到了村里，见到当年的一个三年级小姑娘，现在已经到南开乡读中学了，平时住校，周末回家。

有人感叹说，当年半强制的移民行不通，现在把中学生集中到乡镇甚至县城读书，习惯了城市生活的年轻人，再也不愿回到大山深处了。无须动员，人们自觉自愿地告别了古老的家乡，成了城里人。大山深处小村落的半原始生活，成了他们珍爱的回忆。

2012 年秋追记

海口两种人

通常人们说，海口是个移民城市。这当然不错。走在海口街上，可听到许多方言腔调，东北话、河南话、湖南话、四川话、陕西话、江西话、白话、客家话，最多的自然是海南话和普通话。看见路边老爸茶摊上也有江西人、湖南人和海口人一起高声讨论彩票号码时，说明这些异乡人已经融入了本地的生活。全球化时代，比起内地很多城市，海口好像率先"全国化"了。不是吗，得胜沙路边卖葡萄干的是新疆维族大妈，几步路外小铺面里扯牛肉拉面的是青海回族小伙，龙华路上修补房顶漏水的师傅是安徽人。最为人称道的是，在海口，我们可以吃到全国各地的美食……岂止全国化，我们都知道，海大、海师校园里有非洲人、阿拉伯人、俄罗斯人、日本人、美国人，我们也知道，熙熙攘攘的明珠广场一带，无数女人中，可能有几个越南妹子。这大概可以算作海口进入全球化时代的表征之一吧。

移民城市意味着稚嫩、年轻、清浅、单纯、通透、开放、多样，而且宽容，海纳百川……多少年了，人们津津乐道，建省前的海口，最高建筑是大同路上三层楼的华侨大厦，马路上没有红绿灯，老海口人把大陆新移民一律尊为人才，认为大陆女人皮肤白嫩好看，大陆男人勤快聪明能干……这一切让新移民们感觉良好，其中有些浅薄之徒还会颐指气使、不可一世。

但比起深圳，比起美国那样年轻的移民城市和国家，海口又有很古老的一面。到府城绣衣坊和博爱路水巷口一带走走，那里的人间烟火气息，好像还是几百年前的味道。飘荡在空气里的海口方言，可能会让语言学家误以为穿越到了隋唐乃至更早的时代。逼仄街巷里，有孤傲静默的榕树，暴突的树根伸向远处，被人们又踢又踩儿百年，却好像一点都没有受伤。疙里疙瘩的苍老树干，仿佛别一种文字，记录了被人们忽视或忘记的历史。

生活在年轻而古老的海口，时间长了，对这个城市越发熟悉，日益亲切，但同时也有了更为强烈的疏离和陌生感。

语言曾经是，现在也仍然是区分海口人的准确标志，你会说海南话吗？会说，你就一头扎进老海南温柔甜蜜的怀抱中乐不思蜀。如今在海口，生活最幸福，事业最成功的人士，是那些娶了海南老婆，学会了海南话的大陆新移民。他们把大陆人的精明勤奋、技术经验优势和海南人的淳朴善良、真诚热情集于一身，于是无坚不摧，无往而不利。我认识一个来自江西的打工小伙，娶了海口女孩，生了两儿一女，如今身价数千万，住在城西某村老丈人家的自建楼房中。平时以钓鱼为乐，从容潇洒，根本不为人所知。不会说海南话只会说普通话，你能收获尊重敬佩，但也仅此而已，老海口会对你敬而远之。所以早些年，有人说，海口只有两种人，会说海南话的和不会说海南话的。但现在这个说法遭遇尴尬：很多土生土长的海口小孩，也不会说海南话了！他们已经无法和父母作微妙而奇特的本土语言交流。海南文化的语言之根，快要被普通话挖断了。

早些年，外地人对海口的新鲜感觉，更多与淳朴的民风，热带的风光、饮食、水果相联系，后来发现，海口很多东西，其实和内地是一样的。比如，人们都无比敬畏、仰慕、尊崇官员，对官员级别的在意也不逊于内地。多年前，我服务的单位，有年轻人从办事员提升为办公室副主任，级别相当于副科，上午开会宣布，下午这位兄弟就点一支烟，二郎腿翘到桌面上，刻意弹点烟灰在地上，大声说，小梅，把烟灰扫扫！叫小梅的同事比他大十岁，此前凡事他都很尊重小梅。我曾经为此惊讶。多年后，我不幸滥竽充数在一民间社团挂了个副主席的空名，结果消息传开，无论新移民还是老海口，所有熟人第一句话问的都是，副主席，什么级别？什么待遇？据说有干部荣升科长，是要回老家摆酒请客的。当然，名片上署名副处级，括弧内标明没有正处之类的笑话，并不限于海口、海南。早先看《海南日报》上的讣告，介绍死者正处官位之后，往往特别注明享受副厅待遇之类。等级制的官场支配社会一切，是中国文化的传统特色。这特色于今未见稍有衰歇，甚或更为浓烈。说到底，椰风海韵，不脱古老中原文明的精神底色。有海口人说，我的祖先是闽南人，祖先的祖先则是河南人。我祖先官至四品，祖先的祖先曾经位极人臣。说到底，海口还是只有两种人，当官的和不当官的。

认识当官的因此就特别重要。我有一同事，最喜炫耀他的官场关系。你和他聊海口空气，他马上说海口环卫局长是他哥们。你问他有没有某本书，他说昨天刚和省新华书店的老总吃饭来着。在这种语境中，他的潜台词就是：我虽不是官，但我认识官，在官场有人脉，有关系。这种人几乎就是没有官衔的特殊的官。当然，掌握权力和利益的人，不一定都是官，比如教师，比如医生，比如记者，这些人也是极为重要的关系。每个地方，你都可以发现极善于编织关系网的能人，他们就是社会学意义上的蜘蛛人。关系之重要，无论怎么强调都不过分。因此有大把关系的人，就等于拥有巨大资源的人。有企业家将此上升到理论高度，说，在中国，科学技术不是第一生产力，关系才是第一生产力。关系决定一切。海口人和多数中国人一样，日常生活一大部分都是在寻找关系，托请"蜘蛛人"办事。更有甚者，当关系是第一生产力成为一种潜意识时，海口人或者中国人，就进入一种偏执状态：办事无论巨细难易是否必要，一定要先找亲戚、老乡、同学、同事、朋友、朋友的朋友，没有关系不办事成了本能的、自然而然的想法。于是又有结论曰：海口只有两种人，有关系的和没有关系的。

与重视人情相关的，是人们法制、纪律观念的淡漠。早些年，公务员上班时间外出喝早茶是普遍现象。假如某科长的顶头上司正好是他大舅哥，那这哥们上班时间外出喝茶，可能就很是理直气壮，而同事则多会认为正常而且不无羡慕呢！本土作家崽崽对海口人上茶楼有很精彩的描写。看他的小说，我们可以得出一个结论，海口有两种人，上茶楼的和上不了茶楼的。需要说明一点，茶楼不是老爸茶，后者太普罗大众了。茶楼相对要略微"高大上"一点，当然，有时这两者也不是那么等级鲜明。

经过多年治理，公务员的懒散如今也许有很大改善。至少省市两级机关大概没有那么散漫了，再往基层走，就不好说了。跟香港、上海、深圳这类讲究效率的城市比，海口的一切似乎都太缓慢。但缓慢也有缓慢的好处。慢城市、慢生活，正在成为新时尚，海口有后来居上、领先时代潮流的可能吗？我们不妨等等看。就行为的速率来说，海口也有两种人，慢人和比较慢的人。如果一个人干什么都急急火火，那他肯定不是海口人。非我族类，其行必快！

　　海口是个经济空气极为浓郁的城市。回顾历史，建省前曾经有过全省倒腾汽车的辉煌业绩，汽车事件结束没多久，建省搞特区更激发了房地产狂潮，原先买车卖车的阿公阿婆，改行倒腾土地了。1993 年前后海口街头手持大哥大，脖子挂粗大金项链的，百分百是倒腾土地房产发了财的新贵。当然更多人没能耐玩土地生意。但人人都可以玩彩票，包括大学教师。除了省委政府大院和机场候机楼，海口玩公彩私彩的，几乎遍及每个街区小巷。升斗细民的发财梦，永远没有结束的时候。不参与其中的人，似乎就成了海口经济的圈外人，他们疏离、游离于这种金钱空气之外，他们只能理解工资的价值，而不懂暴富的可能和刺激，更不懂财富和资本的奥秘。这两种人之间，虽无阶级的差异，但确有不易觉察的文化隔膜。在这个意义上，海口只有两种人，玩彩票的和不玩彩票的。

2014 年 10 月 26 日

人在路上

世界贸易组织和世界旅游组织的英文缩写都是 W 有 O。这看似无关的两个组织，其实有内在关联。说到底，国际旅游业不过是一种特殊的贸易：把甲地人口短期贩卖到乙地而已。而且这种特殊贸易的收入已在整个贸易中占有相当大的份额。国际先不说，中央电视台很多广告是各省的旅游广告，这足以说明，旅游在经济中的作用与日俱增。

我们为什么要花很多钱去旅游？

旅行古已有之。但古人之旅，多为商旅、军旅、宦游之旅、探亲之旅、婚丧之旅、贬谪劳役之旅。旅行，不过是从起点到终点的一段充满艰难险阻的路程而已。古人鲜有今人这种游山玩水购物饕餮赌博泡妞之旅。东晋谢灵运开启中国文人游山玩水新风尚，但谢先生之旅行，局限于浙东及周边不远地方。后来人强调行万里路读万卷书，把旅行当作培养提升士大夫见识胸怀和境界的手段，身在旅途而心系朝堂。这种功利主义的古典旅游，最具代表性的我以为当推明末清初的顾炎武。他骑驴载书，奔走大江南北，研究历史地理，为反清复明作准备，直到死在旅途。徐霞客没有顾炎武那么强烈的政治抱负，但也不像谢灵运寄情山水，他是要做地理学家。无论如何，古代这些牛人绝不是以游玩为目的的纯粹旅行家，像如今的驴友那样。

今日旅游，主流是为游而游。大家衣食无忧，饱暖思游欲，有点闲钱就纷纷出门乱跑。没有闲钱也好旅游，年轻人啃老，拿父母钱去消遣。不拿父母钱的，则可以边打工边旅游，许多美国青年到中国来就这么干。事实上，无论中外，旅行已成为当代人一大人生目的。一个人一辈子没去过天安门，没上过三山五岳，没来过海南，没去过巴黎纽约，你不白活了？你有完整人生？年轻人可以不婚不嫁，甚至可以不读书不工作，但不可以不旅游！

用一百年前的观点看，今天的驴友大军毫无疑问是只消费享受不生产创利的多余分子。设想一下，曾国藩若见到那些攀登珠峰的，穿越沙漠的，摩托越野的，帆船横渡太平洋的，会在家书中作何感慨？他会认为这些人是贪图安逸享受的堕落分子吗？我估计他老人家会痛心疾首地咒骂不已！

技术进步和生活方式变迁，带来一个根本性的转变。当今的人生，一言以蔽之，就是人在路上。我们已没有过去的故乡，没有今日的家园，没有未来的归宿。我们只能在旅途中漂泊，永不止息。这就是旅游获得空前正当性的根本原因所在。

因为生命的要义是移动迁徙而不是安居一地终生不动，所以一切固定静止状态，都与我们生命内在的感觉和愿望相冲突，相对立。旅游的实质因此不再是奔向一个目的地，而是这个奔向的过程本身。预约，订票，签证，签约，离家，上路，排队，验票，安检，等待，再排队，再等待，被吆喝来吆喝去，抢吃抢喝抢座位，入住酒店旅馆，想象陌生的美食艳遇……然后回家，然后期待下一次旅行。

旅游者每每到达目的地后颇有失落感。但并非目的地让他们失望，是旅途中体验到的生命真切感觉消失了。

相形之下，我们平时上班下班吃饭睡觉，日复一日的简单重复，哪怕只有短短几个月，都几乎是不能忍受的。即使在一个城市里生活，我们每天最有感觉的时光也不是在办公室，在家里，在饭馆；而是在路上，在电动车上，在公交出租车上，在地铁上，在私家车上。总之，在人流车流中移动，哪怕是缓慢地移动，才是最生动最真实的。流动，不停地流动，快速地流动，让建筑、树木、人群、灯光、广告，从眼前模糊不清地一掠而过，才是我们最真切的触及皮肉与灵魂的快乐和痛苦，才是现代城市生活的精髓。明白这一点，才能理解，如今城市里和城市之间，为什么要修那么多的路。

我们在旅途中看见了什么？似乎什么都看见了，又好像什么都未看见。这让我想起历史上有名的段子。钟会去看嵇康，嵇康只顾打铁不理睬。钟会无趣，要走了，嵇康大声问："何所闻而来？何所见而去？"钟会脱口回答道："闻所闻而来，见所见而去。"其实我们到旅游目的地也好，在旅游途中也好，大家的感受可能跟钟会差不多。到底所闻所见了什么，谁能说得清？

我们宁愿这样不清不楚地一直行走在路上，无止无息，直到永远。

2013 年 6 月 23 日

后记

收入这个集子的文字，写作时间跨度长达十多年，包括了小说、散文、随笔、论文、书评、足球评论等等。按常理，这些鸡零狗碎的东西，不应该编为一本书。但正如我在《泉根其人》一文中所说，我既已被目为杂家，而且觉得杂家之名并无贬义，因此需要这样一个小册子来正名。此其一。我已退休，写作的精力和兴趣大不如前，原先一些散落四处的文字，自己觉得还有点意思，弃之于心不忍，收集起来也算是对自己的一个交代。此其二。

这些杂乱文字，大多与海南有关，故取名《天涯杂俎》。

杂乱的写作，并非刻意为之。实际情形是，书中多数文字，都是约稿。之所以应约，一为稿费和学术旅游，二为酬答友朋师长的盛情高谊。少数篇章出于自己的兴趣。

从后往前说，第四部分的多数篇章是应《海岸生活》杂志之约，给五彩斑斓的图像世界提供点缀文字，每期一千字。杂志很时尚，而我很老套，文字和图的格调不太协调，最终半途而废。此外尚有几篇是日常的小感觉，敷衍成文，大都不曾发表。

第三部分，南非世界杯的 30 篇评论，是海南日报社政文部满国徽先生所约。为了完成任务，我每天和老朋友车爱军去酒吧看球，他带一桶嘉士伯啤酒，我们边看边喝，比赛结束回到家差不多都天亮了。睡一觉起来写稿子，如此整整熬了一个月。幸好那时酒驾没人管，否则蹲监狱里就没有看球这档子事了，球评自然无从谈起。

第二部分的论文，是为参加学术会议准备，书评书序多数也是应命之作。

只有第一部分的小说是偶尔来感觉、有兴致的产物，所以写得很少。曾设想，假如有人约，我这个懒人也许还能写几篇。可惜小说家在中国严重供大于求，小说编辑根本无须求人。小说稿子像长江水，浩浩汤汤，汹涌澎湃，流向众多杂志和出版社，经过闸门处理，再流向各种评奖台。在这个吓人的洪流面前，我还是躲远点，袖手旁观吧。

昨天晚上听杨国良教授提到班扬的《天路历程》，朗读了其中的名句，我心有所感，抄在这里，算是本文的结束。

> 假如我的生命不结出美善的果子，谁赞赏我都没意义。
> 假如我的生命多结出美善的果子，谁批评我也没意义。

2019 年 7 月 5 日于海口

图书在版编目（CIP）数据

天涯杂俎/单正平著.—上海：上海三联书店，2020.6
ISBN 978－7－5426－6957－5

Ⅰ.①天… Ⅱ.①单… Ⅲ.①中国文学－当代文学－作品综合集 Ⅳ.①I217.2

中国版本图书馆 CIP 数据核字（2019）第 296315 号

天涯杂俎

著　　者 / 单正平

责任编辑 / 徐建新 37967738@qq.com
装帧设计 / 徐　徐
监　　制 / 姚　军
责任校对 / 张大伟　王凌霄　林志鸿

出版发行 / 上海三联书店
　　　　　（200030）中国上海市漕溪北路 331 号 A 座 6 楼
邮购电话 / 021－22895540
印　　刷 / 上海展强印刷有限公司

版　　次 / 2020 年 6 月第 1 版
印　　次 / 2020 年 6 月第 1 次印刷
开　　本 / 890×1240　1/32
字　　数 / 240 千字
印　　张 / 10.875
书　　号 / ISBN 978－7－5426－6957－5/I·1601
定　　价 / 68.00 元

敬启读者，如发现本书有印装质量问题，请与印刷厂联系 021－66366565